서울대 한국어

Student's Book

서울대학교 언어교육원

5A

EZ Korea 教材 19

首爾大學韓國語 5A
서울대 한국어 5A (Student's Book)

作　　者：首爾大學語言教育院
譯　　者：鄭乃瑋、謝宜倫
審　　訂：楊人從
編　　輯：郭怡廷
內頁排版：簡單瑛設
封面設計：EZ Korea
行銷企劃：林盼婷

發 行 人：洪祺祥
副總經理：洪偉傑
副總編輯：曹仲堯
法律顧問：建大法律事務所
財務顧問：高威會計師事務所

出　　版：日月文化出版股份有限公司
製　　作：EZ叢書館
地　　址：臺北市信義路三段151號8樓
電　　話：(02) 2708-5509
傳　　真：(02) 2708-6157
客服信箱：service@heliopolis.com.tw
網　　址：www.heliopolis.com.tw
郵撥帳號：19716071日月文化出版股份有限公司

總 經 銷：聯合發行股份有限公司
電　　話：(02) 2917-8022
傳　　真：(02) 2915-7212

印　　刷：中原造像股份有限公司
初　　版：2020年03月
定　　價：650元
I S B N：978-986-248-864-5

首爾大學韓國語 . 5A / 首爾大學語言教育院著 ; 鄭乃瑋, 謝宜倫譯 . -- 初版 . -- 臺北市：日月文化, 2020.03
面； 公分 . -- (EZ Korea 教材；19)
ISBN 978-986-248-864-5（平裝）

1. 韓語　2. 讀本

803.28　　　　　　　　　　　109000753

ⓒ Shutterstock pp. 33, 71, 77, 80, 82, 102, 111, 112, 119, 120, 146, 172, 180, 181, 186, 193
ⓒ 이미지투데이 pp. 71, 82, 93, 111, 112, 138, 166, 172, 205, 206
ⓒ 뉴스뱅크이미지 pp. 49, 50, 90, 112, 138, 141, 145
ⓒ 국립중앙박물관 pp. 181, 182, 184, 205, 206
ⓒ UN Photo/Paulo Filgueiras p.30 / ⓒ 푸른숲 p.30 / ⓒ 서울시립교향악단 p.31 / ⓒ 연합뉴스 pp. 33 / ⓒ 한국구세군 p.50 / ⓒ 월드비전 p.50 /
ⓒ 한국방송광고공사 pp. 82, 201 / ⓒ Fotolia p.88 / ⓒ 전국다문화가족사업단체 p.82 / ⓒ (사)한국문화센터 레인보우합창단 p.138 /
ⓒ 성균관대학교 박물관 pp. 149, 205 / ⓒ 서교출판사 p.154 / ⓒ 더난출판 p.157 / ⓒ 들녘 p.157 / ⓒ 씨앗뿌리는 사람들 p.157 /
ⓒ 청어람미디어 p.157 / ⓒ 덕성여대 박물관 p.180 / ⓒ 내소사 p.180 / ⓒ GNCmedia p.184 / ⓒ (주)어세스타 p.199 / ⓒ 인구보건복지협회 p.201 /
ⓒ 사진 작가 한동건 p.205 / ⓒ 이미지코리아 p.205 / ⓒ 하회별신굿탈놀이 보존회 p.206

머리말

<서울대 한국어 5A Student's Book>은 한국어 성인 학습자를 위한 정규 과정용(약 200시간) 한국어 교재 시리즈 중 다섯 번째 책이다. 이 책은 800시간의 한국어 교육을 받았거나 그에 준하는 한국어 능력을 가진 성인 학습자들이 정치, 경제, 사회, 문화 등 사회적 영역과 관련된 다양한 주제로 의사소통을 하고 자신의 전문 분야에서의 업무 수행에 필요한 언어 기능을 익힐 수 있도록 하는 데 목적이 있다. 이를 위해 본 책은 다음과 같은 특징을 가지고 있다.

첫째, 고급 학습자에게 적합한 주제를 선정하고 이를 기반으로 의사소통 활동이 이루어지도록 주제 중심적 교수요목으로 구성하였다. 주제는 인간, 사회, 문화, 교양을 대범주로 하여 사랑, 가족 등 개인적인 주제, 직장, 교육 등 사회적인 주제, 한국 문화, 대중문화 등 문화적인 주제, 역사, 문학 등 교양 차원의 주제로 나누어 선정하였다. 이와 같이 대주제의 하위에 2~3개의 소주제를 설정하여 단원 구성을 함으로써 해당 주제에 대한 심화 학습을 꾀하였다.

둘째, 듣기, 말하기, 읽기, 쓰기의 네 언어 기술을 한 과 내에서 학습하는 기술 통합형으로 구성하고 구어 학습과 문어 학습이 긴밀하게 연계되도록 구성하였다. 읽기와 듣기는 주제를 중심으로 선정된 다양한 텍스트를 이해하고 후 활동으로 말하기를 연계하였다. 듣기는 주제 중심의 듣기와 담화 기능 중심의 듣기로 나뉘는데, 특히 후자는 동의 구하기, 끼어들기, 화제 전환하기 등의 담화 기능이 포함된 구어 텍스트를 이해하고 담화 구조 및 담화 기능 표현을 익혀 말하기 중심의 과제에서 사용하도록 하였다.

셋째, 기술별 학습과 연계된 말하기와 쓰기 중심의 과제를 구성하였다. 말하기 과제는 듣기에서 익힌 담화 구조와 담화 기능 표현을 바탕으로 주민 회의, 공청회, 발표 등 실제적 상황에서 담화 층위의 수행을 하도록 하였다. 쓰기는 읽기의 주제 및 텍스트 구조와 연계하여 과정 중심적인 쓰기 활동을 하도록 하였다.

넷째, 고급 수준의 어휘 및 문법 학습이 체계적으로 이루어지도록 구성하였다. 어휘는 주제 어휘와 유형별 어휘를 구분하여 제시하였다. 주제 어휘는 각 과의 주제와 유기적으로 연계될 수 있도록 의미장으로 제시하여 체계적인 어휘력을 기를 수 있도록 하였다. 또한 매 단원별로 의성어, 의태어, 관용어, 속담 등 유형별 어휘를 제시하여 어휘 확장을 꾀하고 언어와 문화의 통합 학습이 가능하도록 하였다. 또한 고급 수준의 학습자에게 필요한 문법 항목을 제시하여 학습자가 상위의 의사소통 맥락에서 적합한 구조를 사용할 수 있도록 하였다.

다섯째, 사진과 삽화 등 다양한 시각 자료를 풍부하게 제공하여 실제적이고 흥미 있는 학습이 가능하도록 하였다. 단원의 각 항목을 이해하는 데 도움이 되는 시각 자료를 통해 의미와 상황을 정확하게 전달하고 학습자의 흥미를 유발함으로써 학습 효과를 높이고자 하였다.

이 책이 완성되기까지 많은 분들의 노력과 수고가 있었다. 오랜 기간에 걸쳐 집필 및 출판 과정에 참여한 교재개발위원회 선생님들의 헌신이 없었다면 책이 만들어질 수 없었을 것이다. 또한 집필 초기에 참여한 광운대학교 박성현 선생님, 2011년 여름 학기에 수업에서 사용하며 꼼꼼하게 수정해 주신 박지영, 민정원, 하신영, 성석제, 윤수진, 신윤희, 김미연, 이성준 선생님, 정확한 발음으로 녹음을 해 주신 성우 임채헌, 윤미나 선생님의 노고에 감사를 드린다. 아울러 책이 출판되기까지 오랜 기간 동안 작업을 도와주신 투판즈의 사장님과 도현정 부장님, 박형만 편집팀장님, 양승주 대리님, 윤여선 씨, 임슬기 씨를 비롯한 편집진 여러분께도 고마운 마음을 전한다.

2012. 3.
서울대학교 언어교육원
원장 김진완

院長的話

　　《首爾大學韓國語5A Student's Boook》是專為成人韓語學習者所制訂的韓語正規課程（約200小時）系列教材中的第5冊，我們希望透過本書讓已修習800小時韓語課程，或具有相當該課程時數之韓語能力的學習者，得以在政治、經濟、社會、文化等社會領域相關主題上進行溝通，並熟稔自身專業領域的業務執行上，擁有所需必要的應對語言能力。為此，本書具有如下特點。

　　第一，本書以主題為主要教授綱要，選定適合高級學習者的主題，讓學習者得以在此基礎上達到溝通。主題以人類、社會、文化與教養等為主要範疇，再細分為包含愛情與家庭等的個人主題、職場與教育等的社會主題、韓國文化與大眾文化等的文化主題、歷史與文學等教育層面的主題。如前所述，在每個大主題下，另設2~3個小主題，藉以深化相關主題的學習。

　　第二，以「技能結合型」的方式，將聽力、會話、閱讀與寫作等四種語言能力納於同一課中，藉以緊密連結口語與書面語的學習。閱讀和聽力則讓學習者在理解各類主題所架構的多樣內容後，再以活動來銜接會話練習。聽力分為「主題」與「對話功能」兩大部分，特別是後者讓學習者在理解涵蓋「請求同意」、「介入」、「轉換話題」等對話功能的口語內容後，進而熟悉對話結構與對話功能的表達詞彙，以應用於會話為主的作業練習中。

　　第三，規劃與各項技能學習相關的會話與寫作習題。會話習題以在聽力中所學習到的對話結構、對話功能詞彙為根基，讓學習者在居民會議、聽證會與報告發表等實際狀況下，進行對話層次的練習。寫作則連結閱讀主題與文本結構，進行以課程為主的寫作活動。

　　第四，有系統的高級詞彙及文法的學習架構。詞彙分主題詞彙和分類詞彙。主題詞彙蒐羅整理與各課相關的主要詞彙，以「詞義總匯」有系統地增加學習者的詞彙能力。另外，根據各個單元的不同，整理出擬聲語、擬態語、慣用語與諺語等單元，藉以充實語彙能力，讓語言與文化的綜合學習變得可能。另外，彙整高級學習者所需的文法項目，讓學習者在上位的溝通脈絡中，得以使用合適的對話結構。

　　第五，提供了豐富的圖片和插圖等多種視覺資料，使學習者能獲得更真實、有趣的學習。透過有助於理解各單元項目的視覺圖像，準確傳達其意義和情境，激發學習者的興趣，以達到提升學習效用的目的。

　　本書的出版有著許多人的努力與付出。若沒有教材開發委員會的老師們漫長期間投入編撰及出版的過程，則無法完成此書。另外還要感謝於編撰初期共同參與的光雲大學Bak Seonghyeon老師，以及於2011年夏季學期課程中，使用本教材並細心給予修正意見的Bak Jiyeong、Min Jeongwon、Ha Sinyeong、Seong Seokjje、Yun Sujin、Sin Yunhi、Kim Miyeon、I Seongjun老師，還有為本書錄製準確發音的Im Chaeheon、Yun Mina老師的配音。同時也要感謝TWO PONDS出版公司的老闆與Do Hyeonjeong部長，以及包含Bak Hyeongman編輯組長、Yang Seungju副理、Yun Yeoseon小姐與Im Seulkki小姐在內的編輯團隊，在本書出版之前，長期所給予的協助。

2012. 3.

首爾大學語言教育院

院長 金鎭浣

일러두기 本書使用方法

《首爾大學韓國語5A Student's Boook》總共分為6大單元，計15課。在根據各個主題所規劃的單元中，再設計2~3個小主題的課程。每課均包含「들어가기 暖身（說說看-聽聽看）」、「읽고 말하기 閱讀與會話（主題詞彙-讀讀看-說說看-文法與表達）」、「듣고 말하기 聽力與會話（聽聽看1·2-說說看）」、「과제 作業」、「자기 평가 自我評量」、「보충 어휘 補充詞彙」、「어휘와 표현 목록 詞彙與表達目錄」等內容。各課的詳細內容如下所示。

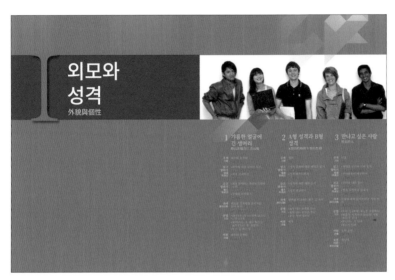

提示各課主題、閱讀與會話、聽力與會話、作業、文法、詞彙領域等的學習目標。

● 들어가기

分成〈說說看〉與〈聽聽看〉兩部分。

提示該課的主題、閱讀與會話、聽力與會話、作業的學習目標等。

이야기해 보세요 （說說看）
運用圖畫、照片等視覺資料，引入主題，充實學習者的背景知識，誘發內在的學習動機。

들어 보세요 （聽聽看）
透過與主題相關的簡短聽力導入主題。

일러두기 本書使用方法

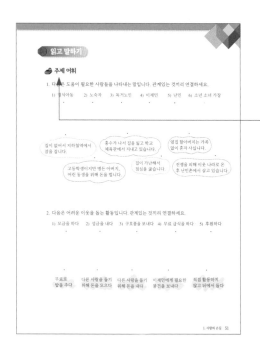

◆ 읽고 말하기

分成〈主題詞彙〉、〈讀讀看〉、〈說說看〉與〈文法與表達〉四部分。

주제 어휘（主題詞彙）
在閱讀文章前的階段，先行分類並彙整與主題相關的詞彙，並透過句子或對話的單元練習，練習詞彙語意與用法。

읽어 보세요（讀讀看）
閱讀說明、散文、小說與報導等各種體例的書面文章，理解文章架構與語言表現，學習「瀏覽閱讀」與「詳細閱讀」等閱讀技巧。

이야기해 보세요（說說看）
在閱讀文章後的階段，透過會話強化學習內容，使個人熟悉應用之道。

문법과 표현（文法與表達）
提供出現於閱讀文章中的文法表達、例句，使學習者熟悉文法意涵及用法。

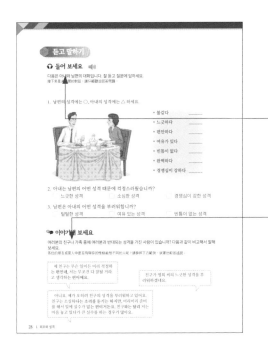

듣고 말하기

分成〈聽聽看〉（或〈聽聽看1·2〉）與〈說說看〉兩部分。

들어 보세요（聽聽看）
聆聽對話、訪談與報告等多樣化的口語內容，學習聽力技巧。

이야기해 보세요（說說看）
於聆聽之後，接續會話練習，深化並內化學習主題。

들어 보세요 1（聽聽看1）
整理並使學習者理解應用於討論、商議與訪談等對話表現。

일러두기 本書使用方法

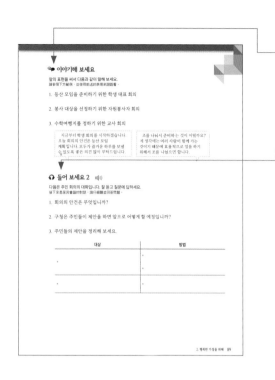

이야기해 보세요 (說說看)
使用〈聽聽看1〉中所列出的對話表現，來表達自身意見。

들어 보세요 2 (聽聽看2)
藉由理解討論、商議與訪談中的對話結構與對話表現，來銜接以會話為主的習題。

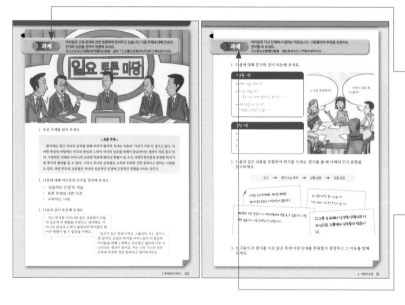

◆ **과제**

練習以會話與寫作為主的習題。

在以會話為主的習題中，將活用〈聽聽看1〉所學習到的對話表現來練習訪談。

在以寫作為主的習題中，會以〈讀讀看〉的主題及文章架構為基礎來練習寫作。

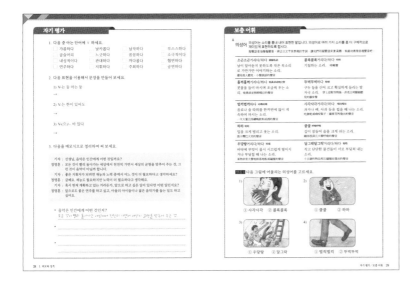

◆ 자기 평가

以詞彙與文法為中心，讓學習者藉由檢測自我學習情況，導向自我主導的學習。

◆ 보충 어휘

掌握擬聲語、擬態語、慣用語與諺語等各類型詞彙涵義，理解字詞於文章脈絡中的使用方法。

◆ 어휘와 표현

為使學習者更易理解出現於各課中的詞彙解釋（韓文、中文）與例句，將提供圖像等資料。若屬於發音規則變化的詞彙，會於[ ]中標示發音；漢字音字詞亦會一併標示其漢字。

◆ 線上音檔QRCode

線上音檔使用說明：
1)掃描QRCode→2)回答問題→
3)完成訂閱→4)聆聽全音檔

일러두기 本書使用方法

● 부록

附錄分為〈補充資料〉、〈聽力原文〉、〈標準答案〉與〈單字索引〉四部分。

보충 자료 (補充資料)
提供文章、地圖、照片等型
態的資料，幫助學習者理解
各單元的內容。

듣기 지문 (聽力原文)
提供各課〈暖身〉與〈聽力
與會話〉中的〈聽聽看〉內
容原文。

모범 답안 (標準答案)
提供各課練習題的正確解
答。

어휘 색인 (單字索引)
依照字母順序整理各課的詞
彙與表達，並標註字詞所屬
單元與課別。

＊ 為幫助學習者理解，本書提供「읽어 보세요 (讀讀看)」與「듣기 지문
(聽力原文)」的翻譯。

차례 目錄

교재 구성표 課程大綱

標題	主題	閱讀與會話	聽力與會話	

I. 外貌與個性

標題	主題	閱讀與會話	聽力與會話
1. 略長的臉加上直長髮	外貌與穿著	• 閱讀描述外貌的文章 • 描述外貌	• 聆聽描述外貌的廣播劇 • 描述穿著
2. A型的性格與B型的性格	性格	• 閱讀說明性格類型的文章 • 性向測驗	• 聆聽有關性格的對話 • 比較性格
3. 想見的人	人物	• 閱讀鄭明勳的採訪報導 • 採訪並筆記	• 聆聽採訪對話 • 訪談的開始與結束

II. 關愛之心

標題	主題	閱讀與會話	聽力與會話
1. 愛的援手	分享與服務	• 閱讀請求協助的書信 • 各個季節的寒暄	• 聆聽救援團體會長的訪談 • 述說援助生活困難人們的方法
2. 所謂的愛	戀愛	• 閱讀古典童話「牛郎與織女」 • 介紹愛情故事	• 聆聽諮詢男性友人相關事情的廣播 • 區分友情與愛情並述說

III. 家庭與社會

標題	主題	閱讀與會話	聽力與會話
1. 變化中的家庭	家庭制度的變化	• 閱讀說明家庭制度的文章 • 說明自己國家的家庭制度	• 聆聽有關孝道的談話 • 說說有關孝道的想法
2. 為了幸福的家庭	有關家庭的政策	• 閱讀有關出生率、新住民家庭的公告 • 介紹自己國家的家庭政策	• 聆聽居民提案相關的會議內容 • 開始開會、提案
3. 想聽的話	家族意識	• 閱讀問卷調查的報導 • 說說想從周遭人們聽到的話語	• 聆聽家庭主夫的訪談 • 述說有關家庭主夫的想法

作業	文法	詞彙	補充詞彙
撰寫描述外貌與衣著的段落	• (A-(으)ㄴ/V-는) N에 (A-(으)ㄴ/V-는) N • N(까지)는 못 돼도 N은/는 A/V-(으)ㄹ 줄 알았다 • V-는 둥 마는 둥	外貌與衣著	
撰寫比較性格的短篇文章	• A/V-다는 소리를 듣다 • A/V-다는 인상을 주다 • V-는 한이 있어도	性格	擬聲語
採訪人物並撰寫報導	• V-는 등 (N에) 재능을 발휘하다 • N을/를 시작으로 N을/를 거쳐 N을/를 맡다 • V-(으)ㄴ 바 있다 • N인지/일까	音樂表演	
撰寫請求援助的信	• V-다시피 • 너나없이 (모두) • N(이)나마 • V-고자	生活困難之人與幫助 生活困難之人	擬態語
撰寫有關愛情定義的段落	• A/V-(으)ㄹ 지경이다 • 생각다 못해 • N(이)란 N은/는 모두	愛	
撰寫比較、對照傳統家庭與現代家庭的文章	• A-(으)ㄴ/V-는 데(에) 비해 • N의 특징은 A/V-다는 데(에) 있다 • A-(으)ㄴ가/V-는가 하면 • A-(으)ㄴ/V-는 데(에) 반해	家庭制度	
討論家庭援助的政策	• V-(으)ㅁ에 따라 • 단 • N 및 N	團體或機構的業務	諺語I
以家庭為主題實施問卷調查	• A/V-다는 응답이 N에 달하다 • N은/는 N에 그치다 • V-는 경향을 보이다	問卷調查	

교재 구성표 課程大綱

標題	主題	閱讀與會話	聽力與會話	

IV. 職業與職場

標題	主題	閱讀與會話	聽力與會話
1. 工作的人們	職業的變化與職業選擇	・閱讀說明職業變化的文章 ・述說有關職業的變化	・聆聽有關職業座談的問答 ・正式地提問、確認
2. 就業準備	招募公告與面試	・閱讀招募員工的公告 ・介紹自己國家招募員工的程序	・聆聽面試對話 ・面試中自我介紹

V. 教導與學習

標題	主題	閱讀與會話	聽力與會話
1. 學校的故事	學校教育與制度	・閱讀說明教育制度的文章 ・比較韓國與自己國家的教育制度	・聆聽有關評分方式問題的對話 ・述說有關教育的想法
2. 韓石峰的母親	教育熱潮	・閱讀「韓石峰的母親」故事 ・介紹教育相關的故事	・聆聽評論「韓石峰的母親」故事的對話 ・同意、反對
3. 功課好的秘訣	教育與學習方法	・閱讀有關教育的散文 ・介紹教育方法	・聆聽有關韓語學習的秘訣 ・介紹學好韓語的秘訣

VI. 探索韓國

標題	主題	閱讀與會話	聽力與會話
1. 認識韓國人	韓國人的性格特徵	・閱讀有關韓國生活的散文 ・述說韓國與韓國人	・聆聽有關「韓國人的情」的報告 ・述說有關「情」的經驗
2. 韓國的風采	韓國之美	・閱讀說明韓國風采的文章 ・描述陶瓷	・聆聽有關韓國之美的課程 ・打斷談話、補充

	作業	文法	詞彙	補充詞彙
	進行有關「成功的職場生活」座談會	• N의 (대표적인) 예로 N을/를 들다 • N 외 • A/V-다면	職業	
	面試的角色扮演	• 아래와 같이 • V-(으)오니 • N에 한하여	任用職員與應徵職位	諺語 II
	撰寫說明自己國家教育制度的文章	• N이/가 중요한 역할을 하다 • N에서 N의 비중이 높다 • N(으)로 인해	教育與考試	
	有關教育熱潮的正反意見討論	• A-(으)ㄴ/V-는 탓 • A/V-(으)면 그만이다 • A/V-(으)ㄹ뿐더러 • 이래 가지고(서)(야)	人的能力	漢字音字詞 I
	記錄自身的秘訣並報告	• V-(으)ㅁ으로써 • N을/를 통해서 • A-(으)ㄴ/V-는 면이 있다 • N은/는 N을/를 보여 주는 좋은 예이다	教育與學習	
	撰寫韓國與韓國人的短文	• A-기 그지없다 • A/V-기에 • A/V-지 않을까 하다	人的性格特徵	
	在「韓國日」活動的準備會議上進行討論	• A/V-(으)ㅁ에 틀림없다 • 한마디로 말하자면 • A-(으)ㄴ/V-는 점이 특징적이다 • N을/를 N(으)로 꼽다	描述樣貌	漢字音字詞 II

외모와
성격

外貌與個性

갸름한 얼굴에 긴 생머리
略長的臉加上直長髮

들어가기

💬 이야기해 보세요

다음 표현을 사용하여 얼굴 모양에 대해 이야기해 보세요. 또 친구들의 얼굴에 대해서도 말해 보세요.
試著使用下方字詞來描述人臉的模樣。另外也請試著描述朋友的臉型。

- 얼굴이 둥글다 갸름하다 각이 지다 넓적하다
- 입술이 도톰하다 얇다   · 코가 오뚝하다 납작하다
- 눈이 동그랗다 날카롭다   · 턱이 길다 뾰족하다

> 얼굴도 둥글고 눈도 동그래요.
> 입술은 얇아요.

🎧 들어 보세요 02 🔊

두 사람이 수학 선생님에 대해 이야기를 나누고 있습니다. 잘 듣고 질문에 답하세요.
兩人正在談論他們的數學老師，請仔細聽並回答問題。

1. 수학 선생님은 어떤 모습이었습니까?

2. 선생님에 대해서 맞는 것을 모두 고르세요.
   - ☐ 남학생들 사이에 인기가 높았다.
   - ☐ 학생들이 떠들어도 야단을 치지 않았다.
   - ☐ 수업 시간에 조용히 가르치셨다.
   - ☐ 보기와 달리 학생들에게 무섭게 대했다.

읽고 말하기

📖 주제 어휘

다음은 머리 모양을 나타내는 말입니다. 알맞은 그림을 찾아 보세요.
下方為各種有關髮型的描述，請試著找出相對應的圖。

가)

나)

다)

라)

마)

바)

1. 긴 생머리를 땋았어요.   마) ....

2. 파마머리를 두 갈래로 묶었어요.   ....

3. 곱슬머리인 데다가 머리숱이 적네요.   ....

4. 단발머리가 단정해 보여요.   ....

5. 머리가 부스스하고 옆머리가 뻗쳤어요.   ....

6. 뒷머리를 올렸는데, 머리숱이 많아 보여요.   ....

다음은 사람의 외모를 묘사한 글입니다. 잘 읽고 질문에 답하세요.
下方為描述人們外貌的文章，請仔細閱讀並回答問題。

가   철수는 둥근 얼굴에 코가 납작하고 이마가 넓은 편이었다. 특별히 잘 생기지도 않았고 청바지에 소매 없는 티셔츠를 입은, 어디에서라도 흔히 볼 수 있는 평범한 아이였다. 나를 올려다보고 있는 유난히 까맣고 동그란 눈이 아니었다면 나는 그냥 지나가고 말았을 것이다.

나   어머니는 전형적인 동양 미인이셨다. 갸름한 얼굴, 높지도 낮지도 않은 코, 그려 놓은 듯한 눈썹, 그리고 맑은 눈은 옛 미인도를 떠올리게 했다. 예순을 넘긴 연세에도 불구하고 여전히 고운 얼굴에는 잔잔한 미소가 떠나지 않으셨고 머리는 늘 단정하게 빗어 올리셨다. 일찍 돌아가신 아버지 대신 다섯 자식을 키우시느라 지쳐 피곤한 날도 있었을 텐데 40년을 한결같이 그런 모습이셨다.

다   나를 데리고 교무실로 들어서는 어머니를 알아보고 다가오는 담임 선생님도 내 기대와는 너무도 멀었다. 아름답고 상냥한 여선생님까지는 못 돼도 부드럽고 자상한 멋쟁이 선생님쯤은 될 줄 알았는데, 막걸리 방울이 튀어 하얗게 말라붙은 양복 윗도리 소매부터가 아니었다. 머리 기름은커녕 빗질도 안 해 부스스한 머리에 그날 아침 세수를 했는지가 정말로 의심스런 얼굴로 어머님의 말씀을 듣는 둥 마는 둥 하고 있는 그가 담임 선생이 된다는 게 솔직히 그렇게 실망스러울 수가 없었다.

- 이문열, <우리들의 일그러진 영웅> -

1. 가 ~ 다 에서 외모를 어떻게 묘사하고 있습니까?

	인물	모습	인상
가	아이	둥근 얼굴, 까맣고 동그란 눈, 납작한 코, 넓은 이마	평범한 모습
나			
다			

2. 가 에서 아이의 어떤 점이 글쓴이의 관심을 끌었습니까?

3. 나 에서 어머니는 어떤 생활을 해 오셨습니까?

4. 다 의 글쓴이가 기대한 선생님의 모습은 어떤 것이었습니까?

💬 이야기해 보세요

다음 그림을 보고 외모에 대해 말해 보세요.
請看下圖並試著描述外貌。

1

2.

3.

4.

가늘고 긴 눈에 진한 눈썹이 차가운 인상을 줘요.

1. (A-(으)ㄴ/V-는) N에 (A-(으)ㄴ/V-는) N

· 진수 씨는 청바지에 하얀 티셔츠를 입고 있어요.
鎮秀穿著牛仔褲，並加上白色襯衫。

· 내 동생은 갸름한 얼굴에 동그란 눈이 귀여운 아이예요.
我的弟弟／妹妹是個有著略長臉龐加上渾圓大眼的可愛孩子。

2. N(까지)는 못 돼도[아니더라도] N은/는 A/V-(으)ㄹ 줄 알았다

· 상금이 100만 원까지는 못 돼도 50만 원 정도는 될 줄 알았는데 겨우 10만 원을 상금으로 받았다.
本來以為獎金即使沒有100萬韓元，也會有50萬韓元左右，
但最後只拿到10萬韓元的獎金。

· 말하기 대회에서 1등은 아니더라도 작은 상 하나는 받을 줄 알았는데 아무 상도 못 받았다.
本來以為在演講比賽中，若不是第一名，也會拿到個小獎，
但最後什麼獎也沒拿到。

3. V-는 둥 마는 둥

· 요즘은 바빠서 아침은 늘 먹는 둥 마는 둥 해요.
最近因為太忙，早餐總是有一餐沒一餐的。

· 어제는 주위가 너무 시끄러워서 자는 둥 마는 둥 했어요.
昨天因為周遭太過吵鬧，睡覺睡得斷斷續續的。

듣고 말하기

🎧 들어 보세요 🔊

다음은 라디오 드라마의 일부입니다. 잘 듣고 질문에 답하세요.
接下來是廣播劇的部分內容，請仔細聽並回答問題。

1. 여자에 대한 설명으로 맞는 것을 고르세요.
   ☐ 소개받기로 한 남자를 기다리고 있다.
   ☐ 소개받기로 한 남자에 대해 만족했다.
   ☐ 소개받기로 한 남자를 만나지 못했다.
   ☐ 소개받기로 한 남자를 처음부터 알아보았다.

2. 여자와 남자는 어떤 모습으로 만나기로 한 것 같습니까?
   ▪ 여자   ▪ 남자

3. 두 남자의 외모와 옷차림에 대해 말해 보세요.

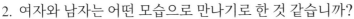

외모	옷차림
둥근 얼굴 ● 각이 진 턱 ● 뒤로 빗어 넘긴 머리 ● 짧은 목 ● 깨끗한 얼굴 ● 짧은 앞머리	잘 닦은 구두 ● 빨간 모자 ● 검정색 양말 ● 흰 운동화 ● 회색 바지 ● 검정색 코트 ● 목도리 ● 안경

   ▪ 첫 번째 남자   ▪ 두 번째 남자

4. 여자는 왜 다음과 같은 행동을 했습니까?
   ▪ 빨간 모자를 썼다.
   ▪ 먼저 들어온 남자를 보고 손을 들었다.
   ▪ 서둘러 일어나려고 했다.

💬 이야기해 보세요

다음 사람들의 옷차림에 대해 말해 보세요.
請試著描述下方人們的穿著。

그 여자는 어떤 모습이었어요?

긴 머리에 모자를 쓰고 회색 재킷에 미니스커트를 입고 있었어요.

외모를 묘사하는 글을 써 보세요.
請試著撰寫描述外貌的文章。

1. 같은 반 친구 한 사람을 마음속에 정하세요. 이름은 말하지 말고 그 사람의 외모와
   옷차림에 대해 말해 보세요. 다른 사람들은 그 말을 듣고 누구인지 맞혀 보세요.

> 그 친구는 갸름한 얼굴에 머리를 땋았어요.
> 그리고 줄무늬 티셔츠에 초록색 바지를 입고
> 까만 구두에 하얀 모자를 썼어요. 웃으면 눈이
> 반달처럼 되는데 정말 귀여워요.

2. 가족이나 친구, 또는 아는 사람 중에서 한 사람을 골라 그 사람의 모습에 대해
   묘사하는 글을 한 단락으로 써 보세요. 외모와 옷차림, 그로 인해 느껴지는 인상을
   함께 써 보세요.

_____

_____

_____

_____

_____

_____

_____

_____

_____

_____

_____

_____

2

A형 성격과 B형 성격
A型的性格與B型的性格

들어가기

💬 이야기해 보세요

행동을 보면 그 사람의 성격을 짐작할 수 있습니다. 다음 설명을 읽고 그에 알맞은 성격을 찾아보세요.
透過人的行動，我們可以猜測出他的性格。閱讀下方說明後，請試著找出相對應的性格描述。

| 꼼꼼하다 | 느긋하다 | 소심하다 | 털털하다 |

저는 작은 일에 별로 신경을 쓰지 않아요. 예를 들어 벤치에 흙먼지가 좀 붙어 있을 때, 어떤 사람은 더럽다고 하면서 종이로 닦거나 뭘 깔고 앉지만 저는 그냥 입으로 '후' 불고 앉아요.

저는 무슨 일이든지 처음부터 끝까지 잘 챙기는 성격이에요. 여행을 갈 때면 여행 계획, 숙소, 필요한 물건, 그리고 간식까지 하나하나 빠짐없이 전부 챙겨요.

저는 좀 걱정이 많은 편이고 작은 일에도 신경을 많이 써요. 그리고 남들이 나를 어떻게 생각할까 하는 생각 때문에 자신감 있게 행동하지 못할 때가 많아요.

제 성격은 그리 급한 편이 아니에요. 무슨 일이든지 미리미리 하기보다는 천천히 여유 있게 하지요. 약속에 늦겠다고 하면서 뛰어가는 친구를 보면 이해할 수 없어요.

🎧 들어 보세요 05 🔊

다음은 고민 상담 내용입니다. 잘 듣고 질문에 답하세요.
接下來是諮詢個人煩惱的內容，請仔細聽並回答問題。

1. 무엇에 대해 상담하고 있습니까?
   ☐ 성격 ☐ 외모 ☐ 옷차림 ☐ 직업

2. 이 사람의 성격을 나타낸 말로 알맞은 것을 모두 고르세요.
   ☐ 느긋하다 ☐ 소심하다 ☐ 털털하다 ☐ 급하다
   ☐ 꼼꼼하다

3. 여러분의 성격은 어떤지 말해 보세요.

읽고 말하기

주제 어휘

다음은 성격에 관련된 말입니다. 알맞은 말을 골라 쓰세요.
下方為有關性格描述的字詞，請挑選合適的字詞並填入。

내성적이다	외향적이다	참을성이 없다	적극적이다	소극적이다	이기적이다
냉정하다	상냥하다	인정이 많다	관대하다	까다롭다	차분하다

1. 자기 생각이나 느낌을 밖으로 잘 표현하지 않는다.　　　　　　　내성적이다

2. 마음이 넓어서 다른 사람들의 잘못도 잘 이해해 준다.

3. 마음에 들지 않으면 잘 받아들이지 않아서 마음에 들기가 어렵다.

4. 마음이 따뜻해서 다른 사람의 어려운 사정을 잘 이해해 준다.

5. 남에게 관심이 없고 마음이 차갑다.

6. 아프거나 힘든 일을 잘 참지 못한다.

7. 무슨 일이든 스스로 나서서 하지 못하고 시키는 일만 한다.

8. 다른 사람은 상관없이 자기의 이익만 생각한다.

9. 무슨 일이든 시키지 않아도 스스로 나서서 열심히 한다.

10. 언제나 당황하지 않고 조용하게 행동한다.

11. 자기 생각이나 느낌을 감추지 않고 밖으로 잘 표현한다.

12. 사람들에게 친절하고 밝은 모습으로 대한다.

다음은 성격에 대해 설명하는 글입니다. 잘 읽고 질문에 답하세요.
下方為說明性格的文章，請仔細閱讀並回答問題。

　　사람의 성격은 여러 가지 기준으로 나눌 수 있다. 그 가운데 스트레스에 관한 연구 결과를 활용하여 나눈 성격 유형으로 A형과 B형이 있다. A형과 B형 성격은 서로 뚜렷하게 구분되는 특징이 있다. 사람들은 보통 두 가지 성격을 부분적으로 다 갖고 있는데, 어느 쪽 특징을 더 많이 갖고 있느냐에 따라 A형 성격에 속하기도 하고 B형 성격에 속하기도 한다.

가　A형 성격은 일을 중요하게 여기는 성취 지향형으로 사회적으로 성공할 가능성이 높다. 그러나 성격이 급하고 경쟁심이 강해서 화를 잘 내고 스트레스에 민감하다. 따라서 스트레스 때문에 생기는 각종 질병에 걸리거나 일중독이 될 위험이 높은 성격이다.

나　이와는 달리 B형 성격은 느긋하고 여유가 있으며 주변 사람들과 조화를 이루는 것을 가장 중요하게 생각하는 인간관계 지향형이다. 관대하고 참을성이 많아 쉽게 흥분하지 않는 편이다. 그래서 스트레스를 덜 받고 건강을 해치지도 않는다. 그러나 매사에 소극적이고 행동이 느리다는 소리를 주변에서 많이 듣는다.

다　A형과 B형 성격은 여러 면에서 차이가 난다. 예를 들어서 A형은 B형에 비해 스트레스를 일으키는 요인을 더 많이 갖고 있다. A형은 스스로 목표를 높이 정하고 실패를 참지 못하기 때문에 모든 것을

1. 가 ~ 라 의 중심 내용을 써 보세요.

가 A형 성격의 특징	나
다	라

2. A형과 B형 성격의 특징과 알맞은 설명을 연결해 보세요.

급하다 ·
경쟁심이 강하다 ·
느긋하다 ·
관대하다 ·
까다롭다 ·
참을성이 많다 ·
소극적이다 ·

· A형 성격 ·

· B형 성격 ·

· 성공할 가능성이 높다
· 주변 사람들과 잘 지내려고 한다
· 스트레스에 민감하다
· 병에 걸릴 확률이 낮다
· 모든 것을 일일이 확인한다

文法與 表達

1. A/V-다는 소리를 듣다, N(이)라는 소리를 듣다
· 제 친구는 작은 일에 신경을 많이 써서 소심하다는 소리를 들어요. 我的朋友因為很在意細瑣之事，所以被說他太畏首畏尾。
· 저는 매사에 낙관적이라는 소리를 많이 들어요. 我常聽到別人說我看事情太樂觀。

2. A/V-다는 인상을 주다[받다], N(이)라는 인상을 주다[받다]
· 그 사람은 남에게 별로 관심을 보이지 않아서 냉정하다는 인상을 줍니다. 他因對他人事務不太表示關

心，所以給人一種冷漠的印象。
· 그 사람을 처음 보았을 때 아주 친절한 사람 같다는 인상을 받았다. 初次見到那個人時，感覺他是個很親切的人。

3. V-는 한이 있어도[있더라도]
· 밤을 새우는 한이 있어도 내일 아침까지 보고서를 모두 끝내려고 한다. 即便得要熬夜，我也要在明早之前完成所有報告。
· 사표를 쓰는 한이 있더라도 이 일은 할 수 없다. 就算是要遞交辭呈，我也絕對不幹這件事。

완벽하게 처리하고 마음에 들지 않는 것은 받아들이지 않는다. 그래서 때로는 까다롭다는 인상을 준다. 또한 밤을 새우는 한이 있어도 목표로 정한 것은 반드시 해내고 빈틈없이 많은 것을 하려고 한다. 그 결과 A형 성격은 심장병, 위장병, 디스크 등의 병을 앓을 확률이 B형 성격에 비해 두 배 이상 높다.

라　　성격은 유전적 요인과 성장 환경 등에 의해 결정되고 쉽게 고칠 수 없는 것이지만 자신의 성격이 A형이라고 여기면 건강을 위해서 성격을 바꾸려는 노력이 필요하다. 누구도 완벽할 수 없다는 사실을 받아들이고 계획을 무리하게 세우지 않는다면 매사에 좀 더 여유를 가질 수 있을 것이다.

💬 이야기해 보세요

성격 테스트를 해 보세요. 그리고 결과에 대해 말해 보세요.
請試著做性向測驗，並說出測驗結果。

1. 나는 다른 사람보다 쉽게 흥분하는 편이다.
2. 나는 다른 사람보다 화를 잘 내는 편이다.
3. 나는 운동을 할 때 무슨 일이 있어도 이기고 싶다.
4. 나는 줄을 서서 기다리는 것을 싫어한다.
5. 나는 상대방이 말을 다하기도 전에 말한다.
6. 나는 내 일을 다른 사람에게 맡기고 싶지 않다.
7. 나는 일을 안 하고 쉴 때 불안하다.
8. 나는 일을 할 때 시간을 정해 놓고 그 시간에는 그 일만 한다.
9. 나는 정한 시간까지 일을 못 끝내는 것을 참을 수 없다.
10. 나는 일이 잘 안되면 다른 사람의 책임인데도 내 잘못인 것만 같다.

0점　전혀 그렇지 않다
1점　가끔 그렇다
2점　자주 그렇다
3점　항상 그렇다

■ 나의 점수 : (　　　)점
20점 이상 : A형 성격
20점 이하 : B형 성격

▶ 듣고 말하기

🎧 들어 보세요 07🔊

다음은 아내와 남편의 대화입니다. 잘 듣고 질문에 답하세요.
接下來是夫妻間的對話，請仔細聽並回答問題。

1. 남편의 성격에는 ○, 아내의 성격에는 △ 하세요.

- 불같다 ....
- 느긋하다 ....
- 편안하다 ....
- 여유가 있다 ....
- 빈틈이 없다 ....
- 완벽하다 ....
- 경쟁심이 강하다 ....

2. 아내는 남편의 어떤 성격 때문에 걱정스러웠습니까?

☐ 느긋한 성격   ☐ 소심한 성격   ☐ 경쟁심이 강한 성격

3. 남편은 아내의 어떤 성격을 부러워합니까?

☐ 털털한 성격   ☐ 여유 있는 성격   ☐ 빈틈이 없는 성격

💬 이야기해 보세요

여러분의 친구나 가족 중에 여러분과 반대되는 성격을 가진 사람이 있습니까? 다음과 같이 비교해서 말해 보세요.
各位的朋友或家人中是否有與你的性格截然不同的人呢？請參照下方範例，試著比較並述說。

> 제 친구는 무슨 일이든 미리 걱정하는 편인데, 저는 무조건 다 잘될 거라고 생각하는 편이에요.

> 친구가 영희 씨의 느긋한 성격을 부러워하겠네요.

> 아니요. 제가 오히려 친구의 성격을 부러워하고 있어요. 친구는 소심하다는 소리를 듣기는 하지만, 미리미리 준비를 해서 일에 실수가 없는 편이거든요. 친구와는 달리 저는 마음 놓고 있다가 큰 실수를 하는 경우가 많아요.

과제
다음과 같이 자신과 친구의 성격을 비교하는 글을 써 보세요.
請參照下方提示，撰寫比較自己與朋友性格的文章。

1. 자신과 친구에 대해 다음과 같이 정리해 보세요.

	나	친구
성격	· ·	· ·
성격을 나타내는 행동	· ·	· ·
성격에 대한 평가 (긍정적인 평가, 부정적인 평가 등)	· ·	· ·

2. 정리한 내용을 바탕으로 하여 성격을 비교하는 글을 써 보세요.

나의 성격	....
친구의 성격	....
마무리	....

3

만나고 싶은 사람
想見的人

들어가기

💬 이야기해 보세요

1. 인터뷰할 때 보통 무엇에 대해 묻습니까?
   - ☐ 직업
   - ☐ 최근에 한 일
   - ☐ 업적
   - ☐ 인생관
   - ☐ ....
   - ☐ ....

2. 다음 사람들을 인터뷰한다면 무엇에 대해 질문하고 싶습니까?

한국 최초의 유엔 사무총장 반기문

반기문 유엔 사무총장 정식 선출

외교 장관이 10일 외교장관 이임식을 갖고 37년간의 공직생활을 마무리했다. 반 장관은 유엔 사무총장 취임준비를 위해 다음주 중반 뉴욕 유엔본부로 향했다.

반 장관은 이임식에서 많은 사람들은 자신이 기존 마음으로 이임하게 될 것이라고 생각하겠지만 한국을 떠나려고 하니 마치 제가 한국으로부터 억지로 떨어져 나가는 상실감이 온 마음을 사로잡는다'고 운을 뗐다.

반장관은 자신이 유엔 사무총장에 선출된 것은 자신의 역량만으로 얻어진 것이 아니며 온 국민이 시련을 극복하며 흘렸던 피와 땀과 눈물의 소산이라고 말했다.

반 장관은 '이렇게 얻은것이기에 그 영광은 결코 저혼자만의 것이 될 수 없으며, 조국을 사랑한 온 모든 국민에게 돌려져야 마땅하다고 본다'고 강조했다.

신임 유엔사무총장에 당선돼 반기문 외교 장관이 10일 외교장관 이임식을 갖고 37년간의 공직생활을 마무리했다. 반 장관은 유엔 사무총장 취임준비를 위해 다음주 중반 뉴욕 유엔본부로 향했다.

반 장관은 이임식에서 많은 사람들은 자신이 기존 마음으로 이임하게 될

37년간의 공직생활을 마무리했다. 반 장관은 유엔 사무총장 취임준비를 위해 다음주 중반 뉴욕 유엔본부로 향했다.

반 장관은 이임식에서 많은 사람들은 자신이 기존 마음으로 이임하게 될 것이라고 생각하겠지만 한국을 떠나려고 하니 마치 제가 한국으로부터 억지로 떨어져 나가는 상실감이 온 마음을 사로잡는다'고 운을 뗐다.

반장관은 자신이 유엔 사무총장에 선출된 것은 자신의 역량만으로 얻어진 것이 아니며 온 국민이 시련을 극복하며 흘렸던 피와 땀과 눈물의 소산이라고 말했다.

반 장관은 '이렇게 얻은것이기에 그 영광은 결코 저혼자만의 것이 될 수 없으며, 조국을 사랑한 온 모든 국민에게 돌려져야 마땅하다고 본다'고 강조했다.

신임 유엔사무총장에 당선된 반기문 외교 장관이 10일 외교장관 이임식을 갖고 37년간의 공직생활을 마

©UN Photo/Paulo Filgueiras

©푸른숲

🎧 들어 보세요 08 🔊

다음은 책을 소개하는 라디오 프로그램입니다. 잘 듣고 질문에 답하세요.
接下來是介紹書籍的廣播節目，請仔細聽並回答問題。

1. 이 책을 쓴 사람의 직업은 무엇입니까?

2. 이 책은 글쓴이의 어떤 경험을 정리한 것입니까?

읽고 말하기

주제 어휘

다음은 음악 공연과 관련된 말입니다. 포스터를 보면서 질문에 답하세요.
下方為有關音樂表演的字詞，請看著海報回答問題。

공연하다	지휘하다	연주하다	협연하다	교향악단
주최하다	후원하다	협찬하다	연주회	

1. 지휘자는 누구입니까?

2. 어떤 음악을 연주합니까?

3. 이 연주회에서 누가 협연합니까?

4. 어느 교향악단이 연주합니까?

5. 어디에서 공연합니까?

📖 읽어 보세요 🔊09)) 翻譯 p. 213

다음은 지휘자 정명훈을 인터뷰한 기사입니다. 잘 읽고 질문에 답하세요.
下方為指揮家鄭明勳的採訪報導，請仔細閱讀並回答問題。

가　　날씨가 제법 쌀쌀한 2월의 어느 날, 서울시향의 연습실 근처에 있는 식당에서 세계적인 지휘자 정명훈을 만났다. 수수해 보이는 스웨터에 편한 바지를 입은 그는 연습을 막 끝내고 왔다고 했다. 스웨터가 잘 어울린다고 인사를 하자, 살짝 미소를 띠며 편안한 옷을 좋아하는 편이라고 했다.

나　　정명훈은 네 살 때부터 피아노를 시작하여, 3년 만에 서울시향과 협연을 하고 모스크바 차이코프스키 콩쿠르에 입상하는 등 일찍부터 음악적인 재능을 발휘하였다. 그 후 지휘자가 되어 1976년 뉴욕청년심포니의 지휘를 시작으로 1984년 서독 자르브뤼켄 방송교향악단, 1989년 프랑스 국립 바스티유 오페라단의 지휘자를 거쳐, 현재 서울시 교향악단을 맡고 있다. 이탈리아의 토스카니니상, 프랑스의 오시피에 문화 훈장과 일본의 아사히 음악상을 수상한 바 있다.

다　　50년 넘게 음악을 해 온 사람에게 음악은 어떤 것일까 궁금해졌다. "모든 것이 빨리 돌아가는 세상에서 천천히 가면서 세상의 균형을 맞추어 주는 것, 신이 인간에게 주신 가장 위대한 선물이 바로 음악이지요." 음악은 정말 아름다운 것이라고 몇 번이나 말하는 그에게서 음악을 향한 열정이 느껴졌다.

　　피아니스트에서 지휘자로 진로를 바꾼 것을 생각하며 어떻게 하면 좋은 지휘자가 될 수 있는지 물어보았다. "저는 아직도 지휘자는 이상한 음악가라고 생각해요. 연주할 때 지휘자만 혼자 소리를 안 내니까요. 이렇게 지휘자는 연주를 하는 사람이 아니기 때문에 일반 음악가보다 노력을 훨씬 많이 해야 좋은 음악가가 될 수 있어요."

　　앞으로의 계획이 무엇인가를 묻는 기자의 질문에 지금까지 한 일이 바로 하고 싶은 일이라고 했다. 앞으로도 좋은 연주를 하고 싶고, 아울러 젊은 음악가를 도울 수 있었으면 한다고 했다.

1. 가 ~ 라 의 내용으로 적당한 것을 연결해 보세요.

가　　　　　나　　　　　다　　　　　라
·　　　　　·　　　　　·　　　　　·

·　　　　　·　　　　　·　　　　　·
관련 정보　　도입　　평가　　인터뷰 내용

2. 이 글에서 느껴지는 이 사람의 성격이나 태도를 모두 고르세요.
☐ 편안하다　　☐ 냉정하다　　☐ 소심하다
☐ 차분하다　　☐ 철저하다　　☐ 털털하다

라　　한 시간 남짓 인터뷰를 하는 동안 차분하면서
도 힘 있는 그의 말을 들으며 잔잔한 클래식 음
악에 빠져 드는 것 같은 느낌이 들었다. 한국이
낳은 세계적인 지휘자 정명훈은 음악을 진정으
로 좋아하고, 그렇게 사랑하는 음악을 다른 사
람에게도 나누어 주려고 노력하는 음악가였다.

3. 기자가 한 질문과 그에 대한 대답을 정리해 보세요.

질문	대답
▪ 음악은 어떤 것인가?	▪
▪	▪
▪	▪

4. 이 사람을 만난다면 어떤 질문을 해 보고 싶습니까?

💬 이야기해 보세요

질문이나 대답을 메모할 때는 다음과 같이 짧게 줄여 씁니다. 친구와 함께 자유롭게 질문과 대답을 하고 그것을 메모해 보세요.
當人們在做提問或回答筆記時，會將其簡化為如下示範。請和朋友一起自由問答，並嘗試做筆記一下。

"음악을 무엇이라고 생각하세요?"

"신이 인간에게 주신 위대한 선물이라고 생각해요."

"어떻게 하면 좋은 지휘자가 될 수 있습니까?"

"일반 음악가보다 훨씬 노력을 많이 해야 돼요."

"앞으로의 계획은 무엇입니까?"

"좋은 연주를 하고 싶어요."

음악이란 무엇인가?
→ 신의 위대한 선물

좋은 지휘자가 되려면?
→ 노력을 많이 해야 함

앞으로의 계획은?
→ 좋은 연주

1. V-는 등 (N에) 재능[능력]을 발휘하다, N에 재능 [능력]을 발휘하다
· 그는 일찍부터 여러 대회에서 입상하는 등 음악에 재능을 발휘했다. 他很早就在各項大賽中獲獎，展現他在音樂上的才能。
· 그 사람은 회사에서 맡은 업무에 능력을 발휘하고 있다. 他在公司所負責的業務中，展現他的能力。

2. N을/를 시작으로 N을/를 거쳐 N을/를 맡다[하다]
· 그분은 평사원을 시작으로 과장을 거쳐 지금은 부장을 맡고 있다. 他從普通職員開始做起，歷經課長職務，現在擔任部長。
· 그는 아르바이트 직원을 시작으로 연구원을 거쳐 지금은 연구 책임자를 맡고 있다. 他從打工人員開始做起，歷經研究員職務，現在擔任研究負責人。

3. V-(으)ㄴ 바 있다
· 정명훈은 지휘자가 되기 전에 피아니스트로서 활동한 바 있다. 鄭明勳在成為指揮家之前，曾是位鋼琴家。
· 이 상품은 아직까지 국내에 소개된 바가 없다. 這商品目前尚未被引介至國內。

4. N인지/일까, A-(으)ㄴ지/V-는지, A/V-(으)ㄹ까
· 기자는 앞으로 하고 싶은 일이 무엇인지 물어보았다. 記者詢問他未來想做的事。
· 그 친구가 왜 전화를 했는지 궁금했다. 我很好奇為何那個朋友打了電話。
· 우리가 정말 서로 사랑했을까 생각해 보았다. 我思考過我們是否彼此相愛。

🎧 들어 보세요 1 🔟))

다음은 인터뷰 대화입니다. 잘 듣고 질문에 답하세요.
接下來是訪談的對話，請仔細聽並回答問題。

1. 인터뷰의 어느 부분입니까? 어떤 표현으로 알 수 있습니까?

2. 이와 같이 사람을 만나서 말을 시작하고 끝낼 때 쓰는 표현을 정리해 보세요.

<table>
<tr><td>말을 시작할 때</td><td>말을 끝낼 때</td></tr>
<tr><td>
• 바쁘실 텐데 이렇게 시간을 내 주셔서 감사합니다
• 인터뷰를 허락해 주셔서 감사합니다
• 이렇게 불러 주셔서 감사합니다
</td><td>
• 귀한 시간을 내 주셔서 정말 감사합니다
• 끝까지 대답해 주셔서 정말 감사합니다
• 바쁘신 중에도 시간을 내 주셔서 감사합니다
• 바쁘실 텐데 이만 일어나 보겠습니다
</td></tr>
</table>

💬 이야기해 보세요

앞의 표현을 써서 다음과 같이 말해 보세요.
請參照下方範例，並使用前述的表現來說說看。

1. 교수님을 만나서 말을 시작할 때와 끝낼 때

2. 인터뷰를 시작할 때와 끝낼 때

3. 부탁하기 위하여 잘 모르는 사람을 만날 때와 그 사람과 헤어질 때

> 어서 와요. 오랜만이군. 여기 앉아요.

> 교수님, 바쁘실 텐데 이렇게 시간을 내 주셔서 감사합니다. 교수님께 의논드릴 일이 있어서 왔습니다.

> 교수님, 바쁘실 텐데 이만 일어나 보겠습니다. 다음에 다시 연락드리겠습니다.

> 그래요. 다음에 또 만나지요.

🎧 들어 보세요 2 🔊

다음은 지휘자 정명훈을 인터뷰한 내용입니다. 잘 듣고 다음과 같이 메모해 보세요.
接下來是採訪指揮家鄭明勳的內容。請仔細聽，並參照下方範例試做筆記摘要。

음악이란 무엇인가?

- 천천히 가면서 세상의 균형을 맞추어 주는 것

- 신이 주신 가장 위대한 선물

1. 지휘자에게 재능과 노력 중에서 무엇이 더 중요한가?

   ....

2. _____ ?

   지휘자는 혼자만 소리를 안 내는 음악가. 노력을 많이 해야 좋은 음악가가 될 수 있음.

3. 현재 계획하고 있는 것, 앞으로 하고 싶은 일은?

   ....

과제

여러분은 신문에 '인물 탐구'라는 인터뷰 기사를 쓰는 기자입니다.
소개하고 싶은 인물을 정해서 인터뷰를 한 후에 기사를 써 보세요.
各位是在報紙上撰寫「人物探索」訪談報導的記者，
請先決定想要介紹的人物，並於採訪之後寫下報導。

1. 인터뷰 대상을 정하고 기본 정보를 적어 보세요.

- 이름
- 나이
- 직업
- _____
- _____
- _____

2. 인터뷰에 사용할 질문을 써 보세요.

- 요즘은 어떻게 지내나?
- 관심 있는 일은 무엇인지?
- _____
- _____
- _____

3. 인물을 인터뷰하면서 메모해 보세요.

4. 위의 메모를 보고 인터뷰 기사를 써 보세요.

자기 평가

1. 다음 중 아는 단어에 ∨ 하세요.

☐ 갸름하다	☐ 날카롭다	☐ 납작하다	☐ 부스스하다
☐ 곱슬머리	☐ 느긋하다	☐ 꼼꼼하다	☐ 소극적이다
☐ 내성적이다	☐ 관대하다	☐ 까다롭다	☐ 협연하다
☐ 연주하다	☐ 지휘하다	☐ 주최하다	☐ 공연하다

2. 다음 표현을 이용해서 문장을 만들어 보세요.

1) V-는 둥 마는 둥

→

2) V-는 한이 있어도

→

3) V-(으)ㄴ 바 있다

→

3. 다음을 메모식으로 정리하여 써 보세요.

> 기자 : 선생님, 음악은 인간에게 어떤 것일까요?
> 정명훈 : 모든 것이 빨리 돌아가는 세상에서 천천히 가면서 세상의 균형을 맞추어 주는 것, 그런 것이 음악이 아닐까 합니다.
> 기자 : 좋은 지휘자가 되려면 재능과 노력 중에서 어느 것이 더 필요하다고 생각하세요?
> 정명훈 : 글쎄요. 재능도 필요하지만 노력이 더 필요하다고 생각해요.
> 기자 : 혹시 현재 계획하고 있는 거라든가, 앞으로 하고 싶은 일이 있다면 어떤 일인지요?
> 정명훈 : 앞으로도 좋은 연주를 하고 싶고, 아울러 아이들이나 젊은 음악가를 돕는 일도 하고 싶어요.

- 음악은 인간에게 어떤 것인지?
  모든 것이 빨리 돌아가는 세상에서 천천히 가면서 세상의 균형을 맞추어 주는 것.

-

-

의성어

의성어는 소리를 흉내 내어 표현한 말입니다. 의성어로 여러 가지 소리를 좀 더 구체적으로 재미있게 표현하도록 합시다.

擬聲語是指模擬聲音，將之以文字來表現的字詞。讓我們用擬聲語來更具體、有趣地表現各種聲音吧。

소곤소곤거리다/하다 竊竊私語
남이 알아듣지 못하도록 작은 목소리로 가만가만 이야기하는 소리.
避免他人聽見，小聲談話的聲音

콜록콜록거리다/하다 咳咳
기침하는 소리. 咳嗽聲

훌쩍훌쩍거리다/하다 吸鼻涕或啜泣聲
콧물을 들이 마시며 조금씩 우는 소리. 吸鼻涕並稍稍啜泣的聲音

뚜벅뚜벅하다 咯噔
구두 등을 신어 크고 확실하게 들리는 발자국 소리. 穿上皮鞋等物後，洪亮且明顯被聽見的腳步聲

벌컥벌컥하다 咕嚕咕嚕
음료나 술 따위를 한꺼번에 많이 계속하여 마시는 소리.
一次大量且持續喝飲料或酒的聲音

사각사각거리다/하다 嘎吱嘎吱
과자나 배, 사과 등을 씹을 때 나는 소리.
吃餅乾或啃咬梨子、蘋果等所發出的聲音

하하 哈哈
입을 크게 벌리고 웃는 소리.
張大嘴巴大笑的聲音

쿨쿨 呼嚕呼嚕
깊이 잠들어 숨을 크게 쉬는 소리.
睡得很深且大聲呼吸的聲音

우당탕거리다/하다 哐噹
바닥에 무엇이 몹시 시끄럽게 떨어지거나 부딪칠 때 나는 소리.
某物非常大聲地掉落地板或碰撞的聲音

달그락달그락거리다/하다 啪嗒
작고 단단한 물건들이 서로 부딪쳐 내는 소리.
小且硬的物品相互碰撞而發出的聲音

연습1 다음 그림에 어울리는 의성어를 고르세요.

1)

① 사각사각　② 콜록콜록

2)

① 쿨쿨　② 하하

3)

① 우당탕　② 달그락

4)

① 벌컥벌컥　② 뚜벅뚜벅

연습 2 다음 상황과 관련 있는 의성어를 쓰세요.

1) 좋아하던 장난감이 망가져서 실망한 아이가 힘없이 울고 있어요.

→ 훌쩍훌쩍

2) 운동하고 와서 너무 목이 말라서 물 한 병을 한꺼번에 다 마셨어요.

→

3) 감기에 걸려 계속 기침을 해요.

→

4) 친구가 많이 피곤했는지 불편한 버스 좌석인데도 깊이 잘 자고 있어요.

→

5) 무슨 비밀 이야기를 하는지 다른 사람한테 들리지 않게 작은 목소리로 얘기하고
   있어요.

→

6) 빈 도시락 안에 숟가락을 넣어 놓았더니 걸어갈 때 가방 안에서 소리가 나요.

→

연습 3 의성어를 넣어서 대화 연습을 해 보세요.

1) 가 : 어젯밤에 집에 가다가 넘어져서 다쳤다고?
   나 : 응, 골목길이 어둡고 사람도 없어서 무서운데 누군가 ....
        따라오는 발자국 소리가 들리잖아. 놀라서 뛰어가다가 넘어졌어.

2) 가 : 이 .... 소리가 뭐예요? 무슨 일 있어요?
   나 : 미안해요. 제가 재활용품 버리러 나가다가 쓰레기통을 떨어뜨려서 빈
        물통이며 캔이며 다 쏟아졌어요.

3) 가 : 여러분, 지하철은 자기 방이 아니죠? 함께 이용하는 공간에서 전화 통화할
        때는 어떻게 해야 하지요? 이야기해 보세요.
   나 : 다른 사람들에게 방해되지 않게 .... 낮은 목소리로 통화해야
        하고 빨리 끝내야 해요.

4) 가 : 아까 내가 길에서 미끄러져 넘어질 때 어떻게 ....하며 큰 소리로
        웃을 수가 있니? 나는 아프고 창피해 죽겠는데 너는 재미있었어?
   나 : 화 풀어. 미안해. 안 넘어지려고 애쓰는 모습이 너무 웃겨서 웃음을 참을 수가
        없었어.

5) 가 : 수미가 왜 저래요? 학교에서 무슨 일 있었대요?

   나 : 모르겠어요. 물어봐도 대답도 안 하고 아까부터 저렇게 ....
   울고만 있네요.

6) 가 : 과일 샐러드에 귤과 딸기를 넣었는데 뭘 더 넣을까요?

   나 : 사과 어때요? 맛도 있고 씹을 때 .... 소리도 나는 게
   재미있잖아요.

7) 가 : 엄마가 벌써 일어나셨나 봐. 부엌에서 .... 거리는 소리가 들리네.

   나 : 그러게. 아침 준비하시나 봐. 우리도 일어나서 도와드리자.

8) 가 : 엄마, 아이스크림 사 주세요. 시원한 아이스크림 먹고 싶어요.

   나 : 기침을 .... 하면서도 아이스크림을 먹고 싶다고? 안 돼. 감기
   나으면 사 줄게.

9) 가 : 너 어제 정말 잘 자더라. 사람들이 그렇게 시끄럽게 떠드는데도
   .... 자던데.

   나 : 응, 며칠 동안 잠을 못 잤거든. 너무 졸려서 시끄러운 줄도 모르고 잤어.

10) 가 : 좀 천천히 드세요. 그렇게 맥주를 물 마시듯이 .... 마시면 어떻게
    해요?

    나 : 일을 너무 열심히 했더니 갈증이 나서요. 아, 이제 좀 시원하다.

어휘와 표현

1. 갸름한 얼굴에 긴 생머리

각(角)이 지다 [가기지다]
(얼굴, 턱 등의) 모양이 각(면과 면이 만나 모아지는 끝 부분)이 있다. 세모나 네모 모양으로 생기다. 有稜、角
그 사람은 턱이 각이 져서 남자답다는 인상을 준다. 那個人的下巴稜角分明，讓人覺得很有男子氣概。

갸름하다
형 보기 좋을 정도로 조금 가늘고 긴 듯하다. 修長、略長
그 여자는 얼굴이 갸름해서 아주 예쁘다. 那個女生臉型略長，相當漂亮。

곱슬머리 [곱쓸머리]
명 파마하지 않아도 자연적으로 머리카락이 둥근 모양으로 자라는 머리. 捲髮
우리 오빠는 곱슬머리라서 사람들이 파마한 줄 안다고 고민이다. 我哥很困擾，因為他是捲髮，所以人們都以為他去燙髮。

날카롭다
형 칼이나 깨진 유리 조각처럼 만지면 다치기 쉬운 모양이다. 銳利
깨진 유리 조각은 날카로우니까 치울 때 조심해야 한다. 碎玻璃片因為很銳利，所以清理的時候要小心。

납작하다 [납짜카다]
형 얇으면서 눌러 놓은 것 같은 낮은 모양이다. 扁平的
내 코는 조금 납작한 편이다. 我的鼻子有點偏扁。

넓적하다 [넙쩌카다]
형 편편하고 얇으면서 넓은 모양이다. 寬寬的
예전의 미인은 지금보다 얼굴이 약간 넓적했다. 古代的美人跟現在相比，臉型略寬。

단발머리
명 귀의 아랫부분이나 목 정도까지 오도록 전체를 같은 길이로 자른 머리. 短髮
단발머리를 하면 소녀 같은 분위기가 난다. 剪短頭髮的話，會有如同少女般的感覺。

단정(端整)하다
형 옷차림, 머리 모양 등이 이상하지 않고 보기 좋다. 整齊
그 사람은 언제나 옷차림이 단정하다. 那個人的穿著不論何時都很整齊。

도수(度數) [도쑤]
명 눈이 좋거나 나쁜 정도를 나타내는 수. 度數
눈이 나빠서 늘 도수가 높은 안경을 끼고 있다. 因為視力差，所以總是帶著高度數的眼鏡。

도톰하다
형 보기 좋을 정도로 알맞게 두껍다. 厚實
그 애는 입술이 도톰한 게 무척 귀엽다. 那個孩子厚實的嘴唇相當可愛。

막걸리 [막껄리]
명 전통적 방법으로 만든 한국 술의 종류. 馬格利酒
막걸리는 싸고 약간 단맛이 있어서 많은 사람들이 좋아한다. 馬格利酒既便宜又帶點甜味相當受到人們喜愛。

머리가 부스스하다
머리를 빗지 않아 어지럽게 일어나 있는 모양이다. 頭髮散亂
그 애는 자다가 금방 일어난 듯 머리가 부스스했다. 那個孩子的頭髮散亂，好像剛睡醒不久。

머리가 뻗치다
머리가 단정하지 않고 한 부분이 어떤 방향으로 길게 나와 있다. 頭髮翹起
어젯밤에 머리를 감고 바로 잤더니 아침에 머리가 뻗쳤다. 昨晚洗完頭馬上就睡了，結果今天早上頭髮都翹起來。

머리를 땋다
머리카락을 둘로 나누어 서로 어긋나게 엮어 하나로 묶다. 綁辮子
머리를 땋으니까 훨씬 어려 보인다. 頭綁辮子後，看起來更年輕。

머리숱
명 머리털의 수. 髮量
머리숱이 너무 많아서 머리를 말리는 데 시간이 걸린다. 因為頭髮多，所以吹頭髮很花時間。

면도(面刀)하다
동 얼굴이나 몸에 난 수염이나 털을 깎다. 刮鬍子
매일 면도를 하지 않으면 수염 때문에 얼굴이 지저분해 보인다. 如果不每天刮鬍子，臉就會因為鬍子的關係看起來很邋遢。

목도리 [목또리]
명 추위를 막거나 멋을 내기 위하여 목에 두르는 것. 圍巾
이 목도리는 색깔도 예쁘고 따뜻해서 무척 마음에 든다. 這條圍巾顏色漂亮又很溫暖，我非常喜歡。

빗질 [빈찔]
명 머리카락이나 털을 빗으로 빗는 행동. 梳頭髮
머리는 빗질을 자주 해야 건강해진다. 要經常梳頭，頭髮才會變得健康。

뾰족하다 [뾰조카다]
형 연필 끝처럼 어떤 물건의 끝이 점차 가늘어져 다른 것을 찌르기 쉬운 모양이다. 尖
이 구두는 너무 높고 앞부분이 뾰족하여 발이 불편할 것 같다. 這皮鞋因為太高且鞋頭很尖，可能會讓腳不舒服。

상냥하다

형 태도가 부드럽고 친절하다. 和藹
그 사람은 항상 웃는 얼굴로 상냥하게 말해서 기분이 좋다. 他總是面帶微笑和藹地說話，讓人感到心情很好。

생머리

명 파마를 하지 않은 자연 그대로의 머리. 直髮、自然髮型
그 여자의 긴 생머리가 바람에 날렸다. 那個女生的直長髮隨風飄逸。

실망스럽다(失望---)

형 바라던 일이 뜻대로 되지 않아 마음이 안 좋다. 失望
열심히 했는데 점수가 너무 안 나와서 실망스럽다. 努力卻未獲得好成績，真令人失望。

오뚝하다 [오뚜카다]

형 사람의 코와 같이 작은 것이 바닥보다 위로 올라와 서 있는 모양이다. 高聳、突起
그 애는 코가 오뚝해서 참 예쁘다. 那個孩子鼻子很挺，顯得漂亮。

옷차림

명 옷의 종류를 선택하여 입은 모양. 衣著
음악회에 가는데 어떤 옷차림이 어울릴까? 我要去參加音樂會，該穿什麼衣服比較合適呢？

윗도리 [위또리/윋또리]

명 윗옷. 上衣
남학생들이 윗도리를 벗고 농구를 하고 있다. 男同學脫掉上衣打著籃球。

유난히

부 (말이나 행동, 상태 등이) 보통과 아주 다르게. 分外、特別
오늘은 유난히 피곤하다. 今天特別累。

의심스럽다(疑心---)

형 확실히 알지 못하거나 믿지 못하여 이상하게 생각할 만하다. 懷疑
그 사람이 이 일을 제대로 해낼지 의심스럽다. 他能不能做好這件事令人懷疑。

자상(仔詳)하다

형 작은 것까지 하나하나 자세하고 친절하게 하다. 無微不至、細心周到
우리 아버지는 늘 우리 일에 마음을 써 주시는 자상한 분이셨다. 我的父親是位細心的人，總是把我們的事想得很周到。

잔잔하다

형 바람이나 파도 등이 조용하거나 높지 않다. 平靜
오늘은 바람도 거의 없고 바다도 아주 잔잔하다. 今天幾乎沒有風，大海也很平靜。

전형적(典型的)

관 명 어떠한 것의 중요한 특징을 가장 잘 나타내는 (것). 典型的
오늘 날씨는 무척 따뜻한 것이 전형적인 봄 날씨다. 今天天氣很溫暖，是典型的春日天氣。

파마머리

명 미용실에서 일정한 모양이 나오도록 파마한 머리. 燙髮
파마머리를 하니까 좀 나이가 들어 보이는 것 같다. 因為燙髮的關係，看起來有點老。

한결같다

형 처음부터 끝까지, 또는 여럿이 모두 하나처럼 같다. 始終如一、一如既往
선생님은 한결같이 우리에게 친절하셨다. 老師對我們一直都很親切。

2. A형 성격과 B형 성격

경쟁심(競爭心)

명 남을 이기거나 남보다 앞서려고 하는 마음. 好勝心
경쟁심이 강한 그는 늘 나를 이기려고 한다. 好勝心很強的他總是想贏我。

관대(寬大)하다

형 마음이 넓어 이해심이 있고 다른 사람들의 잘못을 잘 용서해 주다. 寬宏大量
몰라서 한 행동이니까 그 사람의 잘못을 관대하게 용서해 주세요. 他是在不知情的情況下而做的，就請寬恕他的錯誤吧。

구분(區分)되다

동 일정한 기준에 따라 전체가 나누어지다. 區分
기숙사는 대개 남자 기숙사와 여자 기숙사로 구분되어 있다. 宿舍大致上分為男生宿舍和女生宿舍。

까다롭다

형 자기의 마음에 들지 않으면 잘 받아들이지 않는다. 挑剔
사장님은 너무 까다로워서 직원들이 힘들어 한다. 老闆太挑剔了，讓員工們很辛苦。

꼼꼼하다

형 작은 것도 빼놓지 않고 하나하나 살펴보는 성격이다. 仔細、縝密周到
꼼꼼한 사람은 모든 일에 거의 실수가 없다. 細心的人，凡事都很少出錯。

낙관적(樂觀的) [낙꽌적]

관 명 앞으로의 일이 잘되어 갈 것으로 여기는 (것). 樂觀的
낙관적으로 생각하는 것은 좋지만 너무 준비가 없으면 안 된다. 樂觀思考雖是好事，但也不能太無準備。

내성적(內省的)이다 [내성저기다]
자신의 생각, 감정을 밖으로 잘 표현하지 않는 성격이다. 內向的
그는 내성적인 성격이라서 평소에 말이 적은 편이다. 他個性內向，平時話不算多。

냉정(冷情)하다
형 남을 배려하는 마음이 없고 도움을 요청해도 차갑게 거절하다. 冷漠
그는 내 부탁을 냉정하게 거절했다. 他冷漠地拒絕了我的請求。

느긋하다 [느그타다]
형 걱정이 적어서 급하지 않고 여유가 있다. 悠悠然、從容不迫
그는 너무 느긋하게 일을 처리해서 어떤 때는 답답하다. 他處理事情太過從容，有時讓人很悶。

디스크
명 등뼈의 뼈와 뼈 사이에 있는 연한 뼈. 또는 그곳에 생기는 병. 椎間盤突出
디스크가 심하여 이제는 앉아 있기도 힘들다. 因為椎間盤突出太嚴重，現在連坐著都很困難。

매사(每事)
명 하나하나의 모든 일. 事事、每事
어른 앞에서는 매사에 행동을 조심해야 한다. 在大人面前，做每件事都應當小心注意。

무리(無理)하다
형 어떤 일을 할 때 적당한 기준에서 벗어난 정도가 심하다. 勉強
무리하게 일을 하다 보면 건강을 잃을 수 있다. 勉強工作可能會失去健康。

민감(敏感)하다
형 어떤 것을 빠르고 깊이 더 잘 느끼며 반응하다. 敏感
이 기계는 특히 열에 민감하다. 這台機器對熱特別敏感。

불안(不安)하다
형 걱정 등이 있어서 마음이 편하지 않다. 不安
아이들만 집에 두고 와서 불안하다. 把孩子留在家裡令我坐立不安。

빈틈
명 비어 있는 틈이나 사이. 단점이나 부족한 점. 空隙、缺點
그는 빈틈이 없는 사람이라 일을 할 때 실수가 없다. 他是個思慮周延的人，做事沒有失誤。

사연(事緣)
명 일의 앞뒤 사정과 까닭. 來龍去脈情況、緣由
라디오에서 가난한 부부의 슬픈 사연이 소개됐다. 廣播中介紹了貧困夫婦的悲慘故事。

성취(成就)
명 목적한 대로 일을 이룸. 成就、實現
올해 상황이 좋지 않아서 목표 생산량의 성취가 쉽지 않을 것 같다. 今年情況不好，可能很難達成目標生產量。

소극적(消極的)이다 [소극쩌기다]
스스로 나서지 못하고 시키는 일만 하는 성격이다. 消極、被動的
그 애는 소극적이라 누가 시키지 않으면 아무 일도 안 한다. 那個孩子很被動，如果誰不去使喚他的話，他什麼事都不會做的。

소심(小心)하다
형 남이 어떻게 생각할까 신경 써서 자신감이 없고 지나치게 조심스럽다. 畏首畏尾、小心謹慎、拘謹
나는 소심한 편이라서 남한테 반대하는 말을 잘 못한다. 我是比較小心謹慎，不太會說反對別人的話。

여유(餘裕)
명 시간이나 물건, 돈 등을 쓰고 남는 것. 느긋하게 생각하거나 행동하는 마음 상태. 寬裕、悠閒
늘 바쁘지만 가끔은 여유를 갖고 살고 싶다. 雖然總是很忙，但是偶爾也想活得悠閒一點。

완벽(完璧)하다 [완버카다]
형 조금도 잘못이나 나쁜 것이 없이 완전하다. 完美
이 세상에 완벽한 사람이 있을까요? 這個世界上有完美的人嗎？

외향적(外向的)이다 [외향저기다/웨향저기다]
자신의 생각, 감정을 밖으로 잘 표현하는 성격이다. 外向的
나는 성격이 외향적이어서 사람들을 쉽게 사귄다. 我個性外向，容易與人交往。

요인(要因)
명 중요한 원인. 主要原因
이번 사고의 가장 큰 요인은 엔진 고장이었다고 한다. 據說造成此次事故的主要原因是引擎故障。

위장병(胃臟病) [위장뼝]
명 위에 생기는 병. 胃病
항상 시간이 없어 식사를 제때 하지 못했더니 위장병이 생겼다. 因為沒空導致未能按時吃飯，結果得了胃病。

유전적(遺傳的)
관 명 부모, 조상으로부터 어떤 특성을 받아 닮은 (것). 遺傳的
이 병의 원인은 유전적인 것보다 환경적인 것이 더 크다고 한다. 據說這種病症的原因，環境因素大於遺傳因素。

의지(意志)
명 어떤 일을 이루고자 하는 마음. 意志
의지가 약한 사람은 이 일을 해내지 못할 것이다. 意志薄弱的人做不了這件事。

이기적(利己的)이다 [이기저기다]
다른 사람은 상관없이 자기에게 좋은 것만 하는 성격이다. 自私的
자기만 생각하는 이기적인 사람이 되지 말자. 不要成為只想到自己的自私之人。

인정(人情)이 많다
마음이 따뜻하다. 很有人情味
시골 사람들은 아직도 인정이 많다. 鄉下人至今還是很有人情味。

적극적(積極的)이다 [적끅쩌기다]
시키지 않아도 스스로 나서서 열심히 하는 성격이다. 積極的
모두의 적극적인 참여로 일이 빨리 끝났다. 在大家積極的參與之下，工作很快就結束了。

중독(中毒)
명 술이나 일 등을 너무 많이 하여 그것을 하지 않으면 참기 어려운 상태. 中毒、沉迷
요즘 인터넷 중독에 걸린 청소년들이 많다. 最近沉迷於網路的青少年很多。

지향(志向)
명 생각이 어떤 목표, 방향으로 향하는 것. 志向、趣向
나는 미래 지향적인 태도를 갖고 싶다. 我想要擁有著眼於未來的態度。

진행(進行)되다
동 어떤 일이 시간의 흐름에 따라 실제로 되어 가다. 進行
여러 날 준비했던 일이 별 문제없이 잘 진행되었다. 準備了好幾天的事情進行得很順利，沒有特別的問題。

차분하다
형 당황하지 않고 조용하게 행동하는 모습이다. 冷靜、沉穩
불이 났을 때는 당황하지 말고 차분하게 행동하세요. 火災時不要慌張，要冷靜應對。

참을성이 없다
잘 참지 못하다. 不耐煩、沒耐性
나는 참을성이 없어서 힘든 일을 끝까지 못한다. 我沒有耐性，辛苦的事情沒辦法撐到最後。

챙기다
동 필요한 것을 잘 준비하거나 잊지 않고 기억하다. 準備、考量、照顧
외국 여행을 가려면 챙겨야 할 것들이 많다. 若想要去國外旅行，必須要準備很多東西。

털털하다
형 사람의 성격이나 행동이 시원하고 작은 일들에 신경 쓰지 않는 편이다. 隨和、灑脫、大而化之的
그 사람은 성격이 털털해서 그런 일로 기분 나빠할 사람이 아니다. 那個人性情隨和，不是會用那種事讓人不高興的人。

흥분(興奮)하다
동 어떤 원인으로 감정이 강하게 일어나다. 激動、衝動
기분이 나쁘더라도 너무 흥분하지 말고 잘 생각해서 행동해야 한다. 即使心情不好也不要過於衝動，應當好好思考再行動。

3. 만나고 싶은 사람

공연(公演)하다
동 음악, 무용, 연극 등을 많은 사람 앞에서 하다. 表演、演出
유명한 음악가가 대극장에서 공연한다. 著名音樂家在大劇院演出。

과장(課長)
명 회사에서 한 과(課)를 맡은 책임자. 課長
회사에 들어가서 과장이 되려면 보통 3년 이상이 걸린다. 進公司後若要成為課長一般需要3年以上的時間。

교향악단(交響樂團) [교향악딴]
명 많은 악기 연주자가 함께 참여하는 심포니 오케스트라. 交響樂團
시립 교향악단의 가을 정기 음악회가 다음 달에 열린다. 市立交響樂團的秋季定期音樂會將於下月召開。

균형(均衡)
명 한쪽으로만 너무 가지 않고 여러 가지가 다 비슷하여 좋은 상태. 均衡、平衡
자전거를 탈 때는 균형을 잘 잡아야 넘어지지 않는다. 騎自行車時要好好維持平衡才不會摔倒。

남짓
명 크기, 수, 양 등이 조금 남는 정도. 分量多餘、有餘
이번 모임에 열 명 남짓 왔다. 這次聚會來了十餘人。

띠다
동 색깔, 감정, 성질 등을 나타내 보이다. 帶著、泛著
저녁 하늘이 붉은 빛을 띠고 있다. 傍晚的天空帶著紅光。

발휘(發揮)하다

동 능력이나 재능을 나타내다. 發揮
이번 경기에서 우리가 가진 능력을 최대한 발휘해 주기 바란다. 希望
能在這場比賽中，充分發揮我們的能力。

부장(部長)

명 회사에서 한 부(部)를 맡은 책임자. 部長
부장이 직원들과 함께 내년도 사업 계획서를 검토하고 있다. 部長正
在和職員們一起研討明年的事業計劃書。

사고방식(思考方式)

명 어떤 문제에 대하여 생각하는 방법이나 태도. 思考方式
사람들은 서로 다른 사고방식을 가지고 있다. 人們擁有各自不同的思
考方式。

사무총장(事務總長)

명 유엔(UN) 등 큰 단체에서 일을 하며 전체의 책임을 맡은
사람. 秘書長
그는 한국인으로서는 최초로 유엔 사무총장이 되었다. 他是首位擔任
聯合國秘書長的韓國人。

수상(受賞)하다

동 상을 받다. 獲獎
그 여자는 이번 대회에서 일등 상을 수상했다. 她在這次大賽中獲頒一
等獎。

시향(市響)

명 시립 교향악단. 市立交響樂團
서울시향의 무료 정기 음악회에 시민들이 모여들었다. 市民來參加首
爾市立交響樂團的免費定期音樂會。

아울러

부 동시에. 함께. 同時、一同
새로 나온 스마트폰은 다양한 통화 기능이 있다. 아울러 인터넷도 자
유롭게 사용할 수 있다. 新推出的智慧型手機具有多種通話功能，同時
還能自由上網。

업적(業績) [업쩍]

명 어떤 일이나 연구 등에서 잘한 일. 그동안 해 온 일. 業績
그는 새로운 약을 개발하는 등 많은 업적을 남겼다. 他因開發新藥
等，留下了很多業績。

연주(演奏)하다

동 악기를 소리 내어 음악을 표현하다. 彈奏、演奏
그 여자는 기타를 멋지게 연주하였다. 那個女的彈吉他彈得很帥氣。

연주회(演奏會) [연주회/연주훼]

명 음악을 연주하고 들려주는 모임. 演奏會
오늘부터 사흘간 대강당에서 피아노 연주회가 열립니다. 從今天開始
在大禮堂舉行為期三天的鋼琴演奏會。

열정(熱情) [열쩡]

명 어떤 일을 열심히 하는 뜨거운 마음. 熱情
그분의 음악에 대한 열정은 누구도 따라갈 수 없을 것이다. 他對音樂
的熱情可能無人能及。

위대(偉大)하다

형 뛰어나고 훌륭하다. 偉大
인도의 타지마할은 위대한 문화유산이다. 印度的泰姬瑪哈陵是偉大的
文化遺產。

입상(入賞)하다 [입쌍하다]

동 상을 받을 수 있는 사람 수 안에 들다. 受獎入圍
그는 이번 대회에서 일 등으로 입상했다. 他在這次比賽中獲一等獎。

재능(才能)

명 재주와 능력. 才能
모차르트는 어릴 때부터 음악에 재능을 보였다. 莫札特從小就顯露出
他的音樂才能。

주최(主催)하다

동 행사나 모임을 주인으로서 계획하고 열다. 主辦
서울시가 외국인 말하기 대회를 주최했다. 首爾市主辦了外國人演講
比賽。

지휘(指揮)하다

동 많은 사람이 함께 노래하거나 연주할 때 앞에서 손이나
몸을 움직여 연주를 잘할 수 있도록 하다. 指揮
그가 오케스트라를 지휘하자 청중들이 숨을 죽였다. 他一指揮管絃樂
團，聽眾就都屏住氣息。

진로(進路) [질로]

명 앞으로 가게 될 길. 前途、出路
대개 대학교에 들어갈 때쯤 진로를 정한다. 大概在上大學的時候決定
出路。

진정(眞情)

명 진짜로 느끼는 정이나 마음. 真情、真心
그는 아이들을 진정으로 사랑했다. 他是真心愛著孩子們。

참여(參與)하다

동 어떤 일에 들어가서 함께하다. 參與
그녀는 남을 돕는 일이라면 무슨 일이든 참여하려고 한다. 只要是幫
助他人之事，她都想參與。

콩쿠르

명 음악, 미술, 영화 등에서 훌륭한 연주자나 작품을 뽑는 대
회. 大賽、比賽
그녀는 피아노 콩쿠르에 참가하여 상을 받았다. 她因為參加鋼琴比賽
而獲獎。

평사원(平社員)

명 회사의 보통 사원. 普通職員

회사에 처음 들어가면 평사원부터 시작한다. 剛進公司，從普通職員開始做起。

협연(協演)하다

동 함께 연주하다. 共同演奏

그는 유명 바이올리니스트와 협연할 예정이다. 他打算和著名的小提琴家同台演出。

협찬(協贊)하다

동 어떤 일에 돈이나 물건으로 도움을 주다. 贊助

이번 공연이 화제가 되자 회사들이 많은 물품들을 협찬하겠다고 한다. 這次演出一成為話題後，許多公司就說要贊助很多物品。

후원(後援)하다

동 뒤에서 도와주다. 援助、贊助

몇몇 큰 회사들이 이번 지방 공연을 후원하고 있다. 幾家大公司都贊助了這次的地方表演。

훈장(勳章)

명 나라를 위해 훌륭한 일을 한 사람에게 국가가 기념하여 주는 것(물건). 勳章

그는 작년에 국가로부터 과학 기술 훈장을 받았다. 他去年榮獲國家科技勳章。

사랑하는 마음

關愛之心

1

사랑의 손길
愛的援手

들어가기

💬 이야기해 보세요

다음 사진에서 사람들은 어떤 일을 하고 있습니까? 여러분도 이런 일을 해 본 적이 있습니까?
下方照片中的人們正在做些什麼事呢？各位是否也曾經做過這些事呢？

> 저는 모금 활동을 해 본 적이 있어요.

> 언제요? 어디서요?

난민 구호

©월드비전

성금 모금

무료 급식

🎧 들어 보세요 🔊

다음은 어떤 단체에 대한 소개입니다. 잘 듣고 답하세요.
接下來是某個團體的介紹，請仔細聽並回答問題。

1. 어떤 단체에 대한 설명입니까?

① 　　② 　　③

2. 이 단체에서 하는 일을 말해 보세요.

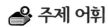

🗨 주제 어휘

1. 다음은 도움이 필요한 사람들을 나타내는 말입니다. 관계있는 것끼리 연결하세요.

1) 결식아동　　2) 노숙자　　3) 독거노인　　4) 이재민　　5) 난민　　6) 소년 소녀 가장

집이 없어서 지하철역에서 잠을 잡니다.

홍수가 나서 집을 잃고 학교 체육관에서 지내고 있습니다.

옆집 할아버지는 가족 없이 혼자 사십니다.

집이 가난해서 점심을 굶습니다.

전쟁을 피해 이웃 나라로 온 후 난민촌에서 살고 있습니다.

고등학생이지만 병든 아버지, 어린 동생을 위해 돈을 법니다.

2. 다음은 어려운 이웃을 돕는 활동입니다. 관계있는 것끼리 연결하세요.

1) 모금을 하다　　2) 성금을 내다　　3) 구호품을 보내다　　4) 무료 급식을 하다　　5) 후원하다

무료로 밥을 주다

다른 사람을 돕기 위해 돈을 모으다

다른 사람을 돕기 위해 돈을 내다

이재민에게 필요한 물건을 보내다

직접 활동하지 않고 뒤에서 돕다

다음은 후원을 요청하는 편지입니다. 잘 읽고 질문에 답하세요.
下方為請求協助的書信，請仔細閱讀並回答問題。

김민석 선생님께

가 안녕하십니까? 이웃사랑운동본부입니다.

설 명절 잘 쇠셨습니까? 가족과 함께 따뜻하고 좋은 시간 보내셨기를 바랍니다.

나 저는 오늘 우리가 관심을 가져야 할 불우 이웃에 관해 말씀드리기 위해서 편지를 드립니다.

다 아시다시피 아직도 우리 주변에는 하루의 끼니를 걱정하며 살아가고 있는 사람들이 있습니다. 너나없이 경제적 풍요를 누리고 있는 것 같은 시대이지만 의지할 곳 없이 버려진 무의탁 독거노인들부터 끼니를 제대로 챙겨 먹지 못하는 결식아동까지 우리의 도움을 기다리는 사람들은 많습니다.

라 이웃사랑운동본부에서는 이러한 어려운 이웃들에게 조금이나마 도움이 되고자 무료 급식을 하고 있습니다. 이웃사랑운동에 쓰이는 쌀은 하루 250kg으로 우리의 이웃 3,000여 명이 매일 따뜻한 한 끼를 먹을 수 있는 양입니다. 선생님의 도움이 필요합니다. 선생님이 보내 주시는 후원금으로 우리 이웃들에게 희망과 웃음을 되찾아 줄 수 있습니다. 지금 바로 따뜻한 손길을 내밀어 주십시오.

마 선생님 가정에 평화와 행복이 가득하기를 빕니다. 감사합니다.

20xx년 3월 2일

이웃사랑운동본부 올림

1. <u>나</u> 의 '불우 이웃'은 어떤 사람들을 가리킵니까?

2. 이 단체는 어떤 일을 하고 있습니까?

3. 이 편지를 쓰는 목적은 무엇입니까?

4. <u>가</u> ~ <u>마</u> 의 내용으로 알맞은 것을 찾아보세요.

.... 상황 설명   .... 도움 요청   .... 끝인사/날짜/보내는 사람

.... 인사   .... 편지 쓰는 목적

💬 이야기해 보세요

다음은 여러 가지 인사 표현입니다. 계절 인사와 복을 비는 인사를 연결해 보세요. 또 다른 인사말을 만들어 보세요.
下方為各種寒暄的表現，請試著連結各個季節寒暄與祈福問候，並創造不同的問候語。

계절 인사

- 따뜻한 봄이 왔습니다. 생명력 가득한 봄기운이 싱그럽습니다.
- 열정과 활기로 가득한 여름, 푸른 바다와 산이 아름답습니다.
- 가을 하늘이 참으로 높고 푸릅니다.
- 겨울이 깊었습니다. 하얀 눈이 세상을 덮어 우리의 마음이 어느 때보다 깨끗합니다.

복을 비는 인사

- 희망의 계절 봄을 맞아 모든 일이 뜻대로 이루어 지시기를 기원합니다.
- 한여름 더위를 식혀 주는 소나기처럼 기분 좋은 일들로 가득한 나날 되시길 빕니다.
- 가을의 여유와 낭만 속에 귀하의 건강과 행복을 빕니다.
- 한 해를 마무리하는 이때 가정에 기쁨과 행복이 가득하시기를 빕니다.

文法與表達

1. V-다시피

- 이 사진에서 보시다시피 이 지역 어린이들의 질병은 심각한 상황입니다. 如同各位在這照片中所看到的一樣，這地區孩童的疾病狀況相當嚴重。
- 말씀하셨다시피 우리 모두 사회 문제에 관심을 가지는 것이 필요합니다. 如同您所說過的，我們都必須對社會問題抱以關心。

2. 너나없이 (모두)

- 김치는 한국 사람들이 너나없이 모두 좋아하는 음식이에요. 泡菜是所有韓國人都喜歡的食物。
- 요즘은 농사철이라서 너나없이 바빠요. 最近是農忙季節，大家都很忙碌。

3. N(이)나마, A-게나마, A-(으)나마

- 친구의 농담으로 힘든 것을 잊고 한때나마 큰 소리로 웃었어요. 在朋友的玩笑話之下，儘管只是一時的，我忘卻了煩心之事，大聲地笑了。
- 방 한 칸이지만 이렇게나마 가족들이 모여 살 수 있어서 다행입니다. 雖然只有一間房，但能像這樣一家人生活在一起還是很幸運的。
- 부족하나마 제 작은 힘을 봉사 활동에 보태고 싶습니다. 雖然不是很足夠，但我還是想在志工服務上盡點微薄之力。

4. V-고자

- 난민들의 고통스러운 생활을 알리고자 사진전을 열었습니다. 為使人們知道難民們痛苦的生活，而舉辦了攝影展。
- 이재민들을 돕고자 성금을 모으고 있습니다. 為幫助災民而正在募款。

듣고 말하기

🎧 들어 보세요 🔊

다음은 '십시일반운동본부' 회장과의 인터뷰입니다.
잘 듣고 질문에 답하세요.
接下來是「十匙一飯運動總部」會長的訪談，
請仔細聽並回答問題。

1. 이 단체의 이름은 무슨 뜻을 가졌습니까?

2. 어떤 일을 하는 단체입니까?
   - ☐ 난민 구호
   - ☐ 구호품 전달
   - ☐ 무료 급식
   - ☐ 결식아동 후원

3. 어떤 행사를 했습니까? 행사 음식으로 왜 그것을 선택했습니까?

4. 어떤 사람들이 이 단체에서 자원봉사를 합니까?

💬 이야기해 보세요

십시일반으로 어려운 사람을 돕는 방법에 대해 이야기해 보세요.
請試著以「十匙一飯」來說說幫助生活困難之人的方法。

> 텔레비전에서 전화 ARS로 성금을 모으는 것을 봤는데 좋은 방법이던데요. 한 통화에 2,000원씩 기부하는 것이지만 여러 사람의 전화가 모여 금방 1,000만 원, 2,000만 원이 되는 것을 봤어요.

> 제가 활동하던 동아리에서는 시각 장애인들을 위한 녹음 봉사를 했는데요. 일주일에 한 시간씩만 봉사하면 여러 사람의 힘이 모여 소설책 두 권 정도를 녹음할 수 있었어요.

과제 여러분은 자선 단체에서 일하는 직원입니다. 사람들에게 후원을 요청하는 편지를 써 보세요.
各位是慈善團體的職員，請試著寫封向人們請求協助的信。

1. 다음에 대해 친구와 같이 의논해 보세요.

의논할 사항

■ 단체의 이름은 무엇으로?

■ 누구를 후원합니까?
  - 불우 이웃, 이재민, 결식아동, 독거노인……

■ 어떤 도움을 줘야 합니까?
  - 자원봉사, 후원금, 구호품……

결정 사항

■

■

■

누구를 후원할까?

어떤 도움을 줘야 할까?

2. 다음과 같은 내용을 포함하여 편지를 쓰세요. 편지를 쓸 때 아래의 인사 표현을 참고하세요.

인사 → 편지 쓰는 목적 → 상황 설명 → 도움 요청

> 아직도 우리 주변에는 끼니를 제대로 챙겨 먹지 못하는 어린이들이 있습니다.

> 십시일반이라는 말이 있습니다. 작은 정성이 모이면 큰 힘이 됩니다.

> 여러분의 작은 정성이 이 어린이들에게 빛을 줄 수 있습니다. 내일이면 늦습니다. 지금 도와주시기 바랍니다.

> 지구촌 곳곳에서 심각한 식량난과 식수난으로 고통받는 난민들이 있습니다.

3. 친구들이 쓴 편지를 서로 읽은 후에 어떤 단체를 후원할지 결정하고 그 이유를 말해 보세요.

2

사랑이란
所謂的愛

들어가기

💬 이야기해 보세요

여러분은 사랑에 대해 어떻게 생각합니까?
各位對於愛情有什麼看法呢？

사랑은 움직이는 거야.
내 마음은 내 거라고.

사랑이 어떻게 변하니?
너 어떻게 이럴 수
있니?

사랑은 순수한
거예요. 조건을
따지는 사랑이
어떻게 사랑이
에요?

사랑도 계산이 필
요해요. 마음을 주
기 전에 따져 볼
것은 따져 봐야지
요.

🎧 들어 보세요 15 🔊

다음은 여자에게 말을 걸기 위해 고민하는 남자의 혼잣말입니다. 잘 듣고 질문에
답하세요.
接下來是男生思考該如何向女生搭話的自言自語，請仔細聽並回答問題。

1. 이 남자의 마음을 다음 단어로 표현해 보세요.

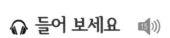

화끈화끈　　　두근두근　　　바짝바짝

2. 남자는 여자에게 말을 걸기 위해 어떤 말들을 생각했습니까?

3. 여러분이라면 이런 경우 어떻게 말을 걸겠습니까?

읽고 말하기

주제 어휘

다음은 사랑과 관련된 말입니다. 알맞은 말을 골라 쓰세요.
下方為與愛相關的字詞，請挑選合適的字詞並填入。

첫사랑　　풋사랑　　짝사랑　　안타까운 사랑　　영원한 사랑　　순수한 사랑　　헌신적인 사랑

1. 준이는 미나를 좋아합니다. 그렇지만 미나는 준이가 자기를
   좋아한다는 것을 모릅니다. 준이가 용기가 없어서 마음을
   고백하지 못하고 혼자서만 좋아하고 있기 때문입니다.

   짝사랑

2. 작년 봄 어느 날 그가 농구하는 모습이 멋있다고 생각한
   다음부터 그와 마주치면 가슴이 두근거리고 얼굴이 빨개져
   당황스럽습니다. 그는 제가 처음으로 좋아하게 된 사람입니다.

3. 사춘기 아이들은 쉽게 사랑에 빠집니다. 그러나 그 마음은 깊이
   있는 것이라고 하기는 어렵습니다. 성숙하지 않은 어린 날의 이런
   감정은 아직 익지 않은 과일과 같습니다.

4. 어머니는 자식들을 위해 모든 것을 다 바칩니다. 그 사랑은 크고
   깊어서 당신의 모든 것을 희생하면서도 아까워하지 않습니다.
   어쩌면 목숨까지도 바칠 수 있을 것입니다.

5. 그때는 같이 있는 것만으로 행복했습니다. 데이트 비용이 없어
   떡볶이밖에 먹지 못했지만 전혀 문제가 되지 않았습니다. 티 없이
   즐겁고 행복했던 그때 그 마음으로 돌아가고 싶습니다.

6. 사랑하는 그 사람이 암으로 세상을 떠난 지 벌써 10년이
   지났습니다. 그러나 저는 사랑의 약속은 언제까지나 변함이 없는
   것이라고 생각합니다. 그 사람을 향한 제 사랑은 죽음으로도 멈출
   수 없습니다.

7. 우리 할아버지는 결혼 한 달 만에 전쟁터에 나가신 후 소식이
   끊어졌습니다. 스무 살 신부이던 할머니는 평생 동안 할아버지를
   기다리셨습니다. 그리고 작년 이산가족 상봉 때 두 분은 60년 만에
   만나셨습니다. 손을 꼭 잡고 눈물 흘리시는 두 분을 보고 가족들의
   마음도 너무 아팠습니다.

다음은 전래 동화 '견우와 직녀'입니다. 잘 읽고 질문에 답하세요.
下方為古典童話「牛郎與織女」，請仔細閱讀並回答問題。

견우와 직녀

　　옛날 하늘나라의 임금에게는 딸 하나가 있었는데, 베를 잘 짜서 이름을 직녀라고 했습니다. 마음씨도 곱고 영리해서 임금은 직녀를 무척 사랑했습니다.

　　시집을 보낼 때가 되자, 임금은 견우라는 젊은이를 사위로 얻었습니다. 견우는 소를 돌보는 사람이었습니다. 그런데 결혼한 견우와 직녀는 서로를 너무 사랑해서 잠깐이라도 안 보면 살 수 없을 지경이 되었습니다. 그러다 보니 각자 맡은 일에 신경을 쓰지 않고 같이 놀기만 해서 모든 일이 엉망이 되었습니다. 임금은 이 모습을 보고 불같이 화가 났습니다.

　　그래서 견우는 동쪽 하늘 끝으로, 직녀는 서쪽 하늘 끝으로 귀양을 보냈습니다. 귀양을 간 견우와 직녀는 일 년에 단 한 번, 음력 7월 7일 밤에만 은하수 강가에서 만날 수 있도록 허락을 받았으므로 그날이 오기만 손꼽아 기다렸습니다.

　　드디어 그날이 되어 두 사람은 은하수 강가로 갔지만 은하수는 너무나 넓은 강이었습니다. 다리는 물론 나룻배도 없어 만날 수 없었던 두 사람은 너무나 안타까워 눈물만 흘렸고 이 눈물은 비가 되어 땅 위에 떨어졌습니다. 그래서 해마다 칠월 칠석이 되면 이 세상에는 큰비가 오고 곳곳에 홍수가 나서 사람도 짐승도 큰 고통을 당하게 되었습니다.

　　생각다 못해 까치와 까마귀가 은하수에 올라가 다리를 놓아 두 사람이 만날 수 있게 해 주기로 했습니다. 칠석날 이 세상의 까치란 까치, 까마귀란 까마귀는 모두 하늘나라로 날아가 자기들의 몸으

1. 임금은 왜 화가 났습니까?

2. 견우와 직녀는 언제 서로 만날 수 있습니까?

3. 칠석날에 비가 오는 이유는 무엇 때문입니까?

4. 칠석날이 지나면 까마귀와 까치의 머리가 벗어지는 이유는 무엇입니까?

5. 견우와 직녀의 사랑은 어떤 사랑이라고 말할 수 있습니까?

💬 이야기해 보세요

여러분 나라에도 이와 같은 사랑 이야기가 있습니까? 여러분 나라에 전해 오는 유명한 사랑 이야기를 해 보세요.
各位國家中也有與此類似的愛情故事嗎？請試著說說各位國家中流傳迄今的著名愛情故事吧。

로 다리를 만들어 견우와 직녀가 그 위를 밟고 건너게 해 주었습니다. 견우와 직녀는 까마귀와 까치가 만든 오작교 위에서 서로를 만날 수 있었습니다.

그 후로도 까마귀와 까치들은 해마다 칠석날이 되면 은하수로 가서 견우와 직녀를 위해 다리를 만들어 주었습니다. 매년 칠석날이 지나면 까마귀와 까치의 머리가 벗어지는데 이것은 다리를 만들어 머리 위로 두 사람을 걸어 다니게 했기 때문이라고 합니다.

그 후로 심한 비는 더 이상 오지 않게 되었습니다. 그래도 해마다 칠월 칠석날이면 비가 조금씩은 내립니다. 이 비는 오랜만에 만나는 견우와 직녀가 반가워서 흘리는 눈물이라고 합니다.

文法與 表達

1. A/V-(으)ㄹ 지경이다
- 일주일 내내 쉬지 못했더니 몸살이 날 지경이에요. 一整個星期都沒能休息，已經快要到全身無力的地步了。
- 지하철에서 졸다가 넘어졌어요. 너무 창피해서 죽을 지경이었어요. 在地鐵上打盹打到跌倒，真的是丟臉丟到想死的地步。
- 이가 너무 아파서 잠을 잘 수 없을 지경이다. 牙齒疼痛到無法睡覺的地步。

2. 생각다 못해
- 큰아들을 과외 공부 시키세요? 你幫你大兒子請家教啊？
  - 네, 대학은 보내야 하는데 성적은 나쁘고, 그래서 생각다 못해 시작했어요. -對啊，我得讓他讀大學，可是他成績又差，別無他法就開始請家教了。

- 이번 학기에는 등록금을 낼 돈이 없어요. 그래서 생각다 못해 휴학했어요. 這學期沒錢繳註冊費，別無他法只好休學了。

3. N(이)란 N은/는 모두[전부, 다]
- 비가 와서 우산을 찾으니 우산이란 우산은 모두 고장 났더라고요. 下雨找傘，結果每支雨傘都壞了。
- 휴가철이라서 호텔이란 호텔은 전부 꽉 찼어요. 因為是休假季節，所有的飯店都爆滿了。

주제 어휘

다음은 사랑에 대한 표현입니다. 서로 알맞게 연결해 보세요.
下方為有關愛情的描述，請找出相對應的描述並連連看。

1. 눈에 콩깍지가 씌었나 봐요. ·

2. 짚신도 짝이 있대요. ·

3. 천생연분이군요. ·

4. 첫눈에 반했어요. ·

· 이 사람은 하늘이 정해 준 짝인 것 같아요.

· 자기 짝이 없는 사람은 없대요.

· 사랑을 하면 단점은 안 보이고 장점만 보여요.

· 처음 보자마자 사랑하게 되었어요.

들어 보세요 🔊

다음은 라디오 방송 사연입니다. 잘 듣고 질문에 답하세요.
以下是廣播中內容，請仔細聽並回答問題。

1. 여자는 남자와 어떤 사이였습니까?

2. 남자는 새로 사귄 여자 친구에 대해 뭐라고 표현합니까?

3. 여자와 관계된 것을 모두 고르세요.
   ☐ 마음이 쓸쓸하다.　　　　　　　☐ 남자에게 신경을 쓰고 있다.
   ☐ 남자 친구에게 첫눈에 반했다.　　☐ 천생연분을 만났다.
   ☐ 친구의 여자 친구가 마음에 든다.　☐ 자기의 짝을 찾고 있다.

4. 여자가 알고 싶은 것은 무엇입니까?

5. 여러분은 이 여자에게 어떤 말을 해 주고 싶습니까?

✍💬 이야기해 보세요

1. 우정과 사랑을 어떻게 구별할 수 있을까요?

> 그 사람을 보기만 해도 가슴이 뛴다, 그러면 사랑이겠지요?

> 그러게요. 손을 잡았는데 아무렇지도 않으면 그건 우정이고요.

> 또 약속 시간 한참 전부터 설레고 기다려지고 이런 감정이 있다면 이건 사랑이겠지요?

> 맞아요. 왠지 헤어지기 싫고 집에 가서도 자꾸 생각나고 그러면 그건 사랑이지요. 그냥 친구 사이라면 헤어져도 별 생각이 안 들잖아요.

2. 남녀 사이의 우정은 가능할까요? 자신의 생각을 말해 보세요.

과제 사랑을 정의하고 한 단락으로 써 보세요.
請寫下愛情的定義。

1. 다음 만화를 읽고 사랑을 정의해 보세요.

ⓒ홍승우

사랑이란 그가 행복하면 나도 행복
해지는 것이에요.

그의 전화가 기다려지는 것, 그것
이 사랑이지요.

2. 여러분이 생각하는 사랑, 행복, 결혼, 우정의 정의를 써서 발표해 보세요.

사랑이란   사랑하는 사람이 괴로워할 때 위로해 주는 것이다.

사랑이란 _____

행복이란 _____

결혼이란 _____

우정이란 _____

3. 다음 글과 같이 사랑에 대한 여러분의 생각을 한 단락으로 써 보세요.

사랑이란, 집에서나 회사에서나 거리에서, 비어 있는 모든 전화기 앞에서 절대 자유롭지 못한 것이다.

■ 정의

■ 설명

■ 강조

사랑에 빠져 있는 사람들에게 전화란 단 두 가지 종류로 간단히 나눌 수 있다. 그녀에게서 걸려오는 전화와 그 밖의 모든 전화. 전화벨이 울리면 그녀일 것 같고, 오래도록 전화벨이 울리지 않으면 고장을 의심하게 만드는 것, 그것이 사랑이다.

- 양귀자, <모순> -

1. 다음 중 아는 단어에 V 하세요.
   - ☐ 성금
   - ☐ 모금
   - ☐ 구호품
   - ☐ 후원하다
   - ☐ 결식아동
   - ☐ 이재민
   - ☐ 독거노인
   - ☐ 소년 소녀 가장
   - ☐ 헌신적이다
   - ☐ 안타깝다
   - ☐ 순수하다
   - ☐ 영원하다

2. 다음 표현을 이용해서 문장을 만들어 보세요.

   1) N(이)나마
   →

   2) V-고자
   →

   3) A/V-(으)ㄹ 지경이다
   →

3. 다음 표현은 어떤 뜻입니까?

   1) 눈에 콩깍지가 씌다

   ....

   2) 천생연분이다

   ....

   3) 짚신도 짝이 있다

   ....

   4) 첫눈에 반하다

   ....

보충 어휘

의태어 의태어는 모습을 흉내 내어 표현한 말입니다. 의태어로 여러 가지 모습을 좀 더 구체적으로 재미있게 표현하도록 합시다.
擬態語是指模擬狀態，將之以文字來表現的字詞。讓我們用擬態語來更具體、有趣地表現各種狀態吧。

꾸벅꾸벅거리다/하다 點頭貌
졸려서 머리가 앞으로 자꾸 숙여지는 모양. 因為很想睡覺，所以一直往前低頭的樣貌

힐끗힐끗거리다/하다 偷瞄貌
안 보는 척하면서 몰래 자꾸 보는 모양. 裝作沒看到，卻老是偷瞄的樣子

싱글벙글거리다/하다 微微笑、笑瞇瞇地
기분이 좋은 듯 소리 내지 않고 즐겁게 웃는 모양. 好像心情很好，不發出聲音，開心微笑的樣子

깡충깡충 蹦蹦跳跳
주로 아이들이나 작은 동물이 다리를 모아 힘 있게 위로 뛰는 모양. 主要是指小孩或小動物以腳用力往上跳的樣子

헐렁헐렁하다 寬鬆、鬆鬆垮垮
옷 같은 것이 딱 맞지 않고 커서 공간이 남는 모양. 指衣服之類的東西，因太大不合身，而留有空間的樣子

살금살금 悄悄地、輕輕地、躡手躡腳地
남이 알아차리지 못하도록 조심스럽게 행동하는 모양. 為了不讓他人察覺，小心翼翼行動的樣貌

투덜투덜하다 嘟嘟囔囔
내용을 분명히 말하지 않고 불평하는 모양. 不說清楚內容的抱怨樣子

반짝반짝하다 閃亮亮、亮晶晶
별, 보석, 눈동자, 유리 등이 빛나는 모양. 星星、寶石、瞳孔與玻璃等發光的樣子

허둥지둥하다 慌慌張張、急急忙忙
급하게 서두르는 모양. 著急匆忙的樣貌

뒤죽박죽이다/으로 雜亂無章
여럿이 마구 뒤섞여 엉망이 된 모양. 또는 그런 상태. 很多東西胡亂混雜，一團亂的樣子，或是指那種狀態

연습 1 다음 그림에 어울리는 의태어를 고르세요.

1)

① 싱글벙글   ② 힐끗힐끗

2)

① 허둥지둥   ② 깡충깡충

3)

① 반짝반짝   ② 뒤죽박죽

4)

① 꾸벅꾸벅   ② 헐렁헐렁

보충 어휘

연습 2 다음 _____ 부분과 관련 있는 의태어를 쓰세요.

1) 한 달 동안 운동도 열심히 하고 다이어트도 했더니 바지가 커져서 흘러내릴 것 같다.

→ 헐렁헐렁해졌다

2) 친구와 여행을 갔는데 하루 종일 불평과 불만 섞인 말을 해서 내 머리가 아프다.

→

3) 오랫동안 해 오던 일을 드디어 끝내서 기분이 좋아 계속 웃고 있다.

→

4) 가방 속 물건들이 정리되어 있지 않아서 열쇠를 찾으려니 너무 힘들다.

→

5) 아기가 자고 있어서 소리가 나지 않게 조심스럽게 걷는다.

→

6) 아침에 늦게 일어나서 정신없이 급하게 버스 정류장으로 뛰어갔다.

→

연습 3 의태어를 넣어서 대화 연습을 해 보세요.

1) 가 : 버스 의자에 앉아서 _____ 졸다가 그만 앞으로 넘어지고 말았어요.
   나 : 저런, 많이 피곤했나 봐요. 어쨌든 굉장히 창피했겠네요.

2) 가 : 너 날마다 청바지에 티셔츠만 입고 다니다가 그렇게 여성스러운 옷을 입으니까 완전히 다른 사람 같다.
   나 : 그래서 아까부터 나를 _____ 쳐다봤구나.

3) 가 : 앗, 깜짝이야. 너 교실에 언제 들어온 거야?
   나 : 너 깜짝 놀라게 하려고 소리 없이 _____ 들어왔지.

4) 가 : 숙제가 많은데도 학생들이 다 잘해 오네요.
   나 : 가끔 숙제가 너무 많다고 _____하면서 불평도 하지만 그래도 잘해 와요.

5) 가 : 네 남자 친구는 언제 봐도 _____ 웃는 얼굴이네.
   나 : 응, 낙천적이고 긍정적인 성격이라 거의 항상 밝은 표정이야.

6) 가 : 오늘은 뭘 정리할 거예요?

　　나 : 책들이 ....으로 섞여 있어서 찾기가 어렵거든. 책 제목을 가나다순으로 정리해서 책꽂이에 꽂자.

7) 가 : 얼마나 열심히 청소를 했는지 온 집안이 다 .... 빛나네.

　　나 : 그럼요. 저는 일단 일을 시작하면 확실하게 한다고요.

8) 가 : 생일 선물을 받고 딸이 좋아했어요?

　　나 : 그럼요. 좋아서 .... 뛰며 기뻐하던 걸요.

9) 가 : 1년에 한 번은 병원에 가서 건강검진을 받을 필요가 있대요.

　　나 : 시간에 쫓겨 하루하루를 .... 살다 보니 병원 갈 시간을 내는 것이 쉽지 않아요.

10) 가 : 반지를 어쩌다가 잃어버린 거야?

　　나 : 살이 빠져서 반지가 ....하더니 나도 모르는 사이에 손가락에서 빠졌나 봐.

어휘와 표현

1. 사랑의 손길

결식아동(缺食兒童)
🅜 가난하여 밥을 못 먹는 아이. 飢餓兒童
결식아동을 위한 사랑의 쌀 모으기 운동을 시작합니다.
為飢餓兒童展開愛心白米的募捐活動。

구호(救護)
🅜 지진, 태풍, 홍수 등의 재난으로 어려움을 당한 사람을 돕고 보호함. 救護、救濟
재난을 당한 난민을 구호하기 위해 음식을 마련했다.
為救濟受災的難民準備了食物。

구호품(救護品)을 보내다
재난으로 어려운 상황에 있는 사람을 도와주기 위하여 물건을 보내다. 送救濟品
홍수로 집을 잃은 사람들을 위해서 옷과 음식 등의 구호품을 보냈다. 為了因水災而失去家園的人而寄出衣服和食物等救濟品。

기념(記念)하다
🅥 어떤 일을 잊지 않고 마음에 기억하다. 紀念
만난 지 100일이 된 것을 기념하기 위해 남자 친구가 장미꽃 100송이를 선물로 줬어요. 為了紀念交往100天，男友送了100朵玫瑰花當作禮物。

기부(寄附)하다
🅥 다른 사람을 돕거나 좋은 일에 쓰려고 돈이나 물건을 내다. 捐贈、捐助
이 식당은 매달 번 돈의 3%를 어려운 사람들을 위해 기부한대요.
聽說這家餐廳為了生活有困難的人們，會將每個月收入的3%捐出。

끼니
🅜 아침, 점심, 저녁과 같이 날마다 일정한 시간에 먹는 밥. 餐、飯、頓
끼니때마다 뭘 해 먹을지 고민이다. 每當吃飯的時候，都苦惱著要吃什麼。

난민(難民)
🅜 전쟁이나 재난 등을 당하여 어려움에 빠진 사람들. 難民
내전을 피해 다른 나라로 간 난민들의 고통이 크다. 為躲避內戰而前往其他國家的難民們非常痛苦。

노숙자(露宿者) [노숙짜]
🅜 집이 없어 길이나 공원 등 바깥에서 자는 사람.
露宿者、流浪漢
거리에서 생활하는 노숙자들의 건강 문제가 심각해요. 在街上生活的流浪漢們健康問題很嚴重。

누리다
🅥 (자유, 행복, 혜택 등을) 하고 싶은 만큼 마음껏 해 보고 좋은 점을 느끼고 즐기다. 享受
모든 사람이 자유와 행복을 누리는 것은 아니다. 並不是所有人都能享有自由和幸福。

단체(團體)
🅜 개인이 아니라 여러 사람으로 이루어진 모임. 團體
단체 손님 때문에 오늘은 다른 손님 예약을 받을 수 없습니다. 因為今天有團體客人，所以不能再接其他人的預約了。

독거노인(獨居老人)
🅜 가족이 없거나 가족과 떨어져 혼자 생활하는 노인. 獨居老人
독거노인들은 혼자 지내기 때문에 마음이 무척 외롭대요. 獨居老人因為獨自一人生活，所以訴說出內心非常孤獨。

뜻하다 [뜨타다]
🅥 어떤 의미를 가지다. 意味著
경제 성장이 반드시 사회의 발전을 뜻하는 것은 아니다. 經濟成長並非一定意味著社會的發展。

모금(募金)을 하다
다른 사람을 돕기 위해 돈을 모으다. 募款
어려운 이웃을 돕기 위해 모금을 하고 있습니다. 為了幫助生活困難的人們，正進行募捐。

무료 급식(無料給食)을 하다
돈을 받지 않고 식사를 제공하다. 免費供餐、免費餐
무료 급식을 하는 학교가 늘고 있다. 提供免費餐的學校正在增加。

무의탁(無依託)
🅜 의지할 곳이 없음. 無依無靠
무의탁 노인들에게 도시락을 배달하는 봉사 활동을 했어요. 做了幫無依無靠的老人們送便當的志工服務。

본부(本部)
🅜 학교, 회사 등 기관이나 단체의 중심이 되는 곳. 本部、總部
이 사건의 관계자들이 경찰 본부에 모여 회의를 하고 있다. 這事件的相關人員正在警察總部開會。

불우(不遇) 이웃 [부루이운]
가정 사정이 어려운 이웃. 周遭生活困難之人
우리 학교에서는 해마다 불우 이웃 돕기 모금을 합니다. 我們學校每年都會發起募款以幫助周遭生活困難之人。

비비다
동 어떤 재료에 다른 재료를 넣어 함께 섞다. 攪拌
오늘 점심때는 밥에 콩나물이랑 고추장을 넣고 맛있게 비벼 먹읍시다. 今天中午讓我們在米飯裡放入豆芽和辣椒醬，攪拌著吃吧。

상징(象徵)
명 머릿속의 생각이나 의미 등을 어떤 사물로 나타내는 것. 象徵
비둘기는 평화의 상징이에요. 鴿子是和平的象徵。

성금(誠金)을 내다
다른 사람을 도우려고 돈을 내다. 捐款
가난한 이웃을 돕기 위해 성금을 냈다. 他捐款幫助貧困的人們。

소년 소녀 가장(少年少女家長)
부모가 없어서 어린 나이인데도 가정을 책임지게 된 소년 소녀. 少年少女家長（因為沒有父母，年紀輕輕就得負責家計的少年少女）
그 아이는 6학년인데 어린 동생과 둘이 살고 있는 소년 소녀 가장이다. 那孩子就讀六年級，是個和弟弟同住的少年少女家長。

손길 [손낄]
명 손의 움직임. 도움을 주려고 내민 손. 援手
어려운 이웃들이 도움의 손길을 기다리고 있습니다. 生活困難的人們正在等待援助。

쇠다
동 명절을 관습대로 하며 지내다. 過節
설을 쇠러 고향에 갑니다. 回鄉過年。

시각 장애인(視覺障碍人)
앞을 보지 못하는 사람. 視障人士、盲人
그는 시각 장애인이지만 노력 끝에 변호사가 되었다. 他雖然是視障人士，但努力許久終於當上了律師。

신비(神秘)하다
형 상식이나 과학으로 이해할 수 없을 만큼 신기하다. 神秘
작은 들꽃 한 송이에서도 신비한 자연의 생명력이 느껴져요. 從一朵小野花中也能夠感受到神秘的自然生命力。

실천(實踐)하다
동 생각한 바를 실제 행동으로 하다. 實踐
계획만 세우고 실천하지 않으면 꿈을 이룰 수 없어요. 只制定計畫，不付諸實踐，夢想就無法實現。

십시일반(十匙一飯) [십씨일반]
명 열 숟가락이 한 그릇의 밥을 만듦. 여러 사람의 밥을 조금씩 모아 한 사람의 밥을 만듦. 積少成多
학생들이 십시일반으로 모은 돈 100만 원을 수술비로 쓰라고 가져왔어요. 學生們拿來了眾人湊出的100萬韓元要我作為手術費。

의지(依支)하다
동 스스로가 아니라 다른 사람이나 다른 것을 믿고 도움을 받으려고 하다. 依靠
남에게 의지할 생각만 하지 말고 스스로 해결할 방법을 찾아봐라. 別光想著依靠別人，自己想辦法解決吧。

이재민(罹災民)
명 지진, 태풍, 홍수 등 커다란 재난을 당한 사람. 災民
이번 태풍으로 집을 잃은 이재민들을 도웁시다. 讓我們幫助在這次颱風中失去家園的災民吧。

정성(精誠)
명 할 수 있는 노력을 다하는 마음. 精心、真心誠意
내 손으로 정성 들여 만든 케이크야. 맛있게 먹어. 這是我親手精心做的蛋糕，請享用。

제대로
부 마음먹은 대로. 알맞은 정도로. 정해진 대로. 好好地、順利地
목이 너무 아파서 말도 제대로 못 하겠어요. 喉嚨疼得連話都不能好好說了。

풍요(豊饒)
명 많아서 넉넉함. 豐饒、富足
전쟁을 경험한 나는 입을 것, 먹을 것 이렇게 풍요로운 세상이 가끔은 꿈만 같다. 經歷過戰爭的我對於這個不愁衣食的世界，有時候會覺得好像做夢一般。

후원(後援)하다
동 돈이나 물건으로 뒤에서 누군가를 돕다. 援助
그 회사는 어려운 학생들을 위한 후원금을 매년 내놓고 있다. 那間公司每年都為生活有困難的學生而拿出資助金。

2. 사랑이란

감추다
동 남이 보거나 찾아내지 못하도록 가리거나 숨기다. 藏匿、隱藏
오빠가 못 보도록 일기장을 비밀 장소에 감추어 두었어요. 為防止哥哥看到，我把日記本藏在秘密場所。

고민(苦悶)
명 마음속으로 괴로워하고 애를 태움. 煩惱、苦悶
요즘에 공부가 잘되지 않아 고민이에요. 最近學習不順很苦惱。

곱다
형 모습이나 상태가 아름답고 깨끗하다. 漂亮、美麗
이 한복의 색깔이 참 곱다. 這套韓服的顏色真漂亮。

어휘와 표현

구석
명 어떤 곳의 안쪽 끝. 角落
보이는 곳만 청소하지 말고 구석까지 잘 치워라. 別光打掃看得見的地方，把角落也都打掃乾淨。

귀양(을) 보내다
죄인을 멀리 보내다. 流放、流配
임금은 백성을 괴롭힌 신하를 귀양을 보냈다. 國王將欺負百姓的臣子發配邊疆。

나룻배 [나루빼/나룯빼]
명 강에서 사람이나 짐을 실어 나르는 작은 배. 渡船、渡輪
나룻배를 타고 강을 건넙시다. 我們乘坐渡船過河吧。

놀리다
동 상대방의 약점을 장난스럽게 괴롭히거나 웃음거리로 만들다. 捉弄、玩弄
이름이 이상하다고 친구들이 놀려요. 朋友們捉弄他說名字很奇怪。

눈길 [눈낄]
명 눈이 가는 곳. 또는 눈으로 보는 방향. 視線、目光
그 여자의 아름다운 얼굴이 사람들의 눈길을 끈다. 那個女孩的漂亮臉蛋引人注目。

두근두근
부 몹시 놀라거나 불안하여 가슴이 자꾸 뛰는 모양. 撲通撲通
너무 놀라서 가슴이 두근두근 뛰어요. 嚇得心臟撲通撲通直跳。

따지다
동 맞고 틀리는 것을 분명하게 밝히다. 計較、追究
잘못한 사람이 누구인지 한번 따져 보자. 我們來看究竟是誰做錯了。

바짝바짝
부 물기가 자꾸 마르거나 없어지는 모양. 乾、乾燥
제가 합격할 수 있을까요? 입이 바짝바짝 타네요. 我可以合格嗎？我緊張得口乾舌燥。

반하다
동 어떤 사람이나 사물 등을 보고 너무 좋아서 마음을 빼앗기다. 著迷、迷住
예쁘게 웃는 모습에 반했어요. 我被她美麗的笑容迷住了。

밟다 [밥따]
동 발을 어떤 것 위에 놓으면서 누르다. 踩、踏
지하철에서 어떤 사람이 내 발을 밟았어요. 地鐵上有人踩了我的腳。

벗어지다 [버서지다]
동 머리카락이 빠져 없어지다. 脫落、掉落
나이가 들면서 머리가 벗어지고 있다. 隨著年齡的增長，頭髮逐漸掉落。

베
명 옷감의 한 종류. 麻布

베로 만든 옷은 시원해서 보통 여름에 입어요. 用麻布做的衣服很涼快，一般會在夏天穿。

부담스럽다(負擔---)
형 어떠한 의무나 책임을 느끼다. 負擔、有壓力
이 오피스텔은 월세가 너무 비싸 매달 돈을 내기가 부담스럽다. 這間商務公寓租金太貴，每月繳錢都很有壓力。

뺏기다 [뺃끼다]
동 남이 내 것을 억지로 가져가 버리다. 被搶、被奪
음주 운전을 하다 걸려서 경찰에게 운전 면허증을 빼앗겼다. 酒駕被抓，駕照被警察沒收了。

사위
명 딸의 남편. 女婿
세 딸이 모두 결혼해서 이제 사위가 셋이다. 三個女兒都結婚了，現在女婿有三個。

선수(選手)
명 어떤 일을 잘하는 사람을 비유적으로 이르는 말. 選手、高手
수미는 그릇 깨기 선수야. 설거지를 하면 그릇 하나씩은 꼭 깨. 秀美是打破碗的高手。每次洗碗，一定會有一個碗被打破。

설레다
동 마음이 가라앉지 않고 들뜨다. 激動、內心不平靜
결혼식 전날 밤, 설레는 마음에 잠을 잘 수가 없었다. 婚禮的前一天晚上，激動的心情讓我無法入睡。

순수(純粹)하다
형 다른 것이 전혀 섞이지 않고 깨끗하다. 純真、純潔
아이들은 마음이 순수해요. 孩子們心靈很純真。

신경(神經)을 쓰다
어떤 일에 관심을 가지고 마음을 쓰다. 花心思、費神
여자 아이들은 자신의 모습에 신경을 많이 쓴다. 女孩子很在意自己的樣貌。

안타깝다
형 뜻대로 되지 않거나 보기에 가슴이 아프고 답답하다. 令人惋惜、難過
능력이 있는데도 노력을 안 해 성적이 좋지 않은 학생들을 보면 안타깝습니다. 看到有能力卻不努力，導致成績不好的學生會感到惋惜。

엉망

명 정리가 안 되어 복잡한 상태. 亂七八糟

너무 바빠서 청소를 못 했더니 방이 엉망이다. 太忙沒能打掃，房間亂七八糟的。

영리하다

형 눈치가 빠르고 똑똑하다. 聰明伶俐

아이가 영리해서 무슨 말을 들으면 금방 이해해요. 孩子很聰明，說什麼話馬上就能聽懂。

영원(永遠)하다

형 어떤 상태가 끝없이 계속되다. 永恆、永遠

그들은 변하지 않는 영원한 사랑을 약속했다. 他們約定了永恆不變的愛情。

오작교(烏鵲橋) [오작꾜]

명 까마귀와 까치가 은하수에 놓았다는 다리. 鵲橋

남한과 북한 사이에 사랑의 오작교를 놓읍시다. 讓我們在南北韓之間架起一座愛的鵲橋。

은하수(銀河水)

명 하늘에 있을 거라고 생각하는, 별들로 이루어진 강. 銀河

비가 그치자 밤하늘에 은하수가 나타났다. 雨一停，夜空中銀河就出現了。

음력(陰曆) [음녁]

명 달을 기준으로 만든 날짜 계산법. 農曆、陰曆

음력 1월 1일을 설날이라고 해요. 農曆一月一日叫做春節。

지경(地境)

명 상황. 정도. 地步、境地

몸이 아파서 회사에 못 갈 지경이 되어서야 병원에 갔어요. 身體不舒服到不能去公司的地步才去醫院。

질투(嫉妬)

명 남이 잘되는 것을 부러워하면서 미워함. 嫉妒

여자 친구가 다른 남자와 얘기하는 것만 봐도 심한 질투를 느꼈다. 光是看到女朋友和別的男人說話就感到強烈的嫉妒。

짐승

명 사람이 아닌 동물. 禽獸、野獸

동물원에는 여러 종류의 새와 짐승이 있다. 動物園裡有各種鳥獸。

짚신 [집씬]도 짝이 있다

보잘것없는 사람도 자기 짝이 있다. 連草鞋也有伴

짚신도 짝이 있다고 하는데 어딘가에 네 짝도 있겠지. 俗話說連草鞋也有伴，你的另一半一定在某處的。

짜다

동 옷감이나 옷을 만들다. 編織

털실로 스웨터를 짜서 남자 친구에게 선물했다. 用毛線織毛衣送給男朋友。

짝사랑

명 남녀 사이에서 한쪽만 상대편을 사랑하는 일. 單戀、暗戀

수미가 결혼했다고? 민수의 사랑은 결국 짝사랑으로 끝나는구나. 秀美結婚了？民秀的愛情終究還是以暗戀劃下句點了呀。

천생연분(天生緣分)이다

하늘이 정하여 준 인연이다. 天作之合、天生一對

우리 부부는 마음이 참 잘 맞아 정말 천생연분이라는 생각을 자주 합니다. 我們夫妻倆心靈契合，經常覺得我們真的是天生一對。

첫눈 [천눈]에 반하다

명 처음 본 인상으로 다른 사람을 좋아하게 되다. 一見鍾情

처음 만나자마자 첫눈에 반해서 결혼까지 하게 되었어요. 第一次見面就一見鍾情，甚至還結婚了。

첫사랑 [첟싸랑]

명 처음으로 느끼거나 맺은 사랑. 初戀

첫사랑에 대한 기억은 누구에게나 달콤하다. 初戀的記憶不管對誰都是甜蜜的。

초대권(招待券) [초대꿘]

명 어떤 자리나 모임에 초대하는 뜻을 적어 보내는 표. 招待券

피아니스트 친구한테서 음악회 초대권을 받았다. 我收到了鋼琴家朋友的音樂會招待券。

칠월 칠석(七月七夕) [치뤌칠썩]

음력 7월 7일. 七夕

주말부부들은 견우와 직녀가 칠월 칠석을 기다리듯이 주말을 기다립니다. 週末夫妻們像牛郎織女等待七夕般地等週末。

눈에 콩깍지가 씌다

앞에 가리어 사물을 정확하게 보지 못하다. (眼睛被蓋上了豆莢皮)被沖昏了頭、看不清事物

남자 친구의 나쁜 점이 전혀 보이지 않지? 你完全看不到男朋友的缺點吧？

눈에 콩깍지가 씌어서 그런 거야. 因為你被愛情沖昏了頭。

풋사랑

ⓜ 어려서 깊이를 모르는 사랑. 不成熟的愛、純情愛
김 선생님은 우리 여학생들의 풋사랑의 대상이었다. 金老師是我們女
同學純愛的對象。

헌신적(獻身的)이다

몸과 마음을 바쳐서 모든 힘을 다하다. 奉獻的、獻身的
어머니들은 자식을 위해 모든 것을 다 바치는 헌신적인 사랑을 한
다. 母親們為子女而做出奉獻一切不保留的愛。

화끈화끈

ⓟ 몸이 불처럼 뜨겁거나 그렇게 느껴지는 모양. 火辣辣、
熱烘烘
부끄러워서 얼굴이 화끈화끈 달아 올라요. 害羞得臉都漲紅了。

가정과
사회

家庭與社會

1

변화하는 가족
變化中的家庭

들어가기

💬 이야기해 보세요

'가족' 하면 생각나는 느낌에 대해 이야기해 보세요.
談到「家庭」，請說說你想到的感覺。

가족이란?
고마움, 사랑, 힘, 행복, 따뜻함……

🎧 들어 보세요 🔊

다음은 라디오 방송의 일부입니다. 잘 듣고 질문에 답하세요.
接下來是廣播的部分內容，請仔細聽並回答問題。

1. 무엇에 대해 조사했습니까?

2. 어떤 결과가 나왔습니까?

3. 이 결과를 보고 어떤 것을 알 수 있습니까?

읽고 말하기

📖 주제 어휘

다음은 가족 제도와 관련된 말입니다. 알맞은 말을 골라 ....에 쓰세요.
下方為有關家庭制度的字詞，請挑選合適的字詞並填入。

| 가장　　가부장 제도　　혈연 의식　　효도를 하다　　권위가 있다　　대를 잇다 |

1. 가 : 요즘은 여자들도 남자와 똑같은 교육을 받지만 전에는 여자 형제들이 돈을 벌어 오빠나 남동생의 교육비를 대는 경우도 흔했지요?

   나 : 네, 남자만이 한 집안을 이끌어 나갈 수 있다는 .... 때문에 남자들이 여자에 비해 더 많은 교육을 받았지요.

2. 가 : 김 선생님은 누님이 여섯 분이나 되시는군요.

   나 : 네, 저희 아버지께서 3대 독자셨어요. 그래서 .... 위해 아들을 꼭 낳으시려고 했어요. 마침내 일곱 번째로 아들인 제가 태어났지요.

3. 가 : 민수 씨, 전에는 월급 받아도 아끼지 않고 쓰더니 요즘 딴 사람이 된 것 같아요. 아주 철저하고 계획적인 사람이 됐어요.

   나 : 결혼도 하고 아이도 생기니까 한 집안의 ....(이)라는 책임감이 들어요. 그래서 돈도 함부로 안 쓰게 되더라고요.

4. 가 : 어떤 아버지를 좋은 아버지라고 생각하세요? 요즘은 아이들과 친구처럼 지내는 아버지도 많아졌는데요.

   나 : 그것도 좋겠지만 아이들에게는 좀 엄하고 .... 아버지도 필요하다고 생각해요. 아이들은 아직 어리기 때문에 원칙을 지키고 잘못된 방향으로 가지 않도록 해야 하거든요.

5. 가 : 어떻게 하는 게 부모님께 .... 거라고 생각하세요?

   나 : 부모님 마음을 편하게 해 드리고 잘 모시는 것 아닐까요?

6. 가 : 요즘 아이를 입양해서 키우는 사람들이 예전보다 많아졌대요. 자기 핏줄이 아닌 아이를 사랑해 주고 보살피기가 쉽지 않은 일일 텐데……

   나 : 자기 핏줄을 지나치게 중시하는 .... 때문에 그렇게 생각할 수도 있지요. 그렇지만 아이를 키우며 사랑하는 일은 무엇과도 비교할 수 없는 큰 기쁨을 주는 것 같아요.

읽어 보세요 🔊19 翻譯 p. 214

다음은 한국의 가족에 관해 설명하는 글입니다. 잘 읽고 질문에 답하세요.
下方為說明韓國家庭的文章，請仔細閱讀並回答問題。

　한국인에게 가족은 무엇보다도 소중한 것으로 되어 있다. 여기서는 전통적인 가족 형태인 대가족과 최근의 가족 형태의 특징을 통해 한국인의 가족 의식을 살펴보고자 한다.

　일반적으로 한국의 전통적 가족 형태는 가부장적인 대가족이었다. 핵가족이 부부와 미혼인 자녀로만 이루어진 것인 데 비해 대가족은 부부와 결혼한 자녀 및 손자, 손녀들까지를 포함하는 가족 형태를 말한다. 대가족의 특징은 무엇보다도 아버지가 집안의 가장으로서 가족을 책임지며 모든 가족 구성원들이 아버지의 권위를 존중하고 아버지의 결정을 따른다는 데 있다. 가족의 수가 많다 보니 서로 공동체 의식을 가지고 화목하게 지내려고 노력하는 가운데 가족 안에서 간접적으로 사회를 경험할 기회를 가지거나 서로의 경험을 나눌 수 있다는 장점이 있는가 하면, 가족 구성원 개개인의 개성이나 창의성이 인정되기 어렵다는 단점도 있다.

　대가족 안에서 부모를 모시는 것은 장남 부부였고 다른 아들은 결혼 후 분가하는 것이 보편적이었다. 가장으로서 절대적 권위가 있는 아버지가 돌아가시면 장남이 뒤를 이어 가장이 되었고 그것은 다

1. 무엇과 무엇을 비교하고 있습니까?

2. 대가족과 핵가족의 정의와 특징에 대해 어떻게 비교하고 있습니까?

	대가족	핵가족
정의		
특징		

3. 대가족 안에서 형성된 가족 의식은 어떤 것이 있습니까?

4. 이러한 가족 의식은 어떻게 바뀌고 있습니까?

5. 최근 다양해진 가족 형태의 예를 들어 보세요.

💬 이야기해 보세요

1. 여러분의 가족은 대가족입니까, 핵가족입니까? 그 가족 형태의 장점과 단점은 무엇입니까?

시 다음 세대의 장남에게 계승되었다. 이러한 가족 안에서 형성된 한국인의 가족 의식은 아들을 통해 집안의 '대를 잇는다'는 의식과 서로 피를 나누었다는 '혈연 의식', 그리고 자식이 부모에게 하는 '효도' 등으로 대표될 수 있다.

이에 반해 현대 사회의 대표적인 가족 형태는 핵가족으로서 가족 내에서 부부는 동등하며 가족 문제에 대해서도 두 사람이 권리와 의무를 나눠 갖는다는 특징이 있다. 특히 가정 경제나 자녀 교육에서 여성이 남성보다 더 큰 역할을 하는 경우도 종종 있다. 이런 현상은 여성의 사회 활동이 증가하면서 여성도 경제력을 가지게 되었고 자녀 교육에서 어머니의 비중이 커진 것이 주요인이라고 할 수 있다. 이처럼 여성의 역할이 증대되고 부부의 권리와 의무가 동등해지면서 가부장 제도나 부권 중심으로 대를 잇는 전통도 약화되고 있다.

최근에는 더욱 다양한 형태의 가족이 등장하고 있다. 주말 가족, 기러기 가족, 한부모 가족, 재혼 가족, 입양 가족, 다문화 가정 등 가족의 형태가 다양해졌고 결혼을 하지 않거나 혼인 신고를 하지 않는 동거 가구, 혼자 사는 일인 가구, 자녀의 부양을 받지 못하는 노인 단독 가구 등 가족의 구성도 바뀌고 있다.

2. 여러분 나라의 전통적인 가족 형태는 어떻습니까? 요즘은 어떻게 변화했습니까?

文法與表達

1. A-(으)ㄴ/V-는 데(에) 비해
· 올해 소득은 5% 줄어든 데에 비해 지출은 10% 정도 늘어났다. 相較於今年所得減少了5%，支出反而增加了10%左右。
· 도시는 갈수록 집값이 오르는 데 비해 시골은 오히려 내리고 있다. 相較於都市的房價越來越貴，鄉下反而變便宜。

2. N의 특징은[문제는] A/V-다는 데(에) 있다
· 그 가게의 특징은 주인이 직접 만든 옷을 판다는 데에 있습니다. 這家店的特點在於老闆賣他親自做的衣服。
· 너의 문제는 자신의 문제가 뭔지 모른다는 데 있어. 你的問題在於你不知道自己的問題是什麼。

3. A-(으)ㄴ가/V-는가 하면
· 누구에게나 단점이 있는가 하면 장점도 있다. 不管是誰，除了缺點外，也會有優點。
· 서울은 현대적인 도시인가 하면 옛 궁궐이나 한옥도 많은 역사적인 도시이다. 首爾不僅是一座現代化的城市，也是一座擁有許多古宮與韓屋的歷史性都市。

· 그 가수는 뛰어난 노래 솜씨로 유명하다. 그런가 하면 자선 활동도 열심히 하는 것으로 알려져 있다. 那個歌手以卓越的唱功聞名。除此之外，眾所周知他也努力地在做慈善活動。

4. A-(으)ㄴ/V-는 데(에) 반해
· 경험 많은 운전자는 여유 있게 운전합니다. 이에 반해 초보 운전자는 긴장 한 상태에서 운전을 합니다. 經驗豐富的駕駛從容開車，相反地新手駕駛卻是在緊張狀態。
· 학생들은 시간이 자유로운 데에 반해 직장인들은 자기 시간이 거의 없습니다. 學生時間自由，相反地上班族幾乎沒有自己的時間。
· 다른 친구들이 현실을 얘기하는 데 반해 이 친구는 늘 꿈을 이야기한다. 別的朋友都在談實際層面，而這個朋友卻總是在聊夢想。

🎧 들어 보세요 20 🔊

다음은 효도에 대한 대담입니다. 잘 듣고 질문에 답하세요.
接下來是有關孝道的訪談，請仔細聽並回答問題。

1. 전통적인 효도에 대해 설명해 보세요.

2. 남자는 무엇을 걱정하고 있습니까?

3. 여자의 생각과 같은 것을 모두 고르세요.
   ☐ 젊은 부모들이 아이들을 너무 보호해서 키운다.
   ☐ 결혼한 아들이 분가하는 경우가 줄어들고 있다.
   ☐ 요즘 부모들이 아이들에게 효도를 가르치려고 노력한다.
   ☐ 요즘 사람들도 효도를 하지만 그 방식이 옛날과 다르다.

4. 요즘 부모들은 자식들에게 무엇을 기대하고 있습니까?

💬 이야기해 보세요

1. '효'라는 한자는 자식이 부모를 업고 가는 모양을
   나타낸다고 합니다. 이것을 보면 '효도'는 무엇을 의미하는
   것 같습니까?

2. 여러분은 어떻게 하는 것이 효도라고 생각합니까?

> 저는 부모님 마음을 편안하게 해 드리는 것이 효도라고 생각해요.
> 가까이에서 모시느냐, 안 모시느냐 그런 것보다는 건강하고
> 행복하게 지내는 모습을 보여 드리면서 마음을 편안하게 해 드리는
> 것이 제일 중요한 것 같아요.

> 저는 부모님께 관심을 갖고 다정하게 대해 드리는 것이 좋은 효도
> 방법인 것 같아요. 사람은 나이 들면 몸도 마음도 약해지잖아요.
> 우리가 어렸을 때 부모님께 의지했던 것처럼 부모님이 우리를 믿고
> 의지하실 수 있도록 보살펴 드리는 것이 효인 것 같아요.

1. 다음 글의 주제는 무엇입니까? 무엇을 비교·대조하는 내용이 이어질까요?

< 우리 언니와 나의 성장 이야기>

우리 언니는 내 가장 오래 된 친구이다. 어렸을 때부터 함께 자라면서 우리는 어느 새 가장 좋은 친구가 되었다. 그런데 같은 부모님한테서 태어나고 같은 환경에서 자랐지만 우리는 굉장히 다르다. 외모, 성격, 취미, 잘하는 것, 좋아하는 것 등 여러 가지 면에서 큰 차이가 있다. 이런 서로의 차이점을 발견하고 갈등하면서 우리는 자기 자신에 대해 더욱 잘 알게 된 것 같다. 지금부터 이 이야기를 해 보겠다.

2. 다음 주제에 대해 비교·대조하려고 합니다. 특히 무엇에 대해 말하면 비교·대조가 잘 될까요? 생각해 보세요.

나와 내 친구	사랑과 우정	우리 나라와 한국
▪ 외모	▪ 느낌	▪
▪ 성격	▪ 행동	▪
▪	▪	▪
▪	▪	▪

3. 여러분 나라의 전통적 가족 형태와 현대식 가족 형태를 비교·대조하는 글을 써 보세요.

1) 어떤 점에 대해서 비교할지 생각해 보세요.

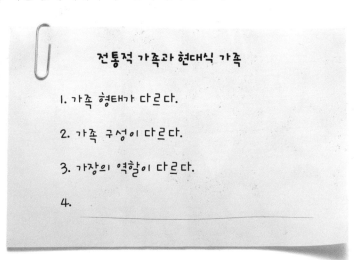

전통적 가족과 현대식 가족

1. 가족 형태가 다르다.

2. 가족 구성이 다르다.

3. 가장의 역할이 다르다.

4. _____

2) 각 항목에 대해 어떻게 다른지 다음과 같이 작성해 보세요.

비교·대조 항목	전통적 가족의 모습	현대식 가족의 모습
가족 형태	가부장적 대가족	핵가족
가족 구성원	부부, 결혼한 자녀, 손자	부부와 미혼 자녀
가장의 역할		

3) 다음과 같이 글을 써 보세요.

일반적으로 한국의 전통적 가족 형태는 가부장적인 대가족이었다. 핵가족이 부부와 미혼인 자녀로만 이루어진 것인 데 비해 대가족은 부부와 결혼한 자녀 및 손자, 손녀들까지를 포함하는 가족 형태를 말한다.

또 전통적 대가족 내에서는 아버지가 집안의 가장으로서 가족을 책임지며 모든 가족 구성원들이 아버지의 권위를 존중하고 아버지의 결정을 따랐던 데 반해 현대 사회의 핵가족 안에서는 부부가 동등하며 가족 문제에 대해서도 두 사람이 권리와 의무를 나눠 갖는다는 특징이 있다.

:

행복한 가정을 위해
為了幸福的家庭

들어가기

💬 이야기해 보세요

다음 포스터는 어떤 사회 변화를 보여 주고 있습니까?
下方海報顯示了什麼樣的社會變化呢？

이런 모습, 상상은 해보셨나요?

아이보다 어른이 많은 나라, 상상해보셨나요? 2004년 OECD 국가중 최저 출산율의 나라, 세계에서 고령화가 가장 빨리 진행 중인 나라, 2050년 노인인구비율이 37.3%에 이르는 나라, 그곳이 다름 아닌 우리나라입니다. 내 아이를 갖는 기쁨과 나라의 미래를 함께 생각해 주세요. 아이들이 대한민국의 희망입니다.

공익광고협의회
한국방송광고공사

< 맞벌이 가정 >

< 한부모 가정 >

< 다문화 가정 >

행복한 가정, 행복한 사회의 출발입니다.

🎧 들어 보세요

다음은 가족 정책에 대한 대화입니다. 잘 듣고 질문에 답하세요.
接下來是有關家庭政策的對話，請仔細聽並回答問題。

1. 출산율의 변화에 따라 가족 정책이 어떻게 바뀌었습니까?

2. 가족 형태에 따라 가족 정책이 다른 이유는 무엇입니까?

3. 여러분 나라의 대표적인 가족 정책을 소개해 보세요.

읽고 말하기

📋 주제 어휘

다음은 단체나 기관에서 하는 일과 관련된 말입니다. 알맞은 말을 ....에 쓰세요.
下方為與團體或機構業務相關的字詞，請將合適的字詞填入。

공고하다	지원하다	운영하다	개설하다	제공하다

1. 가 : 교통 방송에서 외국인들을 위해 교통 정보를 영어로도 .... 있대요.
   나 : 그래요? 그거 참 편리하겠군요.

2. 가 : 새로 문을 여는 CBC 방송국에서 방송 인력을 채용한다고 ....
   나 : 네, 저도 신문에서 봤어요. 300명 정도 뽑을 거래요.

3. 가 : 들었어요? 주민 센터에서 한국어 강좌 고급반을 ....
   나 : 정말요? 잘됐네요. 저도 등록할래요.

4. 가 : 물가가 많이 올랐습니다. 독거노인들에게 .... 있는 생활비를 올릴 필요가 있습니다.
   나 : 네, 저도 그렇게 생각합니다. 어느 정도 올려야 할지 같이 의논해 봅시다.

5. 가 : 근처에 좋은 어린이집 없을까요? 오전에는 아이를 어린이집에 맡겨야 해서요.
   나 : 저쪽에 구청에서 .... 어린이집이 있어요. 값도 싼 편이고 선생님들도 참 좋으시대요.

📖 **읽어 보세요** 翻譯 翻譯 p. 215

다음은 가정 지원 사업에 대한 공고문입니다. 잘 읽고 질문에 답하세요.
下方為有關家庭援助工作的公告，請仔細閱讀並回答問題。

가 정읍시 공고 제20067호

공 고

최근 출산율이 급격히 떨어짐에 따라 정읍시의 출산을 장려하기 위해 다음과 같이 보육비를 지원하는 방안에 대하여 시민 여러분께 공고합니다.

- 아   래 -

1. 사업 내용 : 셋째 이상 자녀 출산 가정에 대한 매월 보육비 지원 사업

2. 지원 대상 : 정읍시 관내에 주민 등록을 한 가정의 셋째 이상 어린이 (만 5세 이하)

3. 지원 내용 : 1) 일반 가정의 어린이 : 매월 1인당 20만 9천 원

   2) 저소득층 가정의 어린이 : 매월 1인당 29만 9천 원

   단, 이미 저소득층 가정 지원을 받고 있는 경우는

   제외됩니다.

4. 지원 시기 : 20xx년 5월 1일부터

5. 공고 기간 : 20xx년 4월 15일 ~ 6월 15일(2개월간)

위와 같이 셋째 이상 자녀를 출산한 가정에 대해서 지원하오니 해당자는 시청으로 지원금을 신청하시기 바랍니다. 자세한 사항은 시청 홈페이지를 이용하여 주십시오.

20xx년 4월 15일 정읍시장 [印]

1. 두 공고문의 지원 대상과 지원 내용을 각각 정리해 보세요.

2. 가 에 따라 현재 지원받을 수 있는 가정을 모두 고르세요.
   - ☐ 셋째 아이를 출산한 가정
   - ☐ 셋째 아이가 만 4세인 가정
   - ☐ 결혼을 준비하고 있는 20대 여성
   - ☐ 아이가 둘인 저소득층 가정

3. 두 공고문의 내용과 같은 것을 고르세요.
   - ☐ 저소득층 가정 지원과 보육비 지원을 같이 받을 수 없다.
   - ☐ 보육비 지원은 1년에 1회 받을 수 있다.
   - ☐ 요리 교실은 먼저 신청하는 순서대로 참여할 수 있다.
   - ☐ 요리 교실은 결혼이주여성과 지역 주민이 함께 수강할 수 없다.

나 관악구 공고 제20077호

공 고

관악구에서는 관내의 결혼이주여성과 지역 주민이 함께 참여하는 요리 교실을 개설하오니 관심 있는 분들은 적극 참여해 주시기 바랍니다.

- 아 래 -

가. 일 시 : 20xx. 1. 7. ~ 3. 31.(3개월간) 매주 화요일 09:30 ~ 11:30

나. 장 소 : 관악여성교실

다. 인 원 : 총 20명(결혼이주여성 10명, 지역 주민 10명) 선착순 모집

라. 수 강 : 무료(재료비는 본인 부담)

마. 내 용 : 1) 손쉽게 할 수 있는 요리 실습을 통해 결혼이주여성의
　　　　　　　　가정 생활 적응 지원

　　　　　　2) 지역 주민과 함께하는 요리 교실을 통해 친목 도모 및
　　　　　　　　문화 교류 기회 마련

바. 문의 전화 : 871-1279(관악여성교실)

사. 찾아오는 길 : 첨부물 참조

20xx년 12월 15일 관악구청장

💬 이야기해 보세요

여러분 나라에서는 정부와 사회에서 가정을 위해 어떤 지원을 합니까? 소개해 보세요.
在各位的國家中，政府與社會會提供家庭什麼樣的援助呢？請試著介紹一下。

 文法與 表達

1. V-(으)ㅁ에 따라
- 어린이 비만이 증가함에 따라 건강 교육의 필요성이 강조되고 있다. 隨著肥胖兒童的增加，健康教育的必要性也逐漸被重視。
- 1차 연구가 성공함에 따라 2차 연구도 시작할 수 있게 되었다. 由於第一次研究的成功，第二次的研究因而可以開始。

2. 단
- 근무 시간은 오후 6시까지로 한다. 단, 토요일은 12시까지로 한다. 上班時間至下午6點，但星期六到12點為止。

- 이제부터 약을 드시지 않으셔도 됩니다. 단, 주의할 점이 몇 가지 있습니다. 從現在起可以不用吃藥，但有幾點要注意。

3. N 및 N
- 인터넷으로 지원서 다운로드 및 접수가 가능하다. 可透過網路下載申請書和報名。
- 새로 문을 연 환경 공원에서는 학생들을 대상으로 환경 교육 및 체험 학습을 한다. 在新建的環境公園以學生為對象進行環境教育和體驗學習。

듣고 말하기

🎧 들어 보세요 1 22))

다음은 회의의 대화입니다. 잘 듣고 질문에 답하세요.
接下來是有關會議的對話，請仔細聽並回答問題。

1. 회의의 어느 부분입니까? 어떤 표현으로 알 수 있습니까?

2. 제안할 때 어떤 표현을 쓰고 있습니까?

3. 이와 같이 회의를 시작할 때와 제안할 때 쓰는 표현을 정리해 보세요.

회의 시작하기	제안하기
▪ 지금부터 ~을 시작하겠습니다 ▪ 오늘의 안건은 ~입니다 ▪ 많은 의견 부탁드립니다 ▪ 좋은 의견 많이 부탁드립니다	▪ 제 생각에는[제가 생각하기에는] ~는 것이 좋겠습니다 ▪ ~는 것이 좋다고 생각합니다 ▪ 제 생각에는[제가 생각하기에는] ~었으면 합니다[좋겠습니다] ▪ ~으면 어떨까요? ▪ ~는 것이 어떨까요? ▪ 무엇보다 ~는 것이 필요합니다

💬 이야기해 보세요

앞의 표현을 써서 다음과 같이 말해 보세요.
請參照下方範例，並使用前述的表現來說說看。

1. 등산 모임을 준비하기 위한 학생 대표 회의

2. 봉사 대상을 선정하기 위한 자원봉사자 회의

3. 수학여행지를 정하기 위한 교사 회의

> 지금부터 학생 회의를 시작하겠습니다. 오늘 회의의 안건은 등산 모임 계획입니다. 모두가 즐거운 하루를 보낼 수 있도록 좋은 의견 많이 부탁드립니다.

> 조를 나눠서 준비하는 것이 어떨까요? 제 생각에는 여러 사람이 함께 가는 것이기 때문에 효율적으로 일을 하기 위해서 조를 나눴으면 합니다.

🎧 들어 보세요 2 23 🔊

다음은 주민 회의의 대화입니다. 잘 듣고 질문에 답하세요.
接下來是居民會議的對話，請仔細聽並回答問題。

1. 회의의 안건은 무엇입니까?

2. 구청은 주민들이 제안을 하면 앞으로 어떻게 할 예정입니까?

3. 주민들의 제안을 정리해 보세요.

대상	방법

여러분은 가족 지원 업무를 담당하는 공무원입니다. '행복한 사회를 위한 행복한 가정 만들기' 정책을 세우려고 합니다. 팀을 나눠 회의를 해 보세요.
各位是負責家庭援助業務的公務員，且想要制定「為幸福社會打造幸福家庭」的政策，請試著分組召開會議。

과제

1. 다음은 지원이 필요한 가족입니다. 지원할 가족을 결정하세요.

한부모 가정　　　　다문화 가정　　　　노인 단독 가구

2. 그 가정의 문제점을 두 가지 이상 생각해 보고 그 가운데 하나를 오늘의 회의 안건으로 정하세요.

선택한 가정	문제점	안건
다문화 가정	가족들 간의 의사소통이 잘 안돼서 불필요한 오해, 갈등, 불편이 생기고 있다.	√
	다문화 가정의 자녀들은 여러 가지 어려움을 겪고 있다. 왜냐하면……	

선택한 가정	문제점	안건

3. 앞에서 나온 문제점을 해결하기 위한 방안에 대해 이야기해 보세요.

지금부터 회의를 시작하겠습니다. 오늘 회의의 안건은 다문화 가정을 위한 한국어 교실 개설에 대한 것입니다. 우선 왜 한국어 교실이 필요한지 누가 말씀해 주시겠어요?

제 생각에는 다문화 가정의 가족들 사이에서 의사소통이 잘 안 돼서 불필요한 오해나 갈등이 생기는 경우가 많은 것 같아요. 그러니까 무엇보다 먼저 한국어 교실을 개설하는 것이 필요합니다.

한국어 교실을 개설하려면 한국어를 가르칠 교사와 공부할 장소가 필요한데요. 교실은 초등학교 교실을 방과 후에 이용하면 어떨까요?

3

듣고 싶은 말
想聽的話

들어가기

💬 이야기해 보세요

다음은 한국 초등학교 학생을 대상으로 부모님에게 듣고 싶어 하는 말을 조사한
결과입니다. 여러분은 어렸을 때 어떤 말을 듣고 싶었습니까?
下方為「韓國小學生最想從父母親口中聽到的話」的調查結果。各位小時候想聽到什麼樣的
話呢?

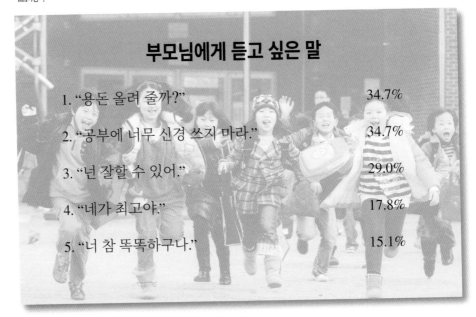

부모님에게 듣고 싶은 말

1. "용돈 올려 줄까?"   34.7%

2. "공부에 너무 신경 쓰지 마라."   34.7%

3. "넌 잘할 수 있어."   29.0%

4. "네가 최고야."   17.8%

5. "너 참 똑똑하구나."   15.1%

🎧 들어 보세요 🔊 24

다음은 라디오 방송의 사연입니다. 잘 듣고 질문에 답하세요.
接下來是廣播中的心情故事,請仔細聽並回答問題。

1. 어머니는 이 사람에게 어떤 말을 했습니까?

2. 어머니의 말을 듣고 이 사람이 어떤 느낌을 가졌는지 모두 고르세요.
   ☐ 행복   ☐ 실망   ☐ 자신감   ☐ 두려움

3. 이 사람은 다른 어머니들에게 무엇을 권하고 있습니까?

4. 여러분이 살아오면서 기억에 남는 말은 누구에게 들은 어떤 말이었
   습니까?

주제 어휘

1. 다음은 남녀 직장인을 대상으로 '행복한 삶의 조건'에 대해 조사한 결과입니다. 다음 단어를 사용해 말해 보세요.

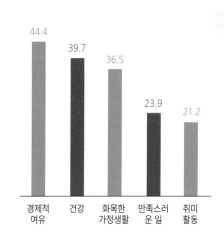

이상   이하   미만   절반   과반수

1) 40% 이상의 응답자가 경제적 여유가 행복의 조건이라고 답했다.

2) ....

3) ....

4) ....

5) ....

2. 다음은 조사와 관련된 말입니다. 알맞은 단어를 골라 ....에 쓰세요.

분석하다   실시하다   차지하다   파악하다   나타나다

1) 이 조사 결과를 .... 보면 가족에 대한 사람들의 생각을 알 수 있을 것이다.

2) "네가 최고야."라는 말을 듣고 싶어 하는 어린이는 전체의 17.8%를 ....

3) 책의 차례를 보면 주요 내용을 .... 수 있다.

4) 연구 결과 아침을 안 먹는 것이 건강에 좋지 않은 것으로 ....

5) '행복한 가정의 조건'에 대해 1,000명의 남녀를 대상으로 조사를 ....

다음은 설문 조사 결과에 대한 기사입니다. 잘 읽고 질문에 답하세요.
下方為有關問卷調查結果的報導，請仔細閱讀並回答問題。

결혼한 부부가 아내 또는 남편에게 가장 듣고 싶어 하는 말은 서로에 대한 믿음과 위로의 말인 것으로 나타났다. 여론조사 전문 기관인 여론연구소가 최근 '부부'라는 주제로 30~50세 기혼자 5,000명(남녀 각각 2,500명)을 대상으로 실시한 설문 조사에 따르면, 상대방에게 들었을 때 가장 힘이 되는 말을 묻는 질문에 남편은 '당신을 믿어요'(71%), 아내는 '많이 힘들지요?'(49.5%)라고 응답했다. 배우자에게 해 주고 싶은 말로는 '영원히 당신만을 사랑해'가 응답자의 46.4%에 달해 1위를 차지했다. 또한 배우자에게 가장 화가 날 때는 '나를 무시하는 말을 할 때'(29%)라는 응답이 가장 많았다.

남편이 바라는 최고의 아내상은 '친구 같은 아내'(43.5%)인 반면 아내가 바라는 남편상은 '가정적인 남편'(49.5%)이었다. 다시 태어나도 현재의 배우자와 다시 결혼할 것인가를 묻는 질문에는 응답자의 과반수인 61.7%가 '현재의 배우자와 결혼하겠다'고 응답했다. 그러나 남성 응답자의 71.5%, 여

1. 누구를 대상으로 조사를 하였습니까?

2. 설문 내용과 응답을 정리해 보세요.

설문	응답
배우자에게 들었을 때 가장 힘이 되는 말은?	남성은 71%가 '당신을 믿어요', 여성은 49.5%가 '많이 힘들지요?' 라고 응답했다.

성 응답자의 54.4%가 '현재의 배우자와 결혼하겠다'고 응답해 성별로 서로 차이를 보였다.

'자녀가 있어도 좋아하지 않으면 이혼할 수도 있다'는 응답은 49%로 나타났다. 응답자의 절반 가량이 자녀가 이혼의 걸림돌이 되지 않는다고 생각한다는 조사 결과였는데, 남성(44%)에 비해 여성(55%)이 이혼에 대한 생각이 더 적극적인 것으로 파악되었다. 또한 '맞벌이를 하더라도 집안일은 여자 책임'이라는 생각에 동의하는 응답자는 여성(27%)뿐 아니라 남성도 37%에 그쳐 가사 분담에 대한 사고방식이 종전과 많이 달라지고 있는 것으로 분석되었다. 또한 남성도 상황에 따라 전업주부를 할 수 있다는 데는 남성(65.4%)과 여성(69.4%)이 성별에 관계없이 비슷한 경향을 보였다.

🗨 이야기해 보세요

여러분은 주변에 있는 사람들에게서 어떤 말을 듣고 싶습니까? 또 어떤 말을 듣고 싶지 않습니까?
各位想從周遭的人們口中聽到什麼話呢?還有,不想聽到什麼話呢?

- 부모 또는 자녀에게서
- 아내 또는 남편에게서
- 선생님에게서
- 친구에게서

文法與
表達

1. A/V-다는 응답이[응답자가] N에 달하다
- 기혼 여성 300명을 대상으로 한 설문 조사에서 가사 분담을 하지 않는다는 응답이 40%에 달했다. 針對300名已婚婦女所進行的問卷調查顯示,40%的人表示沒有分擔家務。
- 초등학생 100명을 대상으로 실시한 조사에 따르면 강아지를 선물로 받고 싶다는 응답자가 80명에 달했다. 針對100名小學生所進行的調查結果顯示,有80名表示禮物想收到小狗。
- 설문 조사 결과 어머니가 가장이라는 응답이 30%에 달했다. 問卷調查結果顯示,30%的人回答母親是一家之主。

2. N은/는 N에 그치다[불과하다]
- 집안일을 아내와 반씩 나눠 하는 남편은 20% 미만에 그쳤다. 與妻子分擔一半家務的丈夫只佔不到20%。
- 이 일은 이제 시작에 불과하다. 這件事不過才剛開始。

3. V-는 경향을 보이다, V-는 경향이 있다
- 많은 사람들이 과거에 비해 결혼을 늦게 하는 경향을 보이고 있다. 與過去相比,許多人傾向於晚婚。
- 요즘 부모들은 아이들의 교육을 너무 중요하게 생각하는 경향이 있다. 最近的父母有把孩子教育看得過於重要的傾向。

🎧 들어 보세요 26))

다음은 라디오 방송의 일부입니다. 잘 듣고 질문에 답하세요.
接下來是廣播的部分內容，請仔細聽並回答問題。

1. 어떤 사람들에 관한 이야기입니까?

2. 세 남자는 왜 이 일을 하게 되었습니까?
   - 첫 번째 남자
   - 두 번째 남자
   - 세 번째 남자

3. 세 남자에게 맞는 설명을 다음에서 찾아보세요.

① 가족이나 친구들의 시선을 견디기 어려웠다.

② 살림하는 게 힘들고 마음이 편하지 않다.

③ 부모님이 못마땅해 하신다.

④ 아이들·학교 어버이회에 나간다.

⑤ 다른 어머니들과 교육 정보를 함께 나눈다.

⑥ 살림 전문가가 다 돼서 살림에 대한 책도 냈다.

- 첫 번째 남자
  ....① , ...

- 두 번째 남자
  .... , ...

- 세 번째 남자
  .... , ...

4. 세 남자의 의견이나 태도와 같은 것을 서로 연결하세요.

의견   태도

1) 첫 번째 남자 ·   · 어쩔 수 없어서
살림을 하고 있다.   ·

                                 · 살림하는 것에
대해 소극적이다.

2) 두 번째 남자 ·   · 적성에 맞으면 남자도
살림할 수 있다.   ·

                                 · 살림하는 것에 대해
적극적이다.

3) 세 번째 남자 ·   · 더 잘할 수 있는 사람이
살림을 하면 된다.   ·

💬 이야기해 보세요

1. 여러분은 남자가 전업주부가 되는 것에 대해 어떻게 생각합니까?

2. 여러분이 앞의 세 남자의 가족이나 친구라면 어떤 말을 해 주고 싶습니까?

- 부모의 입장에서 첫 번째 남자에게
- 아내의 입장에서 두 번째 남자에게
- 친구의 입장에서 세 번째 남자에게

만약 내가 네 입장이라면[내가 너라면] 다른 일을 찾았을 거야. 그 일은 너한테 어울리지 않아.

나 같으면 그렇게 못 했을 거야. 정말 대단해.

마음이 편하지 않을 거라는 걸 이해는 하지만, 다른 방법이 없잖아요?

남의 시선에 신경 쓰지 말고 행복하게 사시면 좋겠어요.

'가족'이라는 주제로 설문 조사를 하고 조사 결과를 써 보세요.
請以「家庭」為主題來實施問卷調查，並試著將調查結果寫下來。

1. 먼저 주제와 조사 대상을 정해 보세요.

   1) 주제를 정해 보세요.
      ☐ 부부 관계
      ☐ 부모와 자녀
      ☐ 행복한 가정의 조건
      ☐ 가족에 대한 의식
      ☐ 기타 : ....

   2) 조사 대상을 정해 보세요.
      ☐ 직장인
      ☐ 대학생
      ☐ 기혼자
      ☐ 미혼자
      ☐ 20세 이상 성인 남녀
      ☐ 기타 : ....

2. 정해진 주제와 조사 대상에 알맞게 설문지를 만들어 보세요.

부부 관계에 대한 설문지	.... 대한 설문지
1. 성별 (남 / 여) 2. 배우자에게 들었을 때 가장 힘이 되는 한마디는? 3. 배우자에게 해 주고 싶은 말은? 4. 남편의 경우, 아내에게 가장 화가 날 때는? 5. 아내의 경우, 남편에게 가장 화가 날 때는? 6. 남편의 경우, 최고의 아내상은? 7. 아내의 경우, 최고의 남편상은? 8. 다시 태어나도 현재의 배우자와 결혼하겠나? 　① 그렇다　　② 아니다　　③ 모르겠다 9. 자녀가 있어도 좋아하지 않으면 이혼할 수 있나? 　① 그렇다　　② 아니다　　③ 모르겠다 10. 맞벌이를 해도 가사는 아내 책임이라고 생각하나? 　① 그렇다　　② 아니다　　③ 모르겠다 11. 남성도 상황에 따라 전업주부를 할 수 있다고 생각하나? 　① 그렇다　　② 아니다　　③ 모르겠다	

3. 준비한 설문지에 따라 설문 조사를 실시해 보세요.

4. 설문 조사를 실시한 후 결과를 정리해서 써 보세요.

자기 평가

1. 다음 중 아는 단어에 ∨ 하세요.

   ☐ 가장   ☐ 가부장 제도   ☐ 혈연 의식   ☐ 효도를 하다
   ☐ 대를 잇다   ☐ 권위가 있다   ☐ 공고하다   ☐ 지원하다
   ☐ 운영하다   ☐ 제공하다   ☐ 미만   ☐ 과반수
   ☐ 분석하다   ☐ 실시하다   ☐ 차지하다   ☐ 파악하다

2. 다음 표현을 이용해서 문장을 만들어 보세요.

   1) A-(으)ㄴ/V-는 데(에) 비해
   →

   2) V-(으)ㅁ에 따라
   →

   3) V-는 경향을 보이다
   →

3. 다음과 같은 상황에서 어떻게 말할 수 있습니까?

   1) 회의를 시작할 때

   ....

   2) 제안할 때

   ....

보충 어휘

속담(Ⅰ) 속담은 옛날부터 전해져 내려오는 말로, 교훈이나 비유를 담은 짧은 구절입니다. 속담을 통하여 상황을 효과적으로 표현하고 한국 문화를 이해하도록 합시다.

諺語是指從古流傳至今，帶有教訓與比喻涵義的短句。讓我們透過諺語來更有效表達情境與理解韓國文化吧。

가는 말이 고와야 오는 말이 곱다 說出去的話要得體，聽到的話才會好聽。禮尚往來

다른 사람에게 말이나 행동을 좋게 해야 그 사람이 나에게 하는 말과 행동도 좋다. 唯有對別人說好話、做好事，對方對我說的話、做的事也才會和善

개구리 올챙이 적 생각 못 한다 青蛙忘記自己曾是蝌蚪。忘本

성공하고 나서 옛날 어려울 때의 일을 생각 못 하고 처음부터 잘났던 것처럼 행동한다. 成功之後，記不得過去困難時所發生的事，好像從一開始就很厲害一樣

뛰는 놈 위에 나는 놈 있다 人外有人，天外有天

아무리 재주가 뛰어나다 하더라도 그보다 더 뛰어난 사람이 있다. 不管再怎麼有才幹，還是會有更優秀的人

배보다 배꼽이 더 크다 肚臍比肚子大。本末倒置

기본이 되는 것보다 덧붙이는 것이 더 많거나 크다. 附加的比基本的更多或更大

세 살 버릇 여든까지 간다 三歲的習慣會跟到八十歲。舊習難改。

어릴 때 버릇은 나이가 아무리 많아져도 고치기 힘들다. 小時候的習慣不管年齡多大都很難改

고래 싸움에 새우등 터진다 鯨魚打架，蝦米受傷。城門失火，殃及池魚。

강한 자들이 싸우는 중간에서 힘이 약한 자가 끼어 피해를 입게 된다. 強者們打群架，夾在中間的弱小者遭受無妄之災

소 잃고 외양간 고친다 亡羊補牢

소가 없어진 후에 외양간의 망가진 곳을 고치듯이, 일이 이미 잘못되어 소용이 없어진 뒤에 뒤늦게 대책을 마련한다. 如同在牛不見後才修補牛棚一樣，在事情出錯，無法挽回之後，才在制訂遲來的對策

길고 짧은 건 대봐야 안다 是長是短要量了才會知道

크고 작고, 이기고 지고, 잘하고 못하는 것은 실제로 겨루어 보거나 겪어 보아야 알 수 있다. 是長是短，是贏是輸，厲害與不厲害，要實際較量或經歷才會知道

떡 줄 사람은 생각지도 않는데 김칫국부터 마신다 要送糕的人還沒想到，就已經有人開始在喝泡菜湯了。一廂情願

어떤 일을 해 줄 사람은 생각지도 않는데 받을 사람은 미리부터 다 된 일로 알고 행동한다. 要付出的人都還沒想到，但要接受的人卻已經如約定好之事且在行動了

사공이 많으면 배가 산으로 간다 船夫一多，船就會開往山上去。人多嘴雜反而誤事

여러 사람이 배를 몰려고 하면 배가 물로 못 가고 산으로 올라가듯이, 여러 사람이 자기 의견만 내세우다 보면 일을 제대로 할 수 없다. 就如同大家都想駕駛船的話，船就沒辦法開向水裡，而是往山裡去一樣，若每個人都只在乎己見，事情就無法順利進行

보충 어휘

연습 1 다음 속담으로 어떤 말을 하려는 것인지 고르세요.

1)

① 운전이 서툰 초보 운전자였던 때를 생각하고 좀 참으세요.

② 천천히 가니까 답답해요. 좀 빨리 가면 좋겠어요.

① 어렸을 때 못 먹던 음식은 커서도 못 먹어요.

② 어렸을 때 습관은 커서도 잘 변하지 않아요.

3)

① 부모님 싸움 때문에 내가 피해를 입는구나.

② 부모님 싸움을 말려 드려야 하는데 힘이 약하구나.

4)

① 중요한 것은 선물인데 선물보다 포장비가 더 들었어.

② 요즘 포장비가 너무 비싸서 속상해.

연습 2 다음 상황과 관련 있는 속담을 쓰세요.

1) 내가 친절하게 말하면 상대방도 나한테 친절하게 말하게 마련이죠.

→ 가는 말이 고와야 오는 말이 곱다

2) 네가 아무리 똑똑하다고 해도 너보다 더 똑똑한 사람들이 있어.

→

3) 우리가 아이를 몇 명 낳으면 좋겠냐고요? 내가 언제 민수 씨하고 결혼한다고
   했어요?

   →

4) 물론 약한 팀, 강한 팀이 있지만 누가 이기고 지게 될지는 경기를 해 봐야 알 수
   있어.

   →

5) 사람마다 아이를 이렇게 키워야 한다 저렇게 키워야 한다 모두 생각이 달라요.
   다른 사람 의견대로 다 따라 하다가는 우리 아이 교육을 제대로 못 시킬 것 같아요.

   →

6) 그 사거리가 위험하다고 사람들이 아무리 말해도 구청에서는 못 들은 척하더니 큰
   사고가 난 후에야 문제점을 고치겠다고 나서고 있다.

   →

연습 3 속담을 넣어서 대화 연습을 해 보세요.

1) 가 : 세 번이나 졌으면서 우리 팀하고 축구를 또 하자고? 또 질 텐데?
   나 : 큰소리치지 마. ....

2) 가 : 이번 비행기 사고 후에 오래된 비행기를 모두 바꾼다지요?
   나 : ....는 격이지요. 사고가 난 후에 바꾸면 무슨
   소용이 있겠어요?

3) 가 : 프린터값보다 프린터 잉크값이 더 들어요.
   나 : 저런, ... 요즘은 기계값보다 유지비가 더
   드는 경우가 많더군요.

4) 가 : 아버님, 이 사람은 제가 조금만 화를 내도 울어 버려요.
   나 : ....더니. 어렸을 때부터 울보였어.

5) 가 : 우리 아파트 근처에 큰 할인점이 두 개 생겼는데 매일매일 서로 할인 경쟁을
　　　해요. 그 바람에 동네 작은 가게들이 모두 문을 닫아야 할 지경이 되었대요.

　　나 : _____더니 작은 가게들이 불쌍하네요.

6) 가 : 우리 팀 사람들은 모두 자기 생각을 강하게 주장하는 편이라서 뭔가 결정해야
　　　할 때 제대로 하지 못하고 엉뚱하게 될 때가 많아.

　　나 : _____는 법이지. 그럴 때는 윗사람이 의견을
　　　확실하게 정리하고 조정해야 하는데……．

7) 가 : 너 정말 요리 못 하는구나. 어쩌면 이렇게 맛이 없니?

　　나 : 처음이라 그래. _____더니 언니는 뭐 처음부터
　　　잘했어? 나도 하다 보면 잘하게 될 거라고.

8) 가 : 뭐라고요? 당신 지금 나한테 무식하다고 했어요? 어떻게 자기 아내한테 그런
　　　말을 할 수 있어요?

　　나 : 그러는 당신은 나한테 아무 쓸모없는 남자라고 하지 않았어?
　　　_____는 법이지.

9) 가 : 그 가수의 공연표를 사려고 새벽부터 갔는데 어제부터 온 사람들이 벌써 줄을
　　　길게 서 있더라고.

　　나 : _____더니 대단한 사람들이구나.

10) 가 : 아버지, 저한테 차 사 주실 때 좀 큰 차로 사 주세요. 큰 차가 멋있잖아요.

　　나 : 뭐라고? 내가 언제 차 사 준다고 했니? _____
　　　_____더니.

어휘와 표현

1. 변화하는 가족

가부장 제도(家父長制度)
한 가정을 이끌어 나가는 사람이 가족에 대한 지배권을 행사하는 가족형태. 父權制度
여자들은 오랫동안 가족 내에서 결정권이 없었는데 가부장 제도의 피해자였다고 할 수 있다. 女性長久以來在家庭中沒有決定權，可以説是父權制度下的受害者。

가장(家長)
명 한 가정을 이끌어 나가는 사람. 家長、一家之主
그 아이는 부모님이 돌아가셔서 가장 역할을 하며 할머니와 동생들을 보살피고 있다. 那孩子因為父母都已離世，所以扮演起一家之主的角色，照顧著奶奶和弟弟妹妹們。

간접적(間接的) [간접쩍]
관 명 중간에 다른 사람이나 사물 등을 통하여 연결되는 (것). 間接的
친구의 소식을 간접적으로 전해 들었다. 間接聽到了朋友的消息。

개개인(個個人)
명 한 사람 한 사람. 個人、每個人
학교 식당의 음식 맛을 개개인의 입맛에 모두 맞출 수는 없다. 學校餐廳的食物味道無法完全符合每個人的口味。

개성(個性)
명 다른 사람이나 사물과 구별되는 고유의 특성. 個性、風格
그의 그림은 개성이 강하다. 他的畫作很有個人風格。

계승(繼承)되다 [계승/게승]
동 조상의 생활, 정신, 문화유산, 업적 따위를 이어 나가다. 繼承
어려움을 이겨 내는 우리 조상의 강한 정신을 계승하여 발전시켜야한다. 我們應該繼承並發揚祖先克服困難的強大精神。

공동체(共同體)
명 생활이나 행동 또는 목적 등을 같이하는 집단. 共同體
가까운 나라들끼리 경제 공동체를 만드는 경우가 많다. 鄰國之間建立經濟共同體的情況很多。

구성원(構成員)
명 어떤 조직이나 단체를 이루고 있는 사람. 成員
옛날에 비해 오늘날은 가족 구성원의 역할이 많이 변화하고 있다. 與過去相比，今日家庭成員的角色變化很大。

권리(權利) [궐리]
명 어떤 것을 할 수 있거나 남에게 요구할 수 있는 힘이나 자격. 權利
어린이들은 어른들의 보호를 받을 권리가 있다. 兒童有得到成年人保護的權利。

권위(權威)가 있다
남을 지휘하거나 이끌어서 따르게 하는 힘이 있다. 有權威
정 교수님은 북한 연구를 오랫동안 하셨기 때문에 교수님의 말씀에는 권위가 있다. 因為鄭教授長期研究北韓，所以教授的話很有權威。

기러기
명 새의 한 종류. 雁、野雁

긴장(緊張)하다
동 마음을 조심하고 정신을 차리다. 緊張
연습을 많이 했으니까 긴장하지 말고 연습 때처럼 하면 돼. 已經練習過很多次了，不要緊張，像練習時那樣做就行。

다문화(多文化)
여러 종류의 문화. 多元文化
미국은 다민족 국가이며 다문화 사회이다. 美國是個多民族的國家，也是個具多元文化的社會。

다정(多情)하다
형 정이 많다. 親切、熱情
수미 씨는 무척 다정해서 따뜻한 느낌을 줘요. 秀美非常親切熱情，給人溫暖的感覺。

단독(單獨)
명 혼자. 單獨、獨立
아파트는 단독 주택과 달리 애완동물을 마음대로 키울 수 없다. 公寓與獨立住宅不同，不能隨意飼養寵物。

대(代)를 잇다
한 집안의 세대를 잇다. 代代相傳、傳宗接代
대를 이을 아들이 없어 걱정이다. 沒有可傳宗接代的兒子，真令人擔憂。

대가족(大家族)
명 식구 수가 많은 가족. 大家庭
저 집은 4대가 함께 사는 대가족이에요. 那戶是四代同堂的大家庭。

동거(同居)
명 한집이나 한방에서 같이 삶. 同居
결혼하지 않고 동거 생활을 하는 사람들도 있다. 也有選擇不結婚，同居生活的人。

동등(同等)하다
형 등급이나 정도가 같다. 同等
요즘은 남학생이나 여학생 모두 동등한 교육을 받는다. 最近無論是
男學生還是女學生全都接受同等的教育。

보편적(普遍的)
관 명 많은 경우에 공통되거나 맞는 (것). 普遍的
이기적인 것은 보통 누구한테나 있는 보편적인 모습이다. 自私是一
般人常有的普遍樣貌。

부권(父權) [부꿘]
명 아버지가 가지는 권리. 父權
과거에는 모권보다 부권이 훨씬 강했다. 在過去，父權要比母權強得
多。

부양(扶養)
명 생활 능력이 없는 사람의 생활을 돌봄. 扶養
부양을 해야 할 가족이 많아 열심히 일해도 돈이 부족하다. 由於要扶
養的家人很多，即使努力工作，錢也不夠用。

분가(分家)하다
동 가족의 한 구성원이 결혼 등으로 살림을 차려 살던 집에
서 나가 살다. 分家
부모님과 같이 살다가도 결혼하면 보통 분가해서 산다. 即便原本跟
父母住在一起，結婚後一般還是分家居住。

산소
명 사람의 무덤. 墓地、墳墓
추석 때마다 우리 가족들은 할머니 산소에 갑니다. 每年中秋節，我
們一家人都會去奶奶的墓地。

상(喪)
명 가족이나 친척이 죽었을 때 일정 기간 활동을 줄이고 태
도나 행동을 조심하는 일. 居喪
부모님 상을 당했을 때 친구들이 많이 도와줬어요. 父母居喪之際，
朋友們給了我很多幫忙。

상처(傷處)
명 다친 자리. 傷口
넘어져서 무릎에 상처가 났다. 跌了一跤，膝蓋受了傷。

소득(所得)
명 일한 결과로 얻은 정신적·물질적 이익. 所得
소득 수준이 높아지면서 해외여행을 가는 사람이 많아졌다. 隨著
收入水準的提高，出國旅遊的人越來越多。

소중(所重)하다
형 매우 중요하다. 珍貴、寶貴
우리의 문화를 소중하게 여기고 아낍시다. 讓我們珍惜看待並愛惜我
們的文化。

약화(弱化)되다 [야콰되다]
동 약해지다. 弱化、變弱
태풍의 세력이 약화되고 있습니다. 颱風的勢力正在減弱。

오해(誤解)
명 잘못 해석하거나 뜻을 잘못 앎. 誤會、誤解
내가 한 말을 오해를 해서 화가 났나 봐요. 他可能是因為誤會我說的
話而生氣了。

의무(義務)
명 반드시 해야 할 일. 맡은 일. 義務
공부를 열심히 하는 것은 학생의 의무이다. 努力讀書是學生的義務。

의식(意識)
명 어떤 것에 대한 사회적인 감정이나 생각. 意識
최근 자연을 지키려는 의식이 높아지고 있다. 近來人們保護自然的意
識逐漸抬頭。

인정(認定)되다
동 확실히 그렇다고 여겨지다. 認同、肯定
회의에서 얘기해 보고 필요성이 인정되면 휴게실을 만들도록 하겠
다. 試著在會議中提出來，若大家認為有必要，我們會設置休息室。

일반적(一般的)
관 명 보통의, 특별하지 않은 (것). 一般的
반복 연습은 아주 일반적인 외국어 공부 방법이다. 反覆練習是很一
般的外語學習方法。

입양(入養)하다 [이뱡하다]
동 남의 아이를 데려다 기르다. 收養
그 사람은 자기 아이가 있는데도 아이를 두 명이나 입양했대요. 聽說
他自己已有小孩，卻還領養了兩個孩子。

자녀(子女)
명 아들과 딸. 子女
부모의 가장 큰 관심은 자녀 교육이라고 할 수 있다. 可以說父母最關
心的是子女的教育。

재혼(再婚)
명 다시 결혼함. 再婚
우리 부모님은 이혼하셨는데 두 분 모두 재혼하셨습니다. 我的父母
離婚了，但兩位都各自再婚了。

전통적(傳統的)
관 명 예로부터 이어져 내려오는 (것). 傳統的
이 집은 조상 대대로 전해오는 전통적인 방식으로 지은 집이다. 這棟
房子是以祖傳的傳統方式建造的。

절대적(絕對的) [절때적]

관 명 비교할 만한 것이 없는 (것). 絕對
시골 학교는 학생 수가 절대적으로 부족해서 문제가 심각하다. 鄉下學校學生人數絕對性地不足，問題很嚴重。

제도(制度)

명 관습이나 법 등과 같이 사회생활에 필요한 일정한 규칙이나 기준의 체계. 制度
사형 제도에 찬성하십니까? 반대하십니까? 你贊成死刑制度？還是反對？

존중(尊重)하다

동 높여서 중요하게 사람이나 생각을 다루다. 尊重
어린이의 생각이라고 무시하지 말고 존중해 줘야 합니다. 不要因為是兒童的想法而忽視它，應該給予尊重。

증대(增大)되다

동 양이 많아지거나 규모가 커지다. 增多、增加
청소년들의 사회 참여가 증대되었다. 青少年的社會參與增多了。

지원(支援)

명 힘을 더해 줘서 도움. 支援
그 회사는 가난한 대학생들에게 학비 지원을 많이 하는 것으로 알려져 있다. 眾所周知那家公司為貧困大學生提供了大量的學費資助。

지출(支出)

명 어떤 목적을 위하여 돈을 쓰는 일. 支出
이번 달은 새 컴퓨터를 샀더니 지출이 지난달보다 많았다. 這個月買了台新電腦，支出比上個月多。

짜증

명 마음에 꼭 맞지 않아서 화가 남. 煩、煩躁
모든 일이 내 마음대로 되지 않아서 짜증이 난다. 所有的事情都不如我意，真煩。

창의성(創意性) [창의썽/창이썽]

명 새로운 것을 생각해 내는 특성. 創意
이 보고서는 새로운 점이 없다. 다시 말해서 창의성이 부족하다. 這份報告沒有新的點子。換句話說，就是缺乏創意。

핵가족(核家族) [핵까족]

명 부부와 미혼인 자녀만으로 구성된 가족. 核心家庭
요즘 같은 핵가족 사회에서는 어린이들이 할머니, 할아버지의 사랑에 대해 잘 모른다. 像最近一樣的核心家庭社會裡，孩子們不太懂奶奶、爺爺的愛。

혈연 의식(血緣意識) [혀련의식]

명 같은 핏줄에 의하여 연결되었음을 중요하게 여기는 감정이나 생각. 血緣意識
한국 드라마에서 출생의 비밀에 대한 이야기가 많이 나오는데 이는 혈연 의식이 강한 문화의 특성 때문인 것 같다. 韓劇中有很多關於出生秘密的故事，這可能是因為韓國文化特性中有很強的血緣意識之故。

형성(形成)되다

동 어떤 모양이나 상태가 되다. 形成
양국 정부의 노력으로 좋은 협력 관계가 형성되었다. 在兩國政府的努力之下，形成了良好的合作關係。

형태(形態)

명 사물의 생김새나 모양. 形態
바위의 형태가 사람 얼굴 같다. 岩石的形態像人的臉。

화목(和睦)하다 [화모카다]

형 사람들이 서로 뜻이 맞고 정답다. 和睦
부모님은 형제들끼리 화목하게 지내야 한다고 강조하셨어요. 父母強調兄弟姐妹之間應該要和睦相處。

효도(孝道)를 하다

부모를 잘 모시다. 孝順
자식들의 효도를 받으면서 오래오래 건강하게 사세요. 要接受子女們的孝心，健康長壽地生活喔。

2. 행복한 가정을 위해

개설(開設)하다

동 제도나 프로그램 등을 새로 시작하다. 開設
일본어 강좌를 새로 개설하였다. 新開設了日語課。

결혼이주여성(結婚移住女性)

국제결혼을 해서 한국에서 사는 여성. 新移民女性
농촌에는 결혼이주여성들이 늘어나고 있다. 在農村，新移民女性正在增加。

고령화(高齡化)

명 한 사회에서 노인의 인구 비율이 높아지는 것. 高齡化
65세 이상의 노인들이 전체 인구의 10%쯤 되면 고령화 사회라고 할 수 있어요. 當65歲以上的老年人佔總人口的10%左右，就可稱為是高齡化社會。

공고(公告)하다

동 기관이나 단체에서 결정된 일을 사람들에게 널리 알리다. 公告
게시판에 기말 시험 공고가 붙었다. 佈告欄上貼出了期末考的公告。

과제(課題)

명 해야 할 일이나 해결해야 할 문제. 課題
우리 민족의 가장 중요한 과제는 통일이다. 我們民族最重要的課題是統一。

관내(管內)
명 어떤 기관이 일을 맡은 지역. 管轄區域內
우리 경찰서 관내에는 약 20만 가구가 살고 있습니다. 我們警察局轄區內約有20萬戶家庭。

교류(交流)
명 물건이나 문화 등이 서로 오고 감. 交流
일본이나 중국과의 교류가 계속 늘고 있다. 我們與日本和中國的交流持續增加。

급격히(急激-) [급껴키]
부 아주 빠르고 거칠게. 急劇地
십 대에는 신체적, 심리적으로 급격한 변화를 겪는다. 當十幾歲時，身體和心理上都會經歷急劇的變化。

답답하다 [답따파다]
형 공간이 막혀 있거나 생각이 잘 통하지 않아 괴롭다. 鬱悶
아무리 설명해도 모르겠다고 하니 답답해서 죽겠다. 怎麼解釋也聽不明白，真是悶啊。

도모(圖謀)하다
동 어떤 일을 이루기 위하여 대책과 방법을 세우다. 謀求、策劃
일을 도모할 때는 충분히 생각해야 한다. 策劃事情的時候要充分考慮。

만(滿)
관 날, 주, 달, 해 따위의 정해진 기간이 모두 됨. 滿
만 18세가 되면 법적으로는 어른이다. 年滿18歲的話，在法律上是成人。

모집(募集)
명 사람이나 작품 등을 뽑기 위해 널리 알려서 지원자를 모음. 招募、徵集
학교마다 우수한 학생들을 모집하기 위해 노력한다. 每個學校都努力在招收優秀學生。

문의(問議) [무늬/무니]
명 질문하여 알아봄. 諮詢、詢問
문의할 것이 있으시면 사무실로 연락하세요. 如果有什麼要諮詢的，請聯繫辦公室。

방안(方案)
명 일을 처리하거나 해결할 방법이나 계획. 方案
환경 문제 해결 방안을 빨리 찾아야 한다. 得趕快找到環境問題的解決方案。

보육비(保育費) [보육삐]
명 어린아이를 돌보고 기르는 데 드는 비용. 育兒費
우리 회사는 아이가 7살 때까지 보육비를 지원해 주고 있다. 我們公司會資助育兒費到孩子7歲。

비만(肥滿)
명 살이 많이 찐 것. 肥胖
비만 아동을 위한 다이어트 교육을 하기로 했다. 我們決定為肥胖兒童進行減肥教育。

사업(事業)
명 어떤 목적과 계획을 가지고 하는 일. 事業
다니던 직장을 그만두고 건설 사업을 시작할 예정이다. 他打算辭去工作，開始建設事業。

사항(事項)
명 일을 구성하는 내용. 事項
단체 생활에서 꼭 지켜야 할 사항을 말씀드리겠습니다. 我來告訴大家團體生活中一定要遵守的事項。

선착순(先着順) [선착쑨]
명 먼저 온 순서. 先後順序
공연 입장권은 선착순으로 나눠 드리겠습니다. 表演門票會按先後順序發放。

손쉽다
형 어떤 것을 다루거나 어떤 일을 하기가 퍽 쉽다. 輕易、簡單
라면은 누구나 손쉽게 끓일 수 있어 편리하다. 泡麵誰都可以輕易煮，很方便。

수강료(受講料) [수강뇨]
명 강의나 강습을 받기 위해 내는 돈. 上課費
영어 학원 수강료가 비싸졌다. 英語補習班的上課費用越來越貴。

시기(時期)
명 어떤 일을 하는 때. 時期
고등학교 3학년은 공부만 열심히 하는 시기이다. 高中3年級是專心於學習的時期。

실제(實際) [실쩨]
명 사실의 경우. 정말로 하는 (것). 實際
다른 사람들이 하는 것을 보면 쉬워 보이지만 실제 그 일을 해 보면 아주 어렵다. 看別人做起來很容易，實際上做起來很難。

심사(審查)
명 등급이나 합격 여부를 결정하기 위해 자세하게 조사함. 審查
이번 그림 그리기 대회의 심사 기준은 창의성이다. 這次繪畫大賽的評審標準是創新。

안건(案件) [안껀]
명 의논하거나 조사하여야 할 사실. 案件、議案
이번 회의에서 얘기할 안건은 불우 이웃 돕기에 대한 것입니다. 這次會議要談的議案是有關幫助生活困難之人。

어휘와 표현

운영(運營)하다 [우녕하다]
동 관리하고 경영하다. 營運、經營
언니는 영어 학원을 운영하고 있다. 姐姐正在經營英語補習班。

인원(人員) [이눤]
명 (단체를 이루는) 사람들. 또는 그 수. 人員
불법 주차 단속 인원을 늘리기로 했습니다. 決定增加查禁非法停車的人員。

일반(一般)
명 특별하지 않고 보통인 것. 一般、普通
이 학교는 예술 고등학교가 아니고 일반 고등학교이다. 這所學校不是藝術高中，而是普通高中。

일시(日時) [일씨]
명 날짜와 시간. 日期時間
모임 장소와 일시는 다음 주에 메일로 알려 드리겠습니다. 聚會地點和日期時間下週用電子郵件通知。

장려(獎勵)하다 [장녀하다]
동 어떤 일을 하도록 옆에서 도와주고 칭찬하다. 獎勵、鼓勵
국가 경제 발전을 위해 정부에서는 저축을 장려하고 있다. 為了國家的經濟發展，政府鼓勵儲蓄。

재료비(材料費)
명 재료를 사는 데 드는 비용. 材料費
그 물건을 만드는 데 재료비가 아주 많이 든다. 做那個東西的材料費很貴。

저소득층(低所得層)
명 수입이 낮은 계층. 低收入階層
정부는 저소득층의 세금은 줄이고 고소득층의 세금은 올리기로 했습니다. 政府決定減少低收入戶者的稅金，並提高高所得者的稅金。

저출산(低出産) [저출싼]
명 아이를 적게 낳음. 低出生率、少子化
10년 후 학생이 없는 초등학교가 생길 수도 있다고 하니 우리나라의 저출산 문제는 심각하다. 聽說10年後可能會出現沒有學生的小學，我國的少子化問題非常嚴重。

적응(適應) [저긍]
명 일정한 조건이나 환경 등에 맞추어 익숙해지고 알맞게 됨. 適應
새로운 환경에 적응하려면 시간이 필요하다. 若要適應新環境要些時間。

접수(接受) [접쑤]
명 신청을 받음. 接收、受理
신청서는 아래층에서 접수하고 있습니다. 樓下正在受理申請書。

정책(政策)
명 정치적 목적을 이루기 위한 계획이나 방법. 政策
북한의 외교 정책에 대해 이야기해 봅시다. 讓我們來談談北韓的外交政策。

제공(提供)하다
동 마련하여 주다. 提供
새 회원한테는 두 달 동안 무료 이용권을 제공한다. 我們給新會員提供兩個月的免費使用券。

제안(提案)하다
동 새롭거나 다른 의견을 내놓다. 提議、建議
독서 모임을 하자고 제안했더니 친구들이 좋다고 했다. 提議開設讀書會，朋友們都説好。

제외(除外)되다
동 따로 빼서 포함되지 않다. 排除
이번 캠프 회원 모집에 12세 미만 어린이는 제외된다. 本次營隊的會員招募，未滿12歲的小朋友將被排除在外。

조(組)
명 같은 목적으로 어떤 일을 하기 위해 적은 수의 사람이 모인 팀. 組
각 조마다 역할을 나누어 맡도록 하자. 讓各組人員分工負責吧。

지원(支援)하다
동 어떤 사람이나 단체 등을 위해 힘을 쓰거나 돕다. 支援、資助、贊助
많은 기업체에서 그 장애인 단체를 지원하기로 했다. 許多企業都決定資助那個身障者團體。

참조(參照)
명 참고하여 살펴 봄. 參考、參照
사진을 참조하시면 더 정확한 사실을 알 수 있을 겁니다. 參考照片的話可以知道更準確的事實。

첨부물(添附物)
명 서류, 편지, 메일 등에 더하여 붙인 것. 附件
자세한 내용은 첨부물을 참고하세요. 詳細內容請參考附件。

체험 학습(體驗學習)
직접 경험하면서 하는 공부. 體驗學習
사물놀이 체험 학습을 위해 국악원에 가기로 했다. 為了體驗四物打擊樂，決定去國樂院。

총(總)
관 모두 합하여 몇임을 나타내는 말. 總、總共
오늘 신문이 총 32면이나 된다. 今天的報紙共有32版。

출산율(出産率) [출싼뉼]

명 아이를 낳는 비율. 出生率
아기들이 많이 태어나서 우리나라의 출산율이 높아지면 좋겠다. 希
望能多點嬰兒出生，以提升我國的出生率。

친목(親睦)

명 서로 친하고 잘 지냄. 友好、情誼、敦睦
우리 반 학생들의 친목을 위해 파티를 하기로 했다. 為了我們班同學
們的情誼，我們決定來舉辦派對。

해당자(該當者)

명 어떤 일이나 조건에 맞는 바로 그 사람. 符合資格者
봄 학기는 해당자가 없어 장학금을 주지 않았다. 春季學期因為沒有
符合資格者，所以沒有頒贈獎學金。

협조(協助) [협쪼]

명 힘을 더해서 도움. 協助
여러분의 협조로 이번 일을 잘 마칠 수 있었습니다. 在大家的協助
下，這件事才得以順利完成。

효율적(效率的) [효율쩍]

관 명 노력에 비해 얻는 결과가 더 큰 (것). 有效率的
계획표를 만들면 하루의 시간을 더 효율적으로 쓸 수 있다. 若訂定
計畫表，則能夠更有效率地利用一天的時間。

---

3. 듣고 싶은 말

가사 분담(家事分擔)

집안일을 나누어서 맡는 것. 分擔家務
남편과 아내가 가사 분담을 하는 가정이 많아지고 있다. 丈夫和妻子
共同分擔家務的家庭越來越多。

가사 노동(家事勞動)

집안일을 하는 것. 做家事
청소, 빨래, 설거지 같은 가사 노동은 대부분 생각보다 쉽지 않다. 打
掃、洗衣服、洗碗之類的家事，大多不如想像中那麼簡單。

걸림돌 [걸림똘]

명 어떤 일을 하는 데 방해가 되는 것. 絆腳石
두 사람이 사귀는 데 걸림돌이 되는 것은 아무 것도 없다. 兩人交往
上，沒有什麼是可以成為阻礙的。

견디다

동 어려운 일을 포기하지 않고 참고 지내다. 忍受、忍耐
이렇게 어려운 상황을 견디기가 어렵다. 難以忍受如此艱難的處境。

경향(傾向)

명 생각, 행동 등이 어떤 방향으로 기울어짐. 傾向
나는 스트레스를 받으면 먹는 것으로 푸는 경향이 있다. 我有一有壓
力就靠吃來解決的傾向。

과반수(過半數)

명 반이 넘는 수. 過半數
전체 50명 중 과반수가 넘는 30명이 그 계획에 찬성했다. 全部50人
中，有超過半數的30人贊成那個計畫。

기관(機關)

명 정부, 학교, 병원 등과 같은 기구나 조직. 機構
이번 행사는 여러 기관의 협조로 이루어졌다. 這次活動是在各個機構
的協助下才得以完成的。

기혼자(旣婚者)

명 결혼한 사람. 已婚者
나이가 어려 보여서 기혼자인 줄 몰랐다. 因為看起年紀很小，不知
道他是已婚的人。

달(達)하다

동 어떤 수나 양, 정도에 이르다. 達到
그 전시회를 본 사람이 모두 10만 명에 달했다. 看過那展覽的人達到
十萬人。

대상(對象)

명 어떤 일의 목표나 목적이 되는 것. 對象
이 분식집은 주로 학생을 대상으로 하는 곳이다. 這家小吃店的主要
客源是學生。

동의(同意)하다 [동의하다/동이하다]

동 같은 생각을 가지다. 同意
나는 그 사람의 의견에 동의할 수 없다. 我不能同意他的意見。

따갑다

형 날카로워서 좀 아플 정도이다. 嚴厲、逼人
친구와 큰 소리로 떠들다가 사람들의 따가운 시선 때문에 멈췄
다. 和朋友在大聲吵鬧著，卻因眾人嚴厲的目光而停了下來。

못마땅하다 [몬마땅하다]

형 마음에 들지 않다. 不滿意、不妥
그 사람은 내 말이 못마땅하다는 표정을 지었다. 那個人對我說的話
露出不滿意的表情。

무시(無視)하다

동 남을 낮게 보거나 못 본 것처럼 행동하다. 藐視、輕視、
瞧不起
그 사람은 가난한 사람을 무시하는 버릇이 있다. 他有輕視窮人的習
慣。

어휘와 표현

미만(未滿)
📁 정해진 수나 정도에 미치지 못함. 未滿
20세 미만인 분에게는 술을 팔지 않습니다. 不賣酒給未滿20歲的人。

배우자(配偶者)
📁 남편, 아내와 같이 결혼한 상대방. 配偶
인생에서 좋은 배우자를 만나는 것은 아주 중요하다. 在人生中遇到好的配偶是非常重要的。

분석(分析)하다 [분서카다]
📁 복잡한 것을 개별 요소나 성질로 나누다. 分析
이 사건을 잘 분석해 보면 원인을 알 수 있을 것이다. 好好分析一下這個事件，就能知道原因的。

불과(不過)하다
📁 어떤 정도나 수준을 넘지 못하다. 不過
이 반 학생은 모두 다섯 명에 불과하다. 這個班的學生加起來不過五個。

살림하다
📁 한 집안의 생활에 필요한 일을 하다. 持家、生活
결혼한 지 얼마 안 되어서 아직 살림할 줄 모른다. 剛結婚沒多久，還不懂得過婚姻生活。

상(像)
📁 모범이 되거나 본보기가 되는 모습. 形象
그 선생님은 나에게 존경할 만한 교사상을 보여 준 분이다. 那位老師為我展現了一個值得尊敬的教師形象。

상당히
📁 꽤 많이. 相當
요즘 물건값이 상당히 올랐다. 最近物價漲得很多。

성별(性別)
📁 남성과 여성의 구별. 性別
성별에 따라 차별을 해서는 안 된다. 不得因性別而歧視。

시선(視線)
📁 어떤 대상을 쳐다보는 눈길. 視線、目光
사람들이 그를 차가운 시선으로 쳐다봤다. 人們用冰冷的目光看著他。

실시(實施)하다 [실씨하다]
📁 실제로 일을 하다. 實施
교육부는 전국의 초등학생을 대상으로 시험을 실시할 예정이다. 教育部預定對全國的小學生實施考試。

여론 조사(輿論調查)
어떤 문제에 대해 국민, 시민들의 의견을 조사하는 일. 民意調查
저녁 뉴스에서 최근에 한 여론 조사 결과를 발표했다. 晚間新聞公佈了最近一次民意調查的結果。

연봉(年俸)
📁 1년 동안 직장에서 받는 돈. 年薪
회사에 들어간 지 얼마 안 돼서 연봉이 많지 않다. 進公司沒有多久，年薪不高。

위로(慰勞)
📁 괴로움, 슬픔에 대해 마음을 편하게 가지도록 돕는 것. 慰勞、安慰
갑자기 부모님을 잃은 친구에게 어떻게 위로를 해야 할지 모르겠다. 不知道該如何安慰突然失去父母的朋友。

응답자(應答者) [응답짜]
📁 조사에 대해 답을 하는 사람. 答題者、回答者
설문 조사지는 응답자가 쉽게 답할 수 있도록 만들어야 한다. 問卷調查應該設計得便於答題者回答。

이혼(離婚)하다
📁 결혼한 후 부부가 법적으로 헤어지다. 離婚
요즘은 예전보다 이혼하는 사람들이 많아지고 있다. 最近離婚的人比以前多了。

전문(專門)
📁 어떤 분야에 대해 깊은 지식과 경험을 가지고 그 분야만 연구하거나 일을 하는 것. 專門、專業
컴퓨터는 내 전문 분야가 아니라서 잘 모르겠다. 電腦不是我的專業領域，我不太清楚。

전문가(專門家)
📁 어떤 분야에 대해 깊은 지식과 경험을 가지고 그 분야만 연구하거나 일을 하는 사람. 專家
어떤 일이든지 10년 이상 하면 거의 전문가 수준이 된다. 任何事情做10年以上，幾乎都是專家的水準。

전업주부(專業主婦) [저넙쭈부]
📁 직업을 가지지 않고 살림만 하는 기혼 여성. 全職主婦、家庭主婦
우리 어머니는 작년까지 전업주부였지만 지금은 직장에 다니신다. 我的母親到去年為止還是全職主婦，但現在在上班。

절반(折半)
📁 하나를 둘로 나눈 것. 一半、對半
사과 하나를 잘라서 친구와 절반씩 먹었다. 切了一個蘋果和朋友各吃了一半。

종전(從前)

명 지금보다 이전. 以前、過去
종전과는 다른 방법으로 일을 하고 있다. 用不同以往的方法工作。

주제(主題)

명 대화나 연구에서 중심이 되는 문제. 主題
오늘 글쓰기 주제는 '우리 가족'이다. 今天寫作的主題是「我的家人」。

차지하다

동 물건, 공간, 지위를 가지다. 어떤 비율이나 비중을 이루다. 佔、佔據
우리 과는 여학생이 90%를 차지한다. 我們系女生佔90%。

파악(把握)하다 [파아카다]

동 대상의 내용을 분명히 이해하여 알다. 掌握
한국어를 잘 몰라서 텔레비전 뉴스의 내용을 파악하기 어렵다. 因為不太懂韓語，所以很難掌握電視新聞的內容。

해고(解雇)되다

동 직장을 그만두게 되다. 被解僱
경제가 나빠지면서 직장에서 해고되는 사람들이 늘어난다. 隨著經濟惡化，從職場被解僱的人越來越多。

IV

직업과 직장

職業與職場

1

일하는 사람들
工作的人們

들어가기

💬 이야기해 보세요

여러분은 어떤 직업을 가지고 싶습니까?
各位想擁有什麼樣的職業呢 ?

공무원	회사원	사업가	번역가	통역사	요리사
기술직	전문직	사무직	생산직	영업직	

🎧 들어 보세요 27 🔊

직업에 대한 대담입니다. 잘 듣고 질문에 답하세요.
接下來是有關職業的對談，請仔細聽並回答問題。

1. 어떤 조사를 했고 그 조사 결과는 어땠습니까?

2. 여자는 왜 이런 결과가 나타났다고 생각합니까?

3. 어떤 마음으로 직업을 선택하는 것이 좋습니까?

4. 여러분 나라에서는 어떤 직업이 인기 있는지 말해 보세요.

🤚 주제 어휘

다음은 직업과 관련된 말입니다. ....에 공통적으로 들어갈 말을 보기에서 골라 알맞게 쓰세요.
下方為有關職業的字詞，請從中挑選出可共通使用的字詞並填入。

업무　　　분야　　　취업하다　　　유망하다　　　수행하다

1. 그 사람은 이번에 맡은 ....을/를 잘 처리해서 칭찬을 받았습니다.

   이 회사에 들어온 지 3년이 되었습니다. 이제는 더 중요한 ....을/를 맡고 싶습니다.

2. 이 문제는 경제 .... 전문가에게 물어보는 것이 좋겠습니다. 일반 상식으로는 해결하기 어렵습니다.

   직업의 종류가 많아지면서 대학의 전공 ....도 점점 더 다양해지고 있습니다.

3. 부모님께서는 저한테 항상 장래가 .... 직업을 선택하는 게 좋다고 조언해 주셨지만 저는 한 번 사는 인생이니 하고 싶은 일을 하겠다고 결심했습니다.

   미래에는 에너지 관련 산업이나 환경 관련 산업이 ....

4. 일자리가 모자라서 대기업은커녕 중소기업에도 .... 어려운 상황입니다.

   저희 회사는 방송국에 .... 학생들을 위해 정보도 제공하고 실습 교육도 시켜 주고 있습니다.

5. 모든 직원이 맡은 일을 성공적으로 .... 위해 노력하고 있습니다.

   이 일을 문제없이 잘 .... 여러 사람의 협력이 필요합니다.

📖 읽어 보세요 🔊 28) 변中 翻譯 p. 216

다음은 직업에 대해 설명하는 글입니다. 잘 읽고 질문에 답하세요.
下方為說明職業的文章，請仔細閱讀並回答問題。

이 책에서는 1900년대 초부터 최근까지 유망 직종
으로 분류된 직업들을 구체적인 예를 들어 소개하고
있다. 이 책을 보면 많은 직업들이 시대에 따라 새로
생겨나고 유망한 직업으로 인기를 끌고, 또 사라졌음
을 새삼 느낄 수 있다.

그중에는 오늘날 찾아보기 어려운 직업들도 꽤 있
다. 그 대표적인 예로 버스 안내원을 들 수 있는데 이
들은 버스 요금을 받고 버스의 행선지를 안내하는 등
상당한 역할을 담당했다. 버스 안내원이 처음 등장한
것은 1928년이었는데 지금의 항공기 승무원 이상으로
인기 있는 직업이었다. 그러다가 경제 발전을 위해 전
국민이 노력을 기울이던 1960년대에 들어서 여기저기
큰 길이 놓이고 버스들이 하나 둘씩 늘면서 버스 안내
원이라는 직업이 일반화되었다. 그 후 버스에 자동문
을 비롯한 각종 자동화 기기가 설치되면서 버스 안내
원은 설 자리를 잃었고 1980년대 후반부터는 더 이상

1. 이 글은 무엇에 대한 이야기입니까?

2. 버스 안내원은 시대에 따라 어떤 변화를 겪었습니까?

1920년대	→	1960년대	→	1980년대

찾아볼 수 없게 되었다.

이처럼 시대 변화에 따라 사라진 직업이 있다면 새로 생겨나 크게 성장하고 있는 직업도 있다. 이 책에서는 대표적인 예로 컴퓨터 분야를 들고 있다. 이제는 일반 직업에 종사하는 사람도 컴퓨터 관련 자격증을 따야 업무를 수행할 수 있는 시대가 되었다. 그러나 사람들이 이러한 정보 기술 분야의 직업에 관심을 두기 시작한 것은 불과 20여 년 전이다. 오늘날 컴퓨터는 우리 생활 전반에 영향을 미치고 있고 그에 따라 컴퓨터 그래픽 디자이너, 웹 마스터, 프로그래머 등 컴퓨터 관련 직업이 더 이상 낯설지 않게 되었다.

이 책을 통해 직업의 변천을 살피다 보면 직업도 마치 사람처럼 시대에 따라 탄생, 성장, 소멸의 과정을 겪는다는 사실을 알게 된다. 현대의 직업 세계는 과거보다 더 빠르게 변화하고 있다. 과거를 바로 알고 미래를 제대로 보는 것이 그 어느 때보다 중요하다. 따라서 직업을 현재 시점에서 바라보는 것 이외에도 시대와 상황 변화에 따라 살펴보는 지혜가 필요하다.

3. 시대 변화에 따라 어떤 직업들이 새로 생겼습니까?

4. 글쓴이가 직업에 대해 가지게 된 생각은 무엇입니까?

文法與
表達

1. N의 (대표적인) 예로 N을/를 들다[N이/가 있다]
- 이러한 변화를 보여 주는 대표적인 예로 자동차 산업과 관련된 직업을 들 수 있다. 反映這種變化的代表性例子，可舉汽車產業的相關職業為例。
- 전에는 없던 가족 형태의 예로 입양 가족, 한부모 가족, 기러기 가족 등이 있다. 以前沒有的家庭型態之例，有收養家庭、單親家庭與跨國兩地分居家庭等。

2. N 외[이외]
- 기숙사 학생 외의 사람은 식당 출입을 제한합니다. 禁止住宿學生以外的人出入餐廳。

- 이메일 외에 다른 비상 연락처는 없나요? 除了電子郵件外，沒有其他的緊急聯繫方式嗎？
- 이외에도 문의 사항이 있으시면 전화해 주시기 바랍니다. 除此之外，如果還有疑問的話，請致電聯繫。

3. A/V-다면
- 빨간색이 뜨거운 사랑을 나타낸다면 파란색은 차가운 지성을 나타낸다. 如果說紅色代表炙熱的愛情，那麼藍色就代表冰冷的知性。
- 내가 털털한 편이라면 남편은 꼼꼼한 편이어서 집안일을 주로 남편이 챙긴다. 如果說我的個性屬灑脫的話，那麼我老公就是一絲不苟的，所以家事主要都是由老公負責。

💬 이야기해 보세요

1. 시대에 따라 없어지거나 새로 생긴 직업, 없어지지 않을 것 같은 직업에 대해 말해 보세요.

   ▪ 지금은 없어진 직업 : 버스 안내원, 타이피스트, ······

   ▪ 새로 생긴 직업 : 프로 게이머, 택배 배달원, ······

   ▪ 없어지지 않을 것 같은 직업 : 요리사, 교사, ······

2. 미래에 생길 것 같은 직업, 또는 생겼으면 좋을 것 같은 직업에 대해 다음과 같이 말해 보세요.

   > 저는 도서관 사서처럼 인터넷 사서가 생기면 좋겠어요. 인터넷을 통한 정보 찾기가 많아지고 있는데, 나한테 필요하고 믿을 수 있는 정보를 찾기가 쉽지 않아요. 여러 웹 사이트의 내용, 정보의 수준 등에 대한 지식이 많은 인터넷 사서가 정보를 빨리 찾아 주면 좋겠어요.

주제 어휘

1. 다음은 사람들이 생각하는 직업 선택의 조건입니다. 여러분이 직업을 선택할 때 중요하게 생각하는 조건은 무엇입니까?

2. 급여와 관련된 말입니다. 알맞은 설명과 연결하세요.

상여금   주급   연봉   월급   수당   일당

하루 동안 일한
대가로 받는 돈

성공적으로 일했을 때
회사에서 상으로 주는 돈

한 달 동안 일한
대가로 받는 돈

일주일 동안 일한
대가로 받는 돈

정해진 급여 이외에
따로 주는 돈

일을 한 대가로 일 년
동안 받는 돈을 모두
합한 금액

🎧 들어 보세요 1 29 🔊

다음은 좌담회의 질의응답 중 일부입니다. 잘 듣고 질문에 답하세요.
接下來是座談會問答中的部分內容，請仔細聽並回答問題。

1. 내용과 관계 없는 것에 표시하세요.

☐ 자기소개   ☐ 감사 인사   ☐ 반대 의견   ☐ 알고 싶은 것

2. 알고 싶은 것에 대해 질문할 때 어떤 말로 표현하고 있습니까?

3. 들은 내용을 확인할 때 어떤 말로 표현하고 있습니까?

4. 이와 같이 공식적인 자리에서 질문하거나 들은 내용을 확인할 때 쓰는 표현을 정리해 보세요.

공식적으로 질문할 때	들은 내용을 확인할 때
▪ ~에 대해서 감사하다는 말씀을 드리고 싶습니다. 제가 여쭤보고 싶은 것은 ~는가 하는[느냐는] 것입니다 ▪ ~에 대한 좋은 말씀[의견/고견] 부탁드립니다	▪ 그러니까 ~다는 말씀이시지요? ▪ 그러니까 ~느냐 이런 말씀이시지요? ▪ 다시 말하면 ~다는 말씀이십니까? ▪ ~다 이런 말씀이신 것 같은데

💬 이야기해 보세요

앞의 표현을 써서 다음과 같이 말해 보세요.
請參照下方範例，並使用前述的表現來說說看。

1. 암 전문의에게 "암을 예방하기 위해서는 어떤 생활 습관이 중요합니까?"

2. 외국어 교육 전문가에게 "외국어, 특히 말하기를 잘하려면 어떻게 공부하는 것이 좋습니까?"

3. 한국 유학 생활 경험자에게 "한국에서 유학 생활을 즐겁게 하고 싶은데 어떤 경험들이 재미있었습니까?"

4. 직장 선배에게 "직장에서 좋은 인간관계를 유지하려면 어떻게 해야 합니까?"

> 우선 암의 치료 방법에 대한 자세한 설명에 대해 감사하다는 말씀을 드리고 싶습니다. 제가 여쭤 보고 싶은 것은 암을 예방하기 위해서는 어떤 생활 습관이 중요한가 하는 것입니다. 암 예방법에 대한 좋은 말씀 부탁드립니다.

> 다시 말하면 우리 생활 속의 암 예방법이 궁금하시다는 말씀이시지요? 우선 식생활에 대해 말씀드릴 수 있습니다. 무엇을 먹느냐에 따라 우리 몸에 약이 될 수도 있고 독이 될 수도 있기 때문입니다.

🎧 들어 보세요 2 🔊

다음은 좌담회 마지막 부분인 질의응답 시간의 대화입니다. 잘 듣고 질문에 답하세요.
接下來是座談會最後的問答時間對話，請仔細聽並回答問題。

1. 이 좌담회는 주로 무엇에 대해 이야기한 것 같습니까?

2. 질문한 사람이 알고 싶어 하는 것은 무엇입니까?

3. 다음 분야의 특징을 들은 대로 정리해 보세요.

금융업	제조업
▪	▪
▪	▪

4. 취업을 준비할 때 가장 중요한 것은 무엇이며 그 이유는 무엇이라고 했습니까?

여러분은 '성공적인 직장 생활'을 주제로 하는 좌담회에 참석하고 있습니다.
다음과 같이 좌담회를 해 보세요.
各位正在參加以「成功的職場生活」為主題的座談會，請參照下方範例，試著召開座談會。

1. 직장 생활이나 아르바이트 경험 등에 대해 이야기를 해 보세요.

- 직업
- 기간
- 직장 생활을 통해 배운 점
- 직장에서 힘들었던 일
- 기억에 남는 일
- 직장 생활에서 성공하는 방법
-
-

2. 이야기를 들으면서 질문할 내용을 아래에 메모하세요.

- 직장에서 사람들과의 관계는 어땠는지?
- 성공적인 직장 생활의 비결은?
-
-
-

3. 다음과 같이 질의응답을 해 보세요.

> 직장 생활에 대한 재미있는 경험담 잘 들었습니다. 또한 외국인이 한국에서 직장 찾는 방법에 대한 좋은 정보에 대해서도 감사하다는 말씀을 드리고 싶습니다. 제가 한 가지 여쭤 보고 싶은 것은 직장 생활에서 어떻게 실수를 좀 줄일 수 있는가 하는 것입니다. 좋은 말씀 부탁드립니다.

> 다시 말하면 외국인이 한국에서 좀 더 일을 능숙하게 잘할 수 있는 방법이 무엇이냐 하는 말씀이시지요? 제 생각에는…….

2

취업 준비
就業準備

들어가기

💬 이야기해 보세요

다음 사람들은 무엇을 하고 있습니까?
下方的人們正在做些什麼呢？

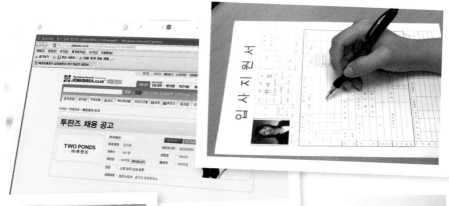

🎧 들어 보세요 31 🔊

다음 대화를 잘 듣고 질문에 답하세요.
請仔細聽接下來的對話，並回答問題。

1. 두 사람은 무엇에 대해서 이야기하고 있습니까?

2. 남자는 요즘 어떻게 지내고 있습니까?

3. 남자는 무엇을 후회하고 있습니까?

4. 취업을 하기 위해 어떤 준비를 하면 좋을지 말해 보세요.

읽고 말하기

주제 어휘

1. 회사에서 사원을 뽑는 것과 관련된 말입니다. 관계있는 설명과 연결하세요.

1) 모집 공고 · · 지원 서류를 회사에 냅니다.

2) 지원서 제출 · · 시험을 봐서 지원자의 지식을 평가합니다.

3) 서류 전형 · · 지원 서류를 보고 지원자를 평가합니다.

4) 필기시험 · · 대화를 하면서 지원자를 평가합니다.

5) 면접 · · 회사에서 사원을 뽑는다는 것을 널리 알립니다.

2. 다음은 회사에 지원할 때 필요한 서류입니다. 무엇에 대한 것인지 말해 보세요.

📖 읽어 보세요   🔖 翻譯 p. 217

다음은 사원 모집 공고입니다. 잘 읽고 질문에 답하세요.
下方為招募員工的公告，請仔細閱讀並回答問題。

신입 사원 모집 공고

주식회사 서울컴퓨터는 사업 확장에 따라 아래와 같이 신입 사원을 모집하오니 능력 있는 젊은 인재들께서는 많이 지원해 주시기 바랍니다.

◎ 모집 부문 : 영업(국내/해외), 개발
◎ 채용 인원 : 00명
◎ 지원 자격 : 전문대 졸업 이상자/남자는 병역 필 또는 면제자/해외여행에 결격 사유가 없는 자
◎ 모집 기간 : 20xx년 3월 1일 ~ 3월 25일
◎ 전형 절차 : 1차 서류 전형/2차 필기시험/3차 면접
◎ 제출 서류 : 입사 지원서 1부
　　　　　　　자기소개서 1부

　　※ 아래 서류는 서류 전형 합격자에 한하여 추후 별도 제출
　　　　최종 학교 졸업 증명서 1통, 성적 증명서 1통, 주민 등록 등본 1통(외국인은 외국인 등록
　　　　증사본이나 여권 사본 1통)
　　※ 제출 서류는 일체 반환하지 않음.

◎ 합격자 발표 : 서류 전형 합격자에 한하여 개별 통지함.

　※ 기타 자세한 사항은 인사과(02-880-6999)로 문의하여 주시기 바랍니다.

1. 어떤 전형 절차를 거쳐야 합니까?

2. 서류 전형을 위해 어떤 서류를 제출해야 합니까?

3. 합격했는지를 어떻게 알려 줍니까?

4. 다음에서 이 회사에 지원할 수 있는 사람을 모두 고르세요.

- 대졸
- 군대 면제

- 고졸
- 은행 근무 5년

- 전문대졸
- 가전제품 디자이너 경력 3년

- 전문대 졸업 예정
- 병역 필

💬 이야기해 보세요

여러분 나라의 기업에서 사원 모집을 할 때 일반적으로 필요한 지원 자격, 전형 절차, 제출 서류 등에 대해 소개해 보세요.
請介紹一下當各位國家的企業在招募員工時，一般應具的應徵資格、遴選程序與提交資料等。

文法與表達

1. 아래와[위와, 다음과] 같이
- 본 학원에서는 아래와 같이 시간 강사를 모집합니다. 本補習班招募兼職講師，條件如下。
- 위와 같이 하시면 혼자서도 김치를 담글 수 있습니다. 按照上方的作法，一個人也能醃製泡菜。
- 세종대왕께서는 다음과 같이 한글을 만드신 이유에 대해 말씀하셨습니다. 世宗大王就有關創制韓文的理由，做了如下說明。

2. V-(으)오니
- 기상 상태 악화로 제주행 비행기 이륙이 한 시간 늦춰지오니 승객 여러분께서는 양해해 주시기 바랍니다. 由於天氣狀況惡化，飛往濟州島的班機出發時間將延後一小時，請各位乘客諒解。

- 상담 신청은 예약제로 운영하오니 상담을 원하시는 분은 880-5488로 예약 전화를 주시기 바랍니다. 由於諮詢申請是採取預約制，如欲諮詢者請撥打預約電話880-5488。

3. N에 한하여
- 키가 162cm 이상인 사람에 한하여 그 항공사 승무원에 지원할 자격을 주고 있다. 該航空公司賦予身高162公分以上的人報考他們空服員的資格。
- 우리 극장 회원으로 가입하신 분에 한하여 할인을 해 드리고 있습니다. 僅限已加入我們劇場會員的人，才給折扣優惠。

듣고 말하기

🎧 들어 보세요 ③²))

다음은 면접에서 하는 대화입니다. 잘 듣고 질문에 답하세요.
接下來是在面試中的對話，請仔細聽並回答問題。

1. 면접관은 어떤 질문을 했습니까?

2. 여자는 자신에 대해서 어떻게 소개했습니까?

3. 여자는 자신의 한국어 실력에 대해 어떻게 말했습니까?

4. 여자는 회사에 들어오게 되면 어떤 마음으로 일하겠다고 했습니까?

💬 이야기해 보세요

1. 여러분은 면접을 본 경험이 있습니까? 면접관이 주로 하는 질문은 무엇입니까?

2. 여러분도 면접을 본다고 생각하고 간단히 자기소개를 해 보세요.

> 안녕하십니까? 저는 국제부에 지원한 이유리입니다. 노력한 만큼 결과를 얻는다는 믿음으로 항상 열심히 생활하고 있습니다. 입사하게 된다면 최고의 사원이 되기 위해 더욱 열심히 노력하겠습니다.

과제

면접관과 지원자의 역할을 맡아 면접을 해 보세요.
請試著扮演面試官與應徵者來進行面試。

1. 어떤 회사인지 정하고 다음과 같이 신입 사원 모집 공고를 만드세요.

SBS 신입 사원 모집 공고

문의 전화 : 02 - 6666 - 8888
담당자 : 유소 대리, 한안 대리, 여랑팀

저희 SBS 방송국은 프로그램 확장에 따라 신입 사원을 아래와 같이 모집하오니 많은 신청 바랍니다.
◎ 모집 부문 : PD, 카메라, 총무
◎ 채용 인원 : 00명

신입 사원 모집 공고

Hilton 호텔은 수원에서 새로운 호텔로 세우기 위해서 신입 사원을 아래와 같이 모집하오니 많은 지원 바랍니다.
◎ 모집 부문 : 영업, 관리, 안내원, 요리사, 총무
◎ 채용 인원 : 00명

2. 면접관과 지원자로 나눠 역할을 맡으세요.

　1) 지원자는 신입 사원 모집 공고를 보고 마음에 드는 회사에 입사 지원서를 제출하세요.

　2) 면접관은 지원자들에게 질문한 내용을 다음과 같이 만들어 보세요.

<면접 질문 예>

- 자기소개를 해 보세요.
- 우리 회사에 지원하게 된 동기는 무엇입니까?
- 회사에서 어떤 업무를 담당하고 싶습니까?
- 만약 입사하게 된다면 어떤 마음으로 일하겠습니까?
- 지원서를 보니 전공이 우리 회사와 맞지 않는데 어떻게 지원하게 되었습니까?
-

3. 면접관은 지원자를 면접하고 아래 평가표에 점수를 표시하세요.

질문	점수			
자기소개를 해 보세요.	10	8	6	4
우리 회사에 지원하게 된 동기는 무엇입니까?	10	8	6	4
	10	8	6	4
	10	8	6	4
	10	8	6	4

합 계 : ....

4. 평가표를 보고 지원자 가운데 누구를 뽑을지 토의하세요.

5. 면접관은 합격자를 발표하고 왜 그 사람을 뽑았는지 이야기해 보세요.

자기 평가

1. 다음 중 아는 단어에 ∨ 하세요.

  ☐ 업무   ☐ 분야   ☐ 취업하다   ☐ 연봉

  ☐ 상여금   ☐ 모집 공고   ☐ 필기시험   ☐ 서류 전형

  ☐ 면접   ☐ 이력서   ☐ 자기소개서   ☐ 입사 지원서

2. 다음 표현을 이용해서 문장을 만들어 보세요.

  1) N의 (대표적인) 예로 N을/를 들다

  →

  2) A/V-다면

  →

  3) N에 한하여

  →

3. 다음과 같은 상황에서 어떻게 말할 수 있습니까?

  1) 질문할 때

  ....

  2) 들은 내용을 확인할 때

  ....

보충 어휘

속담(II)

속담은 옛날부터 전해져 내려오는 말로, 교훈이나 비유를 담은 짧은 구절입니다. 속담을 통하여 상황을 효과적으로 표현하고 한국 문화를 이해하도록 합시다.

諺語是指從古流傳至今，帶有教訓與比喻涵義的短句。讓我們透過諺語來更有效表達情境與理解韓國文化吧。

누워서 떡 먹기다 躺著吃糕。比喻事情容易
하기가 매우 쉽다. 很容易做

누워서 침 뱉기다 躺著吐口水。害人反害己
남을 욕한다고 한 것이 결국 자기를 욕하는 것이 되다. 罵人最終罵到自己

수박 겉핥기다 舐西瓜皮。
사물의 속 내용은 모르고 겉만 살펴보다.
不知道事物裡面的內容，只觀察了外表

소귀에 경 읽기다 對牛讀經。對牛彈琴
아무리 가르치고 일러 주어도 알아듣지 못하거나 효과가 없다. 不論怎麼教或告知，仍舊聽不懂或沒有效果

그림의 떡이다 畫中之餅，即畫餅充飢
아무리 마음에 들어도 이용할 수 없거나 차지할 수가 없다. 不管再怎麼滿意，也無法使用或佔有

금강산도 식후경이다 金剛山也是飲食後再參觀。民以食為天
아무리 재미있는 일이라도 배가 불러야 하지 배가 고파서는 아무 일도 할 수 없다. 不管是再怎麼有趣的事，也是要吃飽飯後才能做，肚子餓的話，什麼事也做不了

가는 날이 장날이다 出門剛好是趕集日。偏偏不湊巧
어떤 일을 하려고 하는데 예상하지 못한 일이 일어나다. 打算做某事之際，卻發生了意料之外之事

꿩 먹고 알 먹기다 吃了雉雞又吃了蛋。一舉兩得
한 가지 일을 하여 두 가지 이상의 이익을 보게 되다. 做一件事，卻獲得雙倍以上的利益

갈수록 태산이다 / 산 넘어 산이다 越走越是高山/越過山後還是山。處境越來越困難
갈수록 더욱 어려운 상황이 되다. 고생이 갈수록 점점 더 심해지다. 情況越來越困難，越來越辛苦

천 리 길도 한 걸음부터다 / 시작이 반이다 千里之行始於足下/開始就成功一半了。萬事總要邁出第一步
무슨 일이나 그 일의 시작이 중요하다.
不管什麼事情，開頭是很重要的

연습1 다음 속담으로 어떤 말을 하려는 것인지 고르세요.

1)

① 일단 시작해서 조금씩 조금씩 해 나가면 언젠가는 다 할 것이다.
② 할 일이 너무 많아서 시작하기가 어렵다.

2)

① 필요한 내용만 골라서 한번 읽었다.
② 자세히는 못 읽고 그냥 빨리 한번 읽어 봤다.

3)

① 그림처럼 멋진 옷이다.

② 그냥 보는 것만으로 만족해야 한다.

4)

① 경치도 금강산처럼 아름다워 보인다.

② 좋은 구경도 배가 고프면 잘할 수 없다.

연습 2 다음 상황과 관련 있는 속담을 쓰세요.

1) 오랜만에 김 선생님을 뵈려고 왔더니 김 선생님께서 쉬시는 날이네요.

→ 가는 날이 장날이다

2) 이 정도 컴퓨터 고장은 제가 쉽게 고칠 수 있어요. 5분이면 다 고칠 수 있어요.

→

3) 날이 갈수록 공부할 것이 더 많아지고 어려워지네요.

→

4) 아무리 설명해도 이해를 못 하는구나. 그렇게 어렵니?

→

5) 다이어트 성공하면 상금을 주신다고요? 살도 빼고 돈도 벌고 좋네요.

→

6) 다른 사람을 깎아내리려는 사람들은 결국 자기 자신을 깎아내리는 거라는 걸 알아야 해요.

→

연습 3 속담을 넣어서 대화 연습을 해 보세요.

1) 가 : 백화점에 간다더니 왜 벌써 왔어요?

　 나 : .... 이라고 오늘은 백화점이 쉬는 날이래요.

2) 가 : 논문을 써야 하는데 읽을 것이 너무 많아서 무엇부터 해야 할지 모르겠어요.

　　나 : ....라고 처음에 아무리 어려워 보이는 일이라도 한 걸음 한 걸음 하다 보면 언젠가는 이루어질 거예요.

3) 가 : 대학생이 되어서 오히려 책 읽는 속도가 느려졌어요.

　　나 : 대학생들이 읽는 책은 ....로 읽으면 안 되는 책들이니까 그렇지. 뜻을 깊이 생각하면서 내용을 이해하려면 시간이 걸리는 것이 당연해.

4) 가 : 민수 말이야, 한 달 동안 아르바이트 해서 겨우 등록금 냈는데 이번에는 동생이 입원을 해서 더 큰돈이 필요하대.

　　나 : 어휴, ...이라더니 하나 해결했나 싶었는데 또 어려운 일이 닥쳤구나.

5) 가 : 야! 남대문시장은 정말 볼 것이 많구나. 옷은 그만 구경하고 이제 신발을 보러 가자.

　　나 : 그래. 그런데 너 배 안 고프니? ....인데 저 식당에서 뭐 좀 먹고 구경하자.

6) 가 : 어휴, 이 수학 문제 너무 어렵네. 나도 모르겠다.

　　나 : 그럼 어쩌지? 참, 너희 오빠가 수학과 다닌다면서? 이런 고등학교 수준의 문제는 대학생한테는 ....니까 너희 오빠한테 한번 물어보자.

7) 가 : 철수는 늘 자기 친구를 나쁘게 얘기해서 듣기 싫어.

　　나 : 글쎄 말이야. 자기 친구를 욕하는 것은 결국 ....니까 이제 그만 했으면 좋겠어.

8) 가 : 한국어를 배우면서 여러 나라의 친구들이 많이 생겼어요. 이렇게 많은 친구들까지 사귀게 될 줄 몰랐어요.

　　나 : 그거야말로 ....네요. 한국어도 배우고, 친구들도 생기고.

9) 가 : 저렇게 조용한 산속에 있는 집에서 살고 싶지 않아요?

　　나 : 아이들 교육은 어떻게 하고 직장은 어떻게 하고요? 우리한테는 그냥 .... 이에요.

10) 가 : 아이들한테 신발을 벗고 난 후 정리해 놓고 들어오라고 아무리 말해도 듣지를 않네요. ....예요.

　　나 : 아이들이 다 그렇지요 뭐. 우리 집 애들도 그래요.

어휘와 표현

1. 일하는 사람들

각종(各種) [각종]

📖 온갖 종류. 또는 여러 종류. 各種
종합 운동장에서 각종 운동 경기가 열리고 있다. 綜合運動場上正在
舉行各種運動會。

경쟁적(競爭的)

📖 서로 이기려고 하는 (것). 競爭的
회사마다 신제품을 경쟁적으로 내놓고 있다.
每家公司都競相推出新產品。

공무원(公務員)

📖 국가 또는 지방 공공 단체의 일을 하는 사람. 公務員
아버지는 시청에서 일하시는 공무원이십니다. 父親是在市政府工作
的公務員。

구직자(求職者) [구직짜]

📖 일자리를 구하는 사람. 求職者
이 책에는 여러 회사에 대한 정보가 많아서 구직자에게 도움이 된
다. 這本書中有許多關於各家公司的資訊，對求職者很有幫助。

구체적(具體的)

📖 실제적이고 자세한 (것). 具體的
잘 이해가 안 되어서요. 좀 더 구체적인 예를 들어 설명해 주세요.
因為我不太理解，請舉出更具體的例子來說明。

금융업(金融業) [금늉업/그뮹업]

📖 은행업, 증권업, 보험업 등의 돈의 흐름과 관련된 사
업. 金融業
요즘에는 외국 유학생들이 은행, 보험회사, 증권사 등 금융업 쪽으로
많이 진출하고 있다. 最近外國留學生大舉進入銀行、保險公司與證券
公司等金融業。

급여 수준(給與水準)

(회사 등에서) 일을 한 대가로 주는 돈이나 물품의 정도.
給薪程度
요리사가 되고 싶은데 작업 환경이나 급여 수준은 어떤가요?
我想當廚師，不知道工作環境和給薪程度如何？

기울이다 [기우리다]

📖 노력이나 마음을 어느 한곳으로 모으다. 傾注
한국어 공부에 모든 노력을 기울이고 있다. 我在韓語的學習上，傾注
所有的努力。

끌다

📖 (다른 사람의 관심이) 오게 하다. 拉、吸引
저 식당이 저렇게 많은 손님을 끄는 이유가 뭘까요? 那家餐廳能吸引
那麼多客人的原因是什麼呢？

낯설다 [낟썰다]

📖 어떤 것을 처음 대하거나 잘 알지 못하여 익숙하지 않고
편하지 않다. 陌生
시골에서만 살았기 때문에 서울 풍경이 무척 낯설었다.
因為只在鄉下生活過，所以對首爾的風景很陌生。

담당(擔當)하다

📖 어떤 일을 맡다. 擔當、負責
이번 여행에서 안내를 담당하실 분입니다. 這位是這次旅行中擔任導覽的人。

등장(登場)하다

📖 새로운 제품이나 인물이 세상에 처음으로 나오다.
登場、出爐
과일 자판기가 등장해서 사람들의 관심을 끌고 있다. 水果自動販賣
機的出現引起了人們的關注。

마치

📖 거의 비슷하게. 如同、好像
다이빙 선수는 마치 새처럼 날아서 물 속으로 뛰어 든다.
跳水選手如同鳥一般飛入水中。

막상 [막쌍]

📖 실제로 어떤 일을 할 때가 되었을 때. 真的、實際上
우리는 서로 많이 싸웠지만 막상 헤어지려 하니 눈물이 났다.
雖然我們吵架過很多次，但真正要分手時卻流淚了。

바람직하다 [바람지카다]

📖 어떤 가치에 맞다. 바르다. 좋다. 最好、可取的
운동은 일주일에 세 번 이상 하는 것이 바람직하다.
運動是一週三次以上最好。

번역가(飜譯家) [버녁까]

📖 번역을 전문으로 하는 사람. 翻譯家、譯者
저는 번역가가 되어서 한국 소설을 번역하고 싶습니다. 我想當翻譯
家來翻譯韓國小說。

변천(變遷)

📖 세월이 지남에 따라 바뀌고 변함. 變遷、演變
이 책에 자동차의 변천 과정이 잘 나와 있다. 這本書完整介紹了汽車
的演變過程。

부담(負擔)

📖 어떠한 의무나 책임을 짐. 負擔、壓力
시험은 우리 아이한테 너무 큰 부담이다. 考試對我們的孩子來説是太
大的負擔。

분류(分類) [불류]
명 종류에 따라서 나눔. 分類
분류 번호가 있어 책을 쉽게 찾을 수 있다. 因有分類編號，所以可以很容易找到書。

분야(分野) [부냐]
명 여러 개로 나누어진 부분. 領域
저는 경제 분야에서 최고의 전문가가 되고 싶습니다.
我想成為經濟領域中的頂級專家。

분위기(雰圍氣) [부뉘기]
명 주위를 둘러싸고 있는 상황이나 환경. 氣氛、氛圍
학생들 옷차림을 보니 이 학교는 자유로운 분위기인 것 같다.
從學生們的服裝來看，這所學校似乎有一種自由的氛圍。

사업가(事業家) [사업까]
명 사업을 경영하는 사람. 事業家、企業家
우리 아버지는 컴퓨터 회사를 경영하는 사업가입니다.
我的父親是經營電腦公司的企業家。

사회적 인정(社會的認定)
사회에서 괜찮고 좋은 것으로 여기는 생각. 社會認同、社會肯定
직업마다 사회적 인정을 받는 정도가 다르지만 이는 옳지 않다.
雖然每種職業得到的社會認同程度不一，但這是不對的。

살피다
동 주의해서 자세히 보다. 자세히 알아보다. 仔細察看
길을 건너기 전에 차가 오는지 잘 살펴야 한다.
過馬路前要先仔細察看有無來車。

상당하다
형 적지 않다. 꽤 많다. 相當的
이 건물을 짓기 위해 상당한 시간과 노력이 들었다. 為了建造這棟樓，花費了相當多的時間和精力。

상여금(賞與金)
명 월급 이외에 업적에 따라 별도로 주는 돈. 獎金、獎勵金
그 회사는 연 400%의 상여금을 준다. 那家公司每年發放400%的獎金。

새삼
부 이전의 느낌이나 감정이 다시 새롭게. 重新、再次
나는 그의 노래 솜씨에 새삼 놀랐다. 我對他的唱功再次感到驚奇。

설치(設置)되다
동 도구나 기계 같은 시설이 놓여지다. 設置、安裝
교실에 컴퓨터가 설치되었다. 教室裡有安裝電腦。

성장(成長)
명 사람이나 동물, 식물 등이 자라서 점점 커짐. 成長
우유는 아이들의 성장을 돕는 음식이다. 牛奶是幫助孩子們成長的食物。

소멸(消滅)
명 사라져 없어짐. 消失、滅亡
'제주어 소멸 위기'라는 기사를 보고 제주어에 대한 연구를 시작했습니다. 在看了「濟州語消失危機」的報導後，開始了對濟州語的研究。

수당(手當)
명 정해진 봉급 이외에 따로 주는 보수. 津貼、補貼
밤에 일하면 야근 수당을 받는다. 晚上工作可以得到夜間加班費。

수행(遂行)하다
동 생각하거나 계획한 대로 일을 하다. 執行、完成
그 사람은 자기가 맡은 일을 성실하게 수행했다. 他認真地完成了自己負責的工作。

안정적(安定的)
관·명 바뀌지 않고 일정한 상태가 계속되는 (것). 安定的
네가 의사가 된다면 평생 안정적인 생활을 할 수 있을 거야. 如果你當醫生，你就能過上一輩子安定的生活。

억지로 [억찌로]
부 원하지 않는데 할 수 없이. 강제로. 硬是、勉強
그는 슬픈 마음을 감추고 억지로 웃었다. 他掩飾著悲傷的心情強顏歡笑。

업무(業務) [엄무]
명 직장 같은 곳에서 맡아서 하는 일. 業務、工作
이번 주에 처리해야 할 업무가 굉장히 많다. 這星期要處理的業務相當多。

여가 시간(餘暇時間)
일이 없어 남는 시간. 休閒時間
여가 시간을 활용하여 운동을 하고 있습니다. 正利用休閒時間運動。

연봉(年俸)
명 일 년 동안에 받는 봉급의 전체 총액. 年薪
야구 선수는 경기 성적이 좋지 않으면 연봉이 깎인다. 棒球選手如果比賽成績不好，年薪就會減少。

월급(月給)
명 일을 하여 그 노력에 대해서 매달 받는 돈. 月薪
매달 25일은 월급이 나오는 날이다. 每月25日是發薪水的日子。

웹 마스터

웹 사이트를 운영하고 관리하는 사람. Web master（網站管理員）

웹 마스터는 일반적으로 웹 사이트 관리자로 불린다. Web master一般被稱為網站管理員。

유망(有望)하다

📵 앞으로 잘될 것 같다. 有希望、有前途

젊고 유망한 학생들에게 장학금을 주고 싶습니다. 我想提供獎學金給年輕前景看好的學生。

일당(日當) [일땅]

📵 하루에 일하고 그 노력에 대해서 받는 돈. 日薪

가사 도우미 일을 하고 있는데 일당 5만 원을 받습니다. 從事家庭幫傭的工作，每日薪資5萬韓元。

일반화(一般化)되다

📵 개별적인 것이나 특별한 것이 일반적인 것으로 되다. 普遍化

예전에는 몇몇 사람만 입던 등산복이 지금은 일반화되었다. 以前只有幾個人在穿的登山服現在變普遍了。

자격증(資格證) [자격쯩]

📵 일정한 자격을 증명해 주는 것. 證照

운전면허 자격증을 받기 위해 운전 연습을 하고 있다. 為了拿到駕照，正在練習開車。

자기 개발(自己開發)

자신의 지식이나 능력을 발달하게 함. 自我開發、自我提升

점심시간을 자기 개발 시간으로 활용해 외국어를 배우는 회사원들이 늘고 있다고 한다. 據說為自我提升而利用午休時間學習外語的公司員工越來越多。

자동화 기기(自動化器機)

자동으로 작동하는 기계. 自動化機器、自動化設備

은행 자동화 기기가 가까운 곳에 있어서 편리하다. 銀行的自動化設備就在附近很方便。

적성(適性) [적썽]

📵 어떤 일에 알맞은 성질이나 능력. 稟性、特質

나는 가르치는 일을 좋아해서 교사가 적성에 맞는다. 我喜歡教學，所以教師很符合我的特質。

전망(展望)

📵 앞날을 미리 생각해 봄. 또는 생각해 본 미래의 상황. 前景、前途

환경 개선 사업은 전망이 밝다. 環境改善事業前景一片光明。

전반(全般)

📵 어떤 일에 관계되는 전체. 全盤、全部

정치가들이 사회 문제 전반에 대해 의논을 했습니다. 政治家們討論了整個社會的問題。

정보 기술(情報技術)

컴퓨터를 활용하여 정보를 주고받는 기술. 資訊技術

정부는 컴퓨터, 소프트웨어, 인터넷 등 정보 기술 산업을 발전시키기 위해 노력하고 있다. 政府正在努力發展電腦、軟體、網路等資訊技術產業。

제조업(製造業)

📵 상품을 대량으로 만드는 사업. 製造業

정부에서는 자동차 제조업을 중요하게 여기고 있습니다. 政府相當重視汽車製造業。

종사(從事)하다

📵 어떤 일을 하다. 從事

사전 만드는 일에 종사한 지 10년이 되었다. 從事編撰詞典工作已有十年了。

좌담회(座談會)

📵 여러 사람이 한자리에 모여 앉아서 어떤 문제에 대하여 이야기하는 모임. 座談會

환경 문제를 주제로 한 좌담회가 열릴 예정입니다. 我們預定召開以環境問題為主題的座談會。

주급(週給)

📵 일하고 그 노력에 대해 일주일마다 받는 돈. 週薪

그는 토요일에 주급을 받자마자 빵을 사러 갔다. 他週六一拿到週薪就跑去買麵包了。

집중(集中) [집쭝]

📵 한 가지 일에 모든 힘을 쏟음. 集中注意力、專心

음악을 들으면서 공부하면 공부에 집중이 될까? 邊聽音樂邊讀書的話，能專心學習嗎？

취업(就業)하다

📵 일정한 직업을 잡아 직장에 나가다. 就業、工作

수미 씨가 식당에 종업원으로 취업했대요. 聽說秀美找到了餐廳服務員的工作。

컴퓨터 그래픽 디자이너

컴퓨터로 그래픽 디자인을 전문으로 하는 사람. 電腦繪圖設計師

컴퓨터 그래픽 디자이너가 영화 속 공룡을 진짜처럼 보이게 만들었다. 電腦繪圖設計師讓電影中的恐龍看起來像真的一樣。

탄생(誕生)

명 귀한 분이 태어남. 조직, 제도, 사업체 등이 새로 생김. 誕生

크리스마스는 예수님의 탄생을 축하하는 날이다. 聖誕節是慶祝耶穌誕生的日子。

통역사(通譯士) [통역싸]

명 통역할 자격을 가진 사람. 口譯員

통역사가 되기 위해 통역 대학원에 진학할 거예요. 為了當口譯員，我要去讀口譯研究所。

프로그래머

명 컴퓨터 프로그램을 짜고 컴퓨터 소프트웨어를 개발하는 사람. 程式設計師

저는 컴퓨터 게임을 만드는 프로그래머가 되고 싶어요. 我想當製作電腦遊戲的程式設計師。

하소연

명 억울한 일, 잘못된 일, 안타까운 사정 등을 이야기함. 訴苦、抱怨、訴說

친구들 대화가 모두 아이들 교육이 너무 어렵다는 하소연이었다. 朋友們的對話都是在訴說教育孩子太難。

행선지(行先地)

명 가는 곳. 떠나가는 목적지. 目的地

버스 행선지가 밤에도 잘 보이도록 더 밝은 등을 달기로 했다. 為了讓公車目的地在晚上也能夠被看清楚，我們決定裝上更亮的燈。

2. 취업 준비

개발(開發)

명 새롭게 만들어서 발전시킴. 開發

좋은 학습 프로그램 개발을 위해 열심히 연구하고 있다. 我們正在努力研究以開發良好的學習課程。

개별(個別)

명 하나씩 따로따로. 個別

개별 면담 시간에 각자의 어려움을 말씀해 주십시오. 請在個別面談時談談各自的困難。

결격 사유(缺格事由) [결껵사유]

필요한 자격을 갖추고 있지 않은 이유. 不合格原因

키가 작다는 것이 경찰 대학 입학의 결격 사유가 되는지 궁금하다. 不曉得個子矮是不是警察大學入學不合格的原因。

기타

명 그 밖의 또 다른 것. 其他

2007년 수출 비중은 자동차 20.5%, 석유 24.6%, 배 15.6%, 기타 39.3%다. 2007年出口比重分別為汽車20.5%、石油24.6%、梨15.6%與其他39.3%。

끊임없이 [끄니멉씨]

부 계속하거나 이어져 있던 것이 끊이지 않고. 不斷地

끊임없이 노력을 하더니 이번 시험에서 1등을 했대요. 聽説他經過不斷努力，在這次考試獲得了第一名。

면접(面接)

명 만나서 지원한 사람의 말, 행동, 태도 등을 보는 시험. 面試

면접 시험에서 질문을 받으면 자신 있게 대답하는 것이 좋다. 面試時如果被問到問題，最好要自信地回答。

면제자(免除者)

명 책임이나 의무를 하지 않아도 되는 사람. 豁免者

인턴사원은 대학 졸업자로서 군에 다녀왔거나 군 면제자여야 합니다. 實習職員的資格為大學畢業生，且須服完兵役或是免除兵役者才行。

모집 공고(募集公告)

사람을 일정한 조건 아래 뽑는다는 것을 알림. 招募公告

신문에 신입 사원 모집 공고가 났다. 報紙上刊登了招募新職員的公告。

반환(返還)하다

동 되돌려 주다. 歸還

공연이 취소되자 관객들은 입장료를 반환해 달라고 요구했다. 表演一取消，觀眾便要求門票退費。

별도(別途) [별또]

명 따로, 원래의 것에 덧붙여서 추가한 것. 另外

더 자세한 내용은 별도로 첨부한 파일을 참고해 주시기 바랍니다. 更多詳情請參考附件。

병역(兵役)

명 국민이 수행해야 하는 국가에 대한 군사적 의무. 兵役

자원봉사 활동으로 병역을 대신하는 경우도 있다. 也有以志願服務替代兵役的情況。

부문(部門)

명 나누어 놓은 일부분. 部門、方面、領域

이 영화는 음악상, 의상상, 미술상 3개 부문에서 상을 받았다. 這部電影獲得了音樂獎、服裝獎與美術獎等三個領域的獎項。

어휘와 표현

사본(寫本)
명 복사한 서류나 책. 副本、影本
여행할 때 여권 원본은 잘 넣어 두고 사본을 들고 다니세요. 旅行時請把護照正本放好，然後攜帶影本在身上。

사항(事項)
명 일의 내용을 나란히 보인 것. 事項
다음에서 주의할 사항을 잘 읽어 보세요. 請仔細閱讀下面須注意的事項。

서류 전형(書類銓衡)
지원자가 낸 서류들을 보고 사람을 가려 뽑음. 文件甄選
서류 전형에서 떨어졌는데 이 분야를 전공하지도 않고 경험도 없기 때문인 것 같다. 在文件甄選中落榜了，可能是因為主修非這塊領域，加上沒有經驗的關係。

선배(先輩)
명 같은 분야에서, 지위나 나이 등이 자기보다 많거나 앞선 사람. 前輩、學長姐
선배들 중에 3학년 선배들이 가장 친절하세요. 在學長姐們中，3年級的學長姐們最親切。

성적 증명서(成績證明書)
학교 때 받은 성적을 증명하는 서류. 成績證明書
성적 증명서에는 대학교 때 성적이 모두 나와 있다. 成績證明書上列出大學時的全部成績。

영업(營業)
명 이익을 목적으로 하는 사업. 營業、銷售
내 남자 친구는 자동차 영업 사원이다. 我男朋友是汽車業務員。

원서(願書)
명 지원하는 서류. 申請書
다음 학기에 대학원에 들어가고 싶은 사람들은 6월까지 원서를 내야 합니다. 下學期想考研究所的人，必須在6月前繳交申請書。

이력서(履歷書)
명 지금까지 거쳐 온 학업, 직업, 경험 등을 적은 문서. 履歷
이력서에 어떤 자격증을 가지고 있는지도 쓰세요. 請在履歷填寫持有何種證照。

인재(人才)
명 재주가 아주 뛰어난 사람. 人才
아이들을 훌륭한 인재로 키우고 싶다면 책을 많이 읽히세요. 若想把孩子培養成優秀的人才，請讓他多讀點書。

일체(一切)
명 전부. 一切、全部
필요한 비용 일체를 회사가 부담한다. 所需費用全部由公司負擔。

입사 지원서(入社志願書) [입싸지원서]
회사에 들어가기를 바라는 뜻을 적어서 내는 서류. 求職申請書
입사 지원서는 그 회사 홈페이지에서 내려받을 수 있다. 求職申請書可至該公司網站上下載。

자격(資格)
명 일정한 신분. 일정한 일을 하는 데 필요한 조건이나 능력. 資格
자격 없이 환자를 치료한 가짜 의사가 경찰에 잡혔다. 沒有資格而治療病患的假醫生被警方逮捕。

자기소개서(自己紹介書)
명 자기의 이름, 특성, 경력, 직업 등을 적은 문서. 自我介紹
자기소개서를 통해 내가 어떤 사람인가를 알릴 수 있기 때문에 잘 써야 한다. 因為透過自我介紹可以讓人知道我是什麼樣的人，所以要好好寫。

자세(姿勢)
명 몸을 움직일 때의 모양. 어떤 것을 대할 때 가지는 태도. 姿勢
자세를 똑바로 하면 키가 더 커 보여요. 姿勢端正的話，個子會看起來更高。

전형(銓衡)
명 사람을 가려 뽑는 일. 遴選、審查、甄選
이 학교는 서류 전형을 거쳐 신입생을 뽑습니다. 這所學校以文件甄選新生。

절차(節次)
명 일하기 위해 거쳐야 하는 순서나 방법. 程序、手續
아래와 같은 절차에 따라 등록을 하면 됩니다. 依照下列程序註冊即可。

제출(提出)
명 문서나 의견 등을 냄. 提交
비자를 받으려면 제출 서류가 어떻게 되지요? 想要申請簽證的話，需要提交哪些文件？

조정(調停)하다
동 서로 다른 의견들에 대해서 중간에서 차이를 줄이거나 합의하도록 함. 調解、協調
회사와 소비자의 입장이 너무 달라 정부에서 의견을 조정하고 있다. 由於公司和消費者的立場相差太大，政府正在進行調解。

졸업 증명서(卒業證明書) [조럽쯩명서]
졸업한 사실을 증명하는 서류. 畢業證書
졸업식을 하지 않았기 때문에 졸업 증명서를 뗄 수 없습니다. 因為還沒有舉行畢業典禮，所以沒辦法開立畢業證明。

주민 등록 등본(住民登錄謄本)

주민 등록 증명 서류의 하나. 戶籍謄本
부모님과 같은 곳에 산다는 것을 증명할 수 있는 주민 등록 등본 같은 것을 가져오시면 지원을 해 드립니다. 如果能提交足以證明和父母同住一起的戶籍謄本的話，我們就會給予補助。

주식회사(株式會社) [주시쾨사/주시퀘사]

🅜 주식을 팔아서 돈을 모아 세운 회사. 股份公司
주식회사는 여러 사람이 돈을 모아 세우는 회사이다. 股份公司是大家集資成立的公司。

지원(志願)

🅜 어떤 일이나 조직에 뜻을 두어 거기에 들어가기 원함. 申請、報名
대학원 지원 방법을 알고 싶은데요. 我想知道報考研究所的方法。

지원서 제출(志願書提出)

어떤 일을 하거나 어떤 조직에 들어가고 싶다고 원서를
냄. 提交申請書
지원서 제출은 본인이 직접 해야 합니까? 需要本人親自提交申請書嗎？

채용(採用)

🅜 사람을 뽑아 씀. 採用、錄用
올해는 우리 회사의 신입 사원 채용 인원이 많이 늘었습니다. 今年我們公司錄取的新進員工人數增加許多。

추후(追後)

🅜 나중. 後來、之後
등록에 필요한 내용은 추후 이메일로 알려 드리겠습니다. 註冊所需要的內容，之後會用電子郵件通知。

출장(出張) [출짱]

🅜 일 때문에 잠시 다른 곳으로 여행 감.出差
일본으로 3일 동안 출장 갔다 올 거예요. 去日本出差三天就會回來的。

취직(就職)

🅜 일정한 직업을 얻어 직장에 나감. 就職、就業
취직 시험을 준비하고 있어요. 我在準備就業考試。

통(通)

🅜 편지, 서류, 전화 등을 세는 단위. 通、封
군대 간 남자 친구에게 매일 한 통씩 편지를 쓰고 있다. 每天寫一封信給當兵的男朋友。

통지(通知)

🅜 소식을 보내 알려 줌. 通知
전세 계약 기간이 끝났으니 다음 달까지 방을 나가라는 통지를 받았다. 因為租屋契約到期，所以接到通知説下個月前要退房。

필(畢)

🅜 일정한 의무를 끝냄. 結束、完畢
우리 회사에서는 대졸, 병역 필 등의 조건을 요구한다. 我們公司要求大學畢業、服完兵役等條件。

필기시험(筆記試驗)

🅜 시험 답안을 글로 써서 치르는 시험. 筆試
요리사가 되려면 필기시험도 봐야 한다. 想要當廚師的話，還得要考筆試。

한창

🅜 어떤 일이 가장 활기 있고 많이 일어나는 때. 正值、正盛
요즘 공원에 장미꽃이 한창이다. 最近公園的玫瑰花正值盛開期。

한하다

🅥 어떤 조건, 범위에 제한되다. 限制
이번 축하 공연 입장은 중학생 이상에 한한다. 這次的慶祝表演，僅限國中生以上的人入場。

향상(向上)시키다

실력, 수준, 기술 따위가 나아지게 하다. 提高
이 꽃의 향기는 집중력을 향상시킨대요. 聽説這花的香味能提高注意力。

확장(擴張) [확짱]

🅜 범위, 규모, 세력 따위를 늘려서 넓힘. 擴張、擴展
도서관이 좁아서 확장 공사를 하기로 했어요. 因為圖書館太小，所以決定進行擴建工程。

후회(後悔)

🅜 이전의 잘못을 알고 뉘우침. 後悔
후회없는 인생을 살고 싶어요. 我想過無悔的人生。

가르침과 배움

教導與學習

1

학교 이야기
學校的故事

들어가기

💬 이야기해 보세요

다음은 한국의 학교에서 하는 행사입니다. 여러분이 다녔던 학교에서는 어떤 행사를
했는지 소개해 보세요.
下方為韓國的學校會舉辦的活動，請試著介紹各位就讀過的學校曾辦過哪些活動。

입학식	졸업식	합창 대회	체육 대회	축제
극기 훈련	체험 학습	소풍	수학여행	

©(사)한국다문화센터 레인보우합창단

🎧 들어 보세요 33 🔊

다음은 학교 생활의 추억에 대해 이야기하는 방송 프로그램입니다. 잘 듣고 질문에
답하세요.
接下來是有關學校生活回憶的廣播節目，請仔細聽並回答問題。

1. 여자는 무엇이 기억에 남는다고 합니까?

2. 남자는 무엇이 기억에 남는다고 합니까?

3. 여러분의 학교 생활 중 기억에 남는 것에 대해 말해 보세요.

📖 주제 어휘

다음은 교육의 종류와 관련된 말입니다. 알맞은 내용을 찾아 연결해 보세요.
下方為有關教育種類的字詞，請試著找出合適的描述並連連看。

1. 공교육 ·

· 저는 학교 수업 후에 학원에 가요.

2. 평생 교육 ·

· 아기를 임신한 사람은 몸과 마음을 편안히 하고 조심해야 아기에게 좋아요.

3. 태교 ·

· 대부분의 아이들은 만 7세가 되면 초등학교에 입학해서 학교 교육을 받기 시작해요.

4. 사교육 ·

· 교육의 문제점을 해결할 수 있는 방법을 찾아 교육하는 새로운 학교들이 생기고 있어요.

5. 대안 교육 ·

· 저는 문화 센터에서 서예를 배우고 있어요. 학교 졸업하고 나서도 뭔가를 배우니까 참 재미있어요.

6. 가정 교육 ·

· 아이들에게는 학교 교육뿐만 아니라 가족과의 생활 속에서 이루어지는 교육도 중요해요.

다음은 한국의 교육 제도에 대해 설명하는 글입니다. 잘 읽고 질문에 답하세요.
下方為說明韓國教育制度的文章，請仔細閱讀並回答問題。

　한국은 국토가 좁고 자연 자원도 풍부하지 않은 나라여서 현재와 같은 경제 성장을 이루기까지 교육 받은 인적 자원이 중요한 역할을 해 왔다. 그러므로 한국 사회에서 교육이 차지하는 비중은 상당히 높은 편이다.

　한국 정부는 독립한 이후인 1949년에 교육법을 제정하고 미국의 6-3-3-4 학제를 도입하였는데 이것이 한국 교육 제도의 근간이 되었다. 한국의 학제는 초등학교 6년, 중학교 3년, 고등학교 3년, 대학교 4년 교육을 중심으로 하며 여기에 유치원 교육 2년과 2~3년의 전문대 교육이 제공된다. 학교는 운영 주체에 따라 국립, 공립, 사립의 세 종류로 나뉜다. 또한 중학교까지의 교육 과정을 전 국민의 의무 교육으로 정하고 있다. 한 학년은 2학기제로 3월과 9월에 학기를 시작한다. 학기를 마친 후에 각각 방학이 있는데, 초중고교의 경우 겨울 방학은 보통 12월 말에서 다음 해 1월 말까지, 여름 방학은 7월 말에서 8월 말까지이다.

< 한국의 학제 >

초등 교육	중등 교육		고등 교육
초등학교 6년	중학교 3년	고등학교 3년	대학교 4년
		일반계 고교 / 전문계* 고교 / 특수 목적** 고교	전문 대학 2년
의무교육			

* 농업, 공업, 정보 통신 등의 전문 교육을 주로 하는 고등학교.

** 과학고, 외국어고, 예술고, 체육고 등 특수 목적의 교육을 주로 하는 고등학교.

1. 한국 사회에서는 인적 자원이 어떤 역할을 해 왔습니까?

2. 한국의 교육 제도에 대해 간단히 요약해 보세요.

- 학제
- 학교의 종류
- 의무 교육
- 학기
- 방학

중학교와 고등학교에 가기 위한 입학시험은 일찍이 무시험제로 전환된 반면 대학에 입학하기 위해서는 시험을 보게 된다. 대학에 들어가기 위해서는 고등학교 내신 성적, 수학 능력 시험 성적이 필요하고 대학별로 치르는 논술 시험, 면접 등을 거쳐야 한다. 이를 위해 '입시 지옥'이라는 말이 생길 정도로 학교에서 많은 학습을 하고 있으며 치열한 경쟁에서 이기기 위해 대부분의 학생들은 학원, 개인 과외 등의 사교육을 더 받고 있다. 한국 교육에서는 학력을 중시하는 사회 분위기로 인해 입시 위주의 학교 교육이 이루어지고 사교육의 비중이 너무 커지는 것이 큰 문제라고 할 수 있다. 최근에는 이러한 문제점에 대해 고민하고 진정한 교육을 하기 위해 대안 교육을 하는 학교들도 생기고 있다.

한국의 교육은 '교육열은 있으나 교육은 없다'는 비판을 받기도 한다. 올바른 교육을 위해 교육 제도가 계속 변화되고 있으나 여전히 개선해야 할 점도 많다. 앞으로 국민들의 교육열과 정부의 교육 정책이 조화를 이룬 바람직한 제도를 만들어 내는 것이 한국 교육의 과제라고 할 수 있다.

3. 입학시험 제도에 대해 간단히 설명해 보세요.

  ▪ 중고등학교
  ▪ 대학교

4. 대안 교육을 하는 학교가 생기는 이유는 무엇입니까?

5. '교육열은 있으나 교육은 없다'는 말의 의미는 무엇일까요?

6. 여러분은 한국 교육에서 개선해야 할 점이 무엇이라고 생각합니까?

🗨 이야기해 보세요

여러분 나라의 교육 과정, 교과목에 대해 한국과 비교해서 말해 보세요.
請試著比較並述說各位國家與韓國在教育課程與教學科目上的差異。

< 일반계 고등학교의 교과목 >

> 우리 나라는 고등학교까지 의무 교육이에요.

> 한국에 비해 3년 더 길군요. 우리 나라는 한국과 마찬가지로 중학교까지 의무 교육이에요.

> 우리 나라에서는 한국과 마찬가지로 학교에서 컴퓨터를 배워요.

> 그래요? 우리 나라에는 컴퓨터 과목은 있는 반면에 가정 과목은 없어요.

文法 表達

1. N이/가 중요한[큰] 역할을 하다, N의 역할이 중요하다 [크다]
- 한국의 경제 성장에는 교육이 중요한 역할을 했다.
  在韓國的經濟成長上，教育扮演了重要的角色。
- 회사가 이렇게 발전하기까지 그분의 역할이 아주 컸다. 公司能發展到這個地境，他的角色重大。

2. N에서 N의 비중이 높다[크다, 작다, 낮다], N에서 N 이/가 차지하는 비중이 높다[크다, 작다, 낮다]
- 대학 입시에서는 내신 성적과 수능 시험의 비중이 크다. 在大學入學考試中，在校成績與入學考試的比重很高。

- 취업에서 면접시험이 차지하는 비중이 점점 높아지고 있다. 面試在求職時所佔比重越來越高。

3. N(으)로 인해
- 입시 위주의 교육으로 인해 학교 교육에서 많은 문제가 생기고 있다. 入學考試為主的教育制度使得學校教育產生了很多問題。

- 낮은 출산율로 인하여 인구가 더 이상 늘지 않고 있다. 由於出生率降低，使得人口不再增加。

듣고 말하기

🗣 주제 어휘

1. 다음은 한국의 중고등학교에서 보는 시험의 종류입니다. 여러분 나라에서는 어떤 종류의 시험을 봅니까?

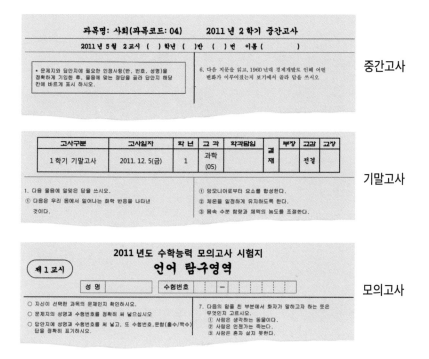

중간고사

기말고사

모의고사

2. 다음은 시험 문제의 유형을 나타내는 말입니다. 알맞은 것을 모두 연결해 보세요.

1) 객관식   ·

2) 주관식   ·

3) 사지선다형 ·

4) 단답형   ·

5) 서술형   ·

· 1. 정신없이 바쁜 평소 아침과는 달리 공휴일인 오늘 아침은 (   ) 여유가 있다.
  ① 더디고   ② 느긋하고
  ③ 한심하고   ④ 빠듯하고

· 4. 한국의 가정에서는 부모에 대한 효도와 함께 형제들 간의 (   )을/를 강조한다. 가족 간의 유대는 한국 사회를 통합하는 기본 바탕이 되고 있다.

· ❀ [57] 다음 글을 읽고 아래에 제시된 표현을 모두 사용하여 '일기 쓰기의 효과'라는 제목으로 글을 완성하십시오. (120~150자 내외) (8점)

  일기는 무엇 때문에 쓰는 것인가? 그 이유는 일기가 생활의 기록으로서 마음의 수양이 되며, 관찰력과 문장력을 기르게 하기 때문이다.
  우선, 일기는 그날 하루의 생활을 기록한 글이다. 그날의 일을 차근차근 생각하며 일기를 쓰게 되면, 자기가 겪은 일의 잘잘못을 깨닫게 되고 자기의 허물을 뉘우치게 될 것이다. 그러므로 일기를 쓰면 마음의 수양이 될 수 있다.
  둘째, _____
  _____
  _____
  셋째, 일기를 쓰게 되면 글 쓰는 습관이 생기게 되고 표현이 세련되어 문장력이 늘게 된다.
  결국 우리는 일기를 쓰면서 덧없이 지나가는 생활을 알뜰히 간직해 두고 되새겨 볼 수 있어 더욱 보람 있게 살 수 있을 것이다.

🎧 들어 보세요 🔊))

다음은 시험에 대한 대화입니다. 잘 듣고 질문에 답하세요.
接下來是有關考試的對話，請仔細聽並回答問題。

1. 시험의 어떤 문제점에 대해 말하고 있습니까?
   - ....
   - ....

2. 시험을 보는 사람에게 어떤 선물을 주며 그것은 어떤 의미가 있습니까?

3. 관계있는 것끼리 연결해 보세요.

   1) 객관식 ·

   2) 주관식 ·

   · 실력보다 요령으로 시험을 보게 된다.
   · 정답이 정해져 있다.
   · 창의적 사고 능력이나 지식을 평가할 수 있다.
   · 채점이 100% 공정하기가 어렵다.

💬 이야기해 보세요

1. 여러분 나라에서는 학교 시험이나 입학시험에서 어떤 유형의 시험을 봅니까?

2. 여러분 나라에서도 시험을 잘 보라고 선물을 줍니까? 그 선물에는 어떤 의미가 있습니까?

여러분 나라의 교육 제도에 대해 설명하는 글을 써 보세요.
請試著撰寫說明各位國家教育制度的文章。

1. 교육 제도에 대한 질문에 대해 여러분 나라의 경우를 간단히 메모해 보세요.

- 각 학교는 몇 년제로 되어 있습니까?
- 한 학년은 몇 학기제입니까? 새 학기는 언제 시작하고 방학은 언제 합니까?
- 하루 수업 시간은 몇 시간입니까?
- 등교와 하교는 몇 시에 합니까?
- 몇 과목을 공부합니까? 어떤 과목을 배웁니까?
- 입시 제도는 어떻습니까?
- 사교육이 있습니까?
- 급식을 합니까?
- 교복을 입습니까?
- 머리 모양이 정해져 있습니까?
- 학교 교육의 장점과 문제점은 무엇입니까?

2. 메모한 내용을 보고 친구들과 함께 이야기를 해 보세요.

3. 위에서 이야기한 내용을 바탕으로 여러분 나라의 교육 제도를 설명하는 글을 써 보세요.

우리 나라의 교육 제도

우리나라의 교육 제도는 한국의 교육 제도와 공통점도 있고 차이점도 있다. 우선 학제는……

한석봉의 어머니
韓石峰的母親

들어가기

💬 이야기해 보세요

다음은 한국의 대학 진학률을 보여 주는 그래프입니다. 연도별로 대학 진학률이 어떤 변화를 보입니까? 여러분 나라의 대학 진학률은 한국과 비교해서 어떻습니까?
下方為顯示韓國大學升學率的圖表。每年大學升學率都有哪些變化？各位國家的大學升學率與韓國相比又是如何？

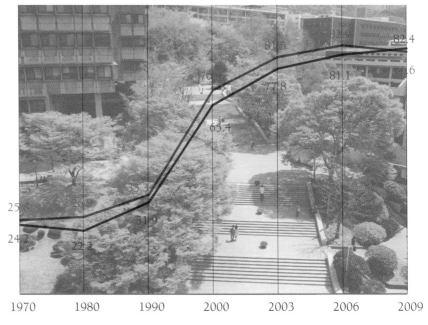

1970　1980　1990　2000　2003　2006　2009

▬▬ 남자　▬▬ 여자

🎧 들어 보세요　36))

다음은 교육에 대한 뉴스입니다. 잘 듣고 질문에 답하세요.
接下來是有關教育的新聞，請仔細聽並回答問題。

1. 무엇에 대해 조사했습니까?
   ▪ 대학은 반드시 다녀야 하는가?
   ▪ ....

2. 같은 질문에 대해, 일반적인 경우와 '내 자식'의 경우에 응답이 어떻게 다릅니까?

3. 교육에 대한 한국인의 의식이 어떻다고 생각합니까?

읽고 말하기

📚 주제 어휘

다음은 사람의 능력과 관련된 말입니다. 아래의 그림에 나오는 사람을 보고 알맞은 말로 표현해 보세요.
下方為有關人的能力的字詞，請看下方圖片中的人物，並試著用合適的字詞來描述。

훌륭하다　　천재적이다　　대단하다　　평범하다　　이름나다　　솜씨가 있다　　재주가 뛰어나다

1.

한글을 만든 세종대왕은 훌륭한 분입니다.

2.

3.

4.

5.

6.

📖 **읽어 보세요** 🔊 37 **翻譯** p. 218

다음 글은 조선 시대의 명필 한석봉에 대한 일화입니다. 잘 읽고 질문에 답하세요.
下方文章為朝鮮時代名書法家韓石峰的故事，請仔細閱讀並回答問題。

한석봉의 어머니

떡장사 하는 어머니와 함께 살던 한석봉은 어려서부터 글씨 쓰기에 솜씨가 있었다. 그러나 가난한 탓에 종이 살 돈이 없어 돌이나 나뭇잎에 글씨를 써야 했다. 글씨 쓰는 재주가 더 나아지자 석봉이는 글씨 공부를 더 하기 위해 절로 들어갔다. 그러나 시간이 지날수록 어머니에 대한 그리움이 더욱 깊어 갔다. 석봉이가 절에 온 지도 벌써 3년이 지났다.

'이만하면 글씨 공부를 그만해도 되겠지.'

이렇게 생각한 석봉이는 짐을 싸서 집으로 돌아왔다. 집 창문에 희미한 등잔불 밑에서 떡을 썰고 있는 어머니의 그림자가 비치고 있었다.

'내 학비 때문에 이렇게 늦게까지 떡을 썰고 계시는구나. 하지만 이제부터는 염려 없어. 공부를 다 했으니까 내 힘으로 편히 모셔야지.'

석봉이는 문을 벌컥 열며 반가운 목소리로 어머니를 불렀다. 그러나 석봉이가 부르는 소리에 하던 일을 멈추고 돌아다보는 어머니는 웬일인지 반가운 기색이 아니

1. 한석봉은 어떤 사람입니까?

2. 한석봉은 왜 절에서 돌아왔습니까?

3. 절에서 돌아온 한석봉을 보고 어머니는 무엇을 하게 했습니까? 그 결과는 어떠했습니까?

4. 어머니는 한석봉에게 무엇을 알게 하려는 것 같습니까?

5. 이 글에서 볼 때 한석봉의 어머니는 어떤 사람인 것 같습니까?

文法與表達

1. A-(으)ㄴ/V-는 탓, N(의) 탓
· 방을 오랫동안 사용하지 않은 탓에 이상한 냄새가 난다. 由於很久沒有使用房間，以致產生異味。
· 실업자가 늘어나는 것은 경제가 너무 어려운 탓이다. 失業人數之所以增加是因為經濟困難之故。
· 일이 잘 안 되면 남의 탓으로 돌리는 사람들이 있다. 有些人工作不順就怪別人。

2. A/V-(으)면 그만이다
· 나만 잘 살면 그만이라고 하는 것은 이기적인 생각이다. 說只要自己過得好就行，是一種自私的想法。
· 아무리 좋은 일도 자기가 하기 싫으면 그만이다. 再好的工作，自己不想做的話也沒轍。

3. A/V-(으)ㄹ뿐더러
· 그 가수는 얼굴도 예쁠뿐더러 노래도 잘한다. 那個歌手不僅長得漂亮，歌也唱得很棒。
· 그 사람은 그 일을 할 능력도 없을뿐더러 잘하겠다는 생각도 없다. 他不但沒有執行那份工作的能力，也沒有想做好的意念。

4. 이래[그래, 저래] 가지고(서)(야)
· 이번에 성적이 좀 떨어졌어요. 這次的成績不太好。
  - 성적이 이래 가지고서야 어떻게 원하는 대학에 갈 수 있겠니? 以這樣的成績怎麼考得上理想的大學呢？
· 음식 솜씨가 저래 가지고 어떻게 요리사를 할 수 있을까? 廚藝如此，如何當得了廚師呢？

었다.

"어머니, 공부를 다하고 이제 돌아왔어요. 삼 년 동안 절에서 공부하면
서도 항상 어머니의 얼굴이 눈에 선했어요. 이제부터는 제가 일을 해서
편히 모시겠어요."

"나는 편하기를 바라지 않는다. 아무리 고생을 하더라도 네가 공부를
잘해서 훌륭한 사람이 되어 주면 그만이야. 공부를 다했다
니 어디 얼마나 했는지 보자."

등잔불을 끄더니 깜깜한 방에서 석봉이에게 글씨를 쓰게 하고 어머니는 그 옆에
서 잠자코 떡을 썰었다. 한참 후에 불을 켜고 보니 어머니가 썬 떡은 하나도 크고
작은 것이 없이 고른데, 석봉이가 쓴 것은 글씨도 비뚤뿐더러 큰 것, 작은 것 어느
것 하나 제대로 쓴 게 없었다. 석봉이는 고개를 푹 숙였다.

"이래 가지고서야 네가 공부를 마쳤다고 할 수 있겠느냐? 당장 돌아가서 공
부를 더 하고 오너라. 눈을 감고도 이 떡처럼 글씨를 고르게 쓸
수 있게 되기 전까지는 집에 올 생각도 하지 마라."

석봉이는 아무 말도 못 하고 밤길을 걸어 다시 절로
돌아갔다. 그리고 어머니의 말씀대로 더욱 공부를
열심히 해서 조선뿐만 아니라 중국에까지 이
름난 명필이 되었다.

💬 이야기해 보세요

1. 여러분이 만약 한석봉의 어머니라면 위와 같은 상황에서 어떻게 하겠습니까?

2. 여러분이 알고 있는 교육과 관련된 유명한 일화가 있다면 이야기해 보세요.

<맹모삼천>

듣고 말하기

🎧 들어 보세요 1 38))

'한석봉의 어머니' 일화에 대해 이야기하고 있습니다. 잘 듣고 질문에 답하세요.
接下來要聊聊「韓石峰的母親」的軼事，請仔細聽並回答問題。

1. 남자는 다른 사람과 생각이 다르다는 것을 어떤 말로 표현하고 있습니까?

2. 여자는 남자와 생각이 같다는 것을 어떤 말로 표현하고 있습니까?

3. 이와 같이 동의하거나 반대할 때 쓰는 표현을 정리해 보세요.

동의하기	반대하기
▪ 저도 그렇게 생각해요 ▪ 저도 같은 생각[의견]이에요 ▪ 저도 그런 생각[의견]에 동의해요 ▪ 저도 그 생각[의견]에 동감이에요 ▪ 일리가 있는 생각[의견]이에요	▪ 저는 그렇게 생각하지 않아요 ▪ 저는 생각[의견]이 좀 달라요 ▪ 저는 그 생각[의견]에 동의할 수 없어요 ▪ 저는 그런 생각[의견]을 받아들이기 어려운데요

💬 이야기해 보세요

앞의 표현을 써서 아래의 주장에 대해 동의하거나 반대해 보세요.
請使用前述的表現，試著針對下列主張表達同意或反對。

1. 초등학교 때부터 영어를 배우는 것이 좋다.

2. 중고등학교 학생들의 교복을 없애는 것이 바람직하다.

3. 중고등학교 학생들의 머리 모양을 자유화해야 한다.

4. 초등학교에서도 중간고사와 기말고사를 봐야 한다.

> 저는 영어는 초등학교 때부터 배우는 게 좋다고 생각해요.

> 저도 같은 생각이에요. 왜냐하면 외국어는 어린 나이에 배울수록 교육 효과가 높다는 연구 결과가 많으니까요.

🎧 들어 보세요 2 39))

다음은 '한석봉의 어머니' 일화에 대한 대화입니다. 잘 듣고 질문에 답하세요.
接下來是有關「韓石峰的母親」的對話，請仔細聽並回答問題。

1. 남자는 한석봉 어머니의 교육 방식에 대해 어떤 점을 비판하고 있습니까?
   - ▪ ....
   - ▪ ....

2. 여자는 한석봉 어머니의 교육 방식에 대해 어떤 점에 동의하고 있습니까?
   - ▪ ....
   - ▪ ....

1. 토론 주제를 읽어 보세요.

> **< 토론 주제 >**
>
> 한국에는 최근 자녀의 공부를 위해 부부가 떨어져 지내는 이른바 '기러기 가족'이 생기고 있다. 이러한 현상의 바탕에는 부모의 관심과 노력이 자녀의 성공을 위해서 중요하다는 생각이 자리 잡고 있다. 구체적인 사례로 어머니의 교육열 덕분에 뛰어난 명필이 된 조선 시대의 한석봉과 유명한 학자가 된 중국의 맹자를 들 수 있다. 그러나 지나친 교육열은 오히려 부족한 것만 못하다고 말하는 사람들도 있다. 과연 부모의 교육열은 자녀의 성공적인 인생에 긍정적인 영향을 미치는 것인가.

2. 다음에 대해 여러분의 의견을 정리해 보세요.

- ▪ '성공적인 인생'의 개념
- ▪ 토론 주제에 대한 의견
- ▪ 구체적인 사례

3. 다음과 같이 토론해 보세요.

> 저는 한석봉 어머니와 같은 교육열이 아들의 성공에 큰 영향을 주었다고 생각해요. 어머니의 관심과 노력이 없었다면 한석봉은 뛰어난 명필이 될 수 없었을 거예요.

> 일리가 있는 말씀이에요. 그렇지만 저는 생각이 좀 달라요. 요즘은 한석봉 어머니보다 더 열심히 아이들을 위해 노력하는 부모들도 많은데 너무 지나치다는 생각이 들어요. 저는 너무 지나친 것은 오히려 부족한 것만 못하다고 생각하거든요.

3

공부 잘하는 비결
功課好的秘訣

들어가기

🗨 이야기해 보세요

다음 만화에 나오는 학생은 어떤 사람입니까? 왜 학생의 말을 '입시 3대 거짓말'
이라고 할까요? 여러분 나라에서도 이러한 경우가 있는지 말해 보세요.
下方漫畫中的學生是什麼樣的人呢？為什麼學生說的話會被稱為是「入學考試三大謊言」
呢？請試著述說各位國家是否也有這種情況。

🎧 들어 보세요　🔊

방송에서 사회자와 초대 손님이 이야기를 하고 있습니다. 잘 듣고 질문에 답하세요.
主持人正在節目中訪談邀請貴賓，請仔細聽並回答問題。

1. 무엇에 대해 이야기하고 있습니까?

2. 초대 손님이 말하는 두 가지 방법은 무엇인지 말해 보세요.

3. 여러분은 어떤 공부 방법이 좋다고 생각합니까? 여러분이
　경험했거나 알고 있는 공부 잘하는 비결에 대해 말해 보세요.
　▪ 공부 계획을 세우고 관리할 것
　▪ 오늘 할 일을 내일로 미루지 말 것
　▪ 집중력을 높일 것

📚 주제 어휘

다음은 교육 및 학습 방법과 관련된 말입니다. 대화 내용과 관련된 말을 골라 쓰세요.
下方為有關教育與學習方法的字詞，請挑選與對話內容相關的字詞並填入。

진학하다	암기하다	효과적이다	엄격하다	참교육	주입식 교육

1. 가 : 내년에 큰아들이 중학교에 들어가요.
   나 : 벌써 중학교에 들어갈 때가 되었어요? 초등학교 간다고 할 때가
       엊그제 같은데요.

2. 가 : 우리 집에는 밤 9시까지는 꼭 집에 들어와야 한다는 규칙이
       있어요.
   나 : 그래요? 너무 심하지 않아요? 9시면 좀 이른 시간인데요.

3. 가 : 저는 학교 다닐 때 역사 과목을 별로 좋아하지 않았어요. 외워야
       하는 게 너무 많아서요.
   나 : 그래요? 저는 다른 과목보다 역사를 좋아했어요. 수많은
       사건들을 일어난 순서대로 외우는 게 재미있었어요.

4. 가 : 이 대안 학교를 세운 목적은 무엇입니까?
   나 : 학생들을 좋은 대학에 입학시키기보다는 훌륭한 인간으로
       키우는 데 목적이 있습니다.

5. 가 : 학교에서 학생들에게 너무 많은 것을 가르치는 것 같아요.
   나 : 맞아요. 제대로 이해도 안된 지식을 머릿속에 억지로 집어넣는 것
       같아요.

6. 가 : 외국어는 어린 나이에 배울수록 발음이 좋대요.
   나 : 그래서 요즘은 초등학교에도 영어 과목이 있잖아요.

읽어 보세요 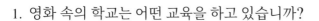 翻譯 p. 218

다음은 교육과 학습 방법에 관한 글입니다. 잘 읽고 질문에 답하세요.
下方為有關教育與學習方法的文章，請仔細閱讀並回答問題。

　미국 영화 '죽은 시인의 사회'는 명문 대학 진학을 최고 목표로 하는 학교에서 한 교사가 참교육을 함으로써 학생들을 일깨우는 과정을 그리고 있다. 졸업생 대부분이 명문대에 진학하는 학교에서 학생들은 엄격한 교육을 받고 있다. 그런데 그곳에 새로 온 교사가 살아 있는 교육을 통해 청소년들의 감성을 되살린다는 것이 영화의 줄거리이다.

　영화 속에서 학생들은 스스로 깨닫지 못했던 자아를 발견하는가 하면 생생한 공부의 즐거움에 빠지기도 한다. 주입식 교육이 중심이 된 학교에서 따뜻한 인간애와 자유로운 정신을 심어 주는 교사의 감동적인 이야기는 미국은 물론 우리나라에서도 크게 인기를 끌었다. 이 영화에서 보여 주는 학교의 교육 방식, 즉 대학 입학을 위한 주입식 교육은 우리나라의 현실과 유사한 면이 있다.

　어느 어머니가 중학생인 딸이 시험 공부하는 것을 보니, '계란 반숙하는 법'을 중얼중얼 외우고 있는데 "냄비에 물 얼마를 넣고 계란을 넣은 뒤 몇 분 후에 ……" 이런 식으로 하고 있었다. 딸은 잘 외워지지 않는지 얼굴을 찡그리며 짜증을 내는 것이었다.

　"얘, 차라리 나하고 계란을 삶아 보자."

1. 영화 속의 학교는 어떤 교육을 하고 있습니까?

2. 영화 속의 교사는 어떤 교육을 합니까?

3. 어머니는 딸을 어떻게 도와줍니까?

4. 어머니와 딸 이야기를 통해 무엇을 알 수 있습니까?

5. 다음은 이 글에 나온 교육과 학습 방법을 나타내는 말입니다. 각각의 의미를 간단히 설명해 보세요.
   ▪ 참교육
   ▪ 주입식 교육
   ▪ 문제 해결식 공부
   ▪ 암기식 공부

6. 글쓴이가 말하려고 하는 것은 무엇입니까?

그날, 어머니와 딸은 부엌에서 계란을 삶았다. 그런데 너무 오래 삶아서 계란이 완숙이 되었다. 그래서 다른 계란으로 다시 한번 삶았는데 이번에는 불 조절을 잘해서 반숙이 되었다. 며칠 후에 학교에서 돌아온 딸이 말했다.

"엄마, 오늘 선생님한테서 칭찬받았어요. 이번 시험에서 어떻게 하면 계란이 완숙이 되고, 어떻게 하면 반숙이 되는지 쓴 애는 저 혼자뿐이래요."

이 이야기는 밑줄 그으면서 외우는 식으로 하는 공부와 직접 해 보면서 실패와 성공을 통하여 배우는 공부의 차이점을 보여 주는 좋은 예이다. 공부하는 방식도 여러 가지가 있다. 그중에서 대표적인 것이 암기식 공부와 문제 해결식 공부이다. 계란 삶는 법을 외우는 것이 암기식이라면, 계란을 직접 삶아 보는 것은 문제 해결식이라고 할 수 있다. 학생들을 어떤 방식으로 공부하도록 가르치는 게 효과적일지 고민해 볼 필요가 있다.

🗨💬 이야기해 보세요

1. 여러분이 이제까지 받았던 교육은 위에서 살펴본 방법 중 어떤 것이었습니까? 또한 그것의 장점과 단점에 대해 말해 보세요.

2. 여러분의 기억에 남아 있는 학교나 선생님의 교육 방법에 대해 이야기해 보세요.

文法與表達

1. V-(으)ㅁ으로써
· 사랑을 함으로써 세상이 아름답다는 생각을 하게 되었다. 相愛讓我覺得世界是美麗的。
· 나는 어려서부터 많은 책을 읽음으로써 세상을 보는 눈을 키웠다. 我藉由從小的大量閱讀，培養了看世界的眼光。

2. N을/를 통해(서)
· 올림픽 경기가 텔레비전을 통해 전 세계에 중계되었다. 奧運透過電視向全世界轉播。
· 학생들은 이번 한국 문화 강의를 통해서 한국을 좀 더 이해할 수 있게 되었다. 學生們透過這次的韓國文化講座，得以更進一步瞭解韓國。

3. A-(으)ㄴ/V-는 면[일면]이 있다
· 그 사건에서 사람들이 아직 생각하지 못한 면이 발견되었다. 從那事件當中，發現了人們有著尚未思考到的層面。

· 그 친구는 성격이 털털한 편이지만 꼼꼼한 일면도 있다. 那朋友的個性雖算灑脫，但也有周全的一面。

4. N은/는 N을/를 보여 주는 좋은 예이다
· 사물놀이는 전통 예술의 현대적인 계승을 보여 주는 좋은 예이다. 四物打擊樂就是傳統藝術的現代傳承良好例證。
· 학생들이 가장 받고 싶은 선물은 '여드름 없는 피부'라고 응답했다. 이러한 결과는 젊은 세대들의 외모 중시 경향을 잘 보여 주는 좋은 예이다. 學生們回答說最想收到的禮物是「沒有青春痘的皮膚」。這樣的結果可做為年輕世代有重視外表傾向的良好例證。

🎧 들어 보세요

다음은 한국어를 배우는 외국 학생의 발표입니다. 잘 듣고 질문에 답하세요.
接下來是學習韓語的外國學生的報告，請仔細聽並回答問題。

1. 무엇에 대해 발표하고 있습니까?

2. 이 학생은 세 가지 제안을 하고 있습니다. 무엇인지 간단히 요약해 보세요.
   - 첫째, ...
   - 둘째, ...
   - 셋째, ...

💬 이야기해 보세요

여러분이 알고 있거나 경험한 '한국어를 잘하는 비결'에 대해 말해 보세요.
請試著述說各位知道或體驗過的「學好韓語的秘訣」。

> 저는 새 단어를 배우면 그 단어를 써서 여러 가지 문장을 만들어 보고, 말할 때도 많이 사용하려고 노력해요. 그런 과정을 통해서 새 단어를 오래 기억하게 되는 것 같아요.

> 저는 한국 드라마를 많이 봐요. 그렇게 함으로써 듣기 실력 도 좋아지고 한국 사회도 알 수 있고 재미도 느낄 수 있으니까 효과적인 방법이라고 생각해요.

여러분이 알고 있는 '비결'에 대해 발표해 보세요.
請試著報告各位所知道的「秘訣」。

1. 여러분이 알고 있는 비결 중에서 친구들에게 소개하고 싶은 것 하나를 정해 보세요.

©청어람미디어

2. 여러분이 알고 있는 비결을 친구에게 알려 주기 위해 먼저 다음과 같이 정리해
   보세요.

> 한국어를 잘하는 비결
>
> 한국어 실력을 기르는 대표적인 방법 세 가지
>
> 첫째 암기, 반복식 공부가 중요함.
>
> 둘째 한국어 선생님, 친구들을 적극 활용할 것.
>
> 셋째 한국 사람들과 적극적으로 이야기를 나눌 것.

3. 위에서 정리한 내용을 다음과 같은 형식으로 발표해 보세요.

> 저는 '한국어를 잘하는 비결'에 대해 말씀드리고자 합니다. 여러분은 지금의 한국
> 어 실력에 만족하십니까? 만족하지 못하신다고요? 그럼, 어떻게 하면 한국어 실력을
> 기를 수 있을까요? 한국어 실력을 기르는 방법은 여러 가지가 있습니다. 그중에서 대
> 표적인 것[효과적인 것] 세 가지를 들면 다음과 같습니다.
>
> 첫째[먼저, 우선], 암기와 반복식 공부가 중요합니다. ……
>
> 둘째[다음은], 한국어 선생님과 친구들을 적극 활용해야 합니다. ……
>
> 셋째[마지막으로], 한국 사람들과 적극적으로 이야기를 나누어야 합니다. ……

4. 친구들의 발표 중에서 '최고의 비결'을 선정해 보세요.

자기 평가

1. 다음 중 아는 단어에 V 하세요.

☐ 졸업식 ☐ 수학여행 ☐ 공교육 ☐ 사교육
☐ 평생 교육 ☐ 기말고사 ☐ 중간고사 ☐ 사지선다형
☐ 주관식 ☐ 천재적이다 ☐ 이름나다 ☐ 솜씨가 있다
☐ 암기하다 ☐ 엄격하다 ☐ 참교육 ☐ 주입식 교육

2. 다음 표현을 이용해서 문장을 만들어 보세요.

1) N에서 N의 비중이 높다
→

2) A-(으)ㄴ/V-는 탓
→

3) V-(으)ㅁ으로써
→

3. 다음과 같은 상황에서 어떤 표현을 써서 말할 수 있습니까?

1) 상대방의 의견에 동의할 때

....

....

2) 상대방의 의견에 반대할 때

....

....

보충 어휘

한자성어(1)

한자성어는 전설·역사·고전 등에서 유래한, 한자로 이루어진 짧은 표현입니다. 한자성어로 다양한 상황을 짧은 표현으로 잘 표현하도록 합시다.

漢字成語源於傳說、歷史、經典著作等，是由漢字組成的簡短表現。讓我們用漢字成語把各種情況用簡短的表現表達出來吧。

구사일생(九死一生)이다/으로 九死一生
아홉 번 죽을 뻔하다가 한 번 살아남. 여러 번 죽을 뻔하다가 겨우 살아남. 九次差點死掉，一次生存下來。好幾次差點死掉，好不容易活了下來

이구동성(異口同聲)이다/으로 異口同聲
각기 다른 입에서 같은 소리를 냄. 여러 사람의 말이 모두 같음. 從不同的嘴巴中發出相同的聲音。每個人說的話都一樣

대동소이(大同小異)하다 大同小異
대체로 같고 조금만 다름. 거의 비슷비슷함. 大致相同，只有一點點不一樣。幾乎差不多

설상가상(雪上加霜)이다/으로 雪上加霜
눈 위에 서리가 더해짐. 난처한 일이나 불행한 일이 잇따라 일어남. 雪上再添加上霜。難堪之事或不幸之事接連發生

금시초문(今時初聞)이다 初次聽聞
지금에야 비로소 처음 들음. 現在才第一次聽到

부전자전(父傳子傳)이다/으로 有其父必有其子
아버지의 성격, 습관 등이 아들에게 그대로 전해짐. 父親的性格、習慣等完全遺傳給兒子

자포자기(自暴自棄)하다 自暴自棄
절망에 빠져서 스스로 자신을 포기하고 버려둠. 陷入絕望而使自己放棄了自己

작심삼일(作心三日)이다 三分鐘熱度
마음먹은 것이 삼 일밖에 못 감. 결심이 오래 가지 못함. 下定決心之事只維持了三天。決心無法持續長久

유비무환(有備無患)이다 有備無患
미리 준비가 되어 있으면 걱정할 것이 없음. 事先做好準備，就不用擔心

금상첨화(錦上添花)이다 錦上添花
비단 위에 꽃을 더하듯이 좋은 일 위에 또 좋은 일이 더하여짐. 如同在絲綢上添加上花一樣，好事之上又添好事

연습 1 다음 한자성어로 어떤 말을 하려는 것인지 고르세요.

1)
대동소이한데 누굴 뽑지?

① 큰 차이가 없이 비슷하다.
② 차이가 많이 나고 아주 다르다.

2)
유비무환! 이번 시험 문제없어.

① 시험 준비를 하느라고 시간이 많이 걸렸다.
② 시험 준비를 많이 했으니까 걱정할 필요 없다.

3)

잠자는 것 좀 봐.
부전자전이네.

모든 사람들이
이구동성으로 박 선수를
칭찬하고 있습니다.

① 아이와 아버지가 닮았다.
② 아이와 아버지가 친하다.

① 하는 말이 모두 같다.
② 큰 소리로 외치고 있다.

연습 2 다음 상황과 관련 있는 한자성어를 쓰세요.

1) 전쟁 동안 여러 번 죽을 고비를 넘기고 겨우 살았다.

→ 구사일생

2) 어제는 다리를 다쳤는데 오늘은 허리를 다쳐서 움직일 수가 없다.

→

3) 하는 일마다 실패를 하니 나중에는 자신감도 없고 모두 포기하고 싶어졌다.

→

4) 민수와 수미가 결혼한다고? 처음 듣는 얘기인데?

→

5) 새해 결심으로 담배를 끊었지만 며칠 후에 다시 피우고 말았다.

→

6) 소개팅으로 만난 남자가 외모도 멋있는 데다가 머리까지 좋은 사람이었다.

→

연습 3 한자성어를 넣어서 대화 연습을 해 보세요.

1) 가 : 민수 씨가 내년에 미국으로 유학 간다면서요?

　　나 : 그래요? 저는 ....인데요. 어제도 민수를 만났는데
　　　　아무 얘기도 못 들었어요.

2) 가 : 이번에 새로 나온 휴대 전화가 지난번 모델과 뭐가 다른지 모르겠어.

　나 : 지난번 모델과 ....한데 가격은 훨씬 비싸.

3) 가 : 산에서 길을 잃었었다면서요?

　나 : 네, 산에서 길을 잃고 헤매다 쓰러져 얼어 죽을 뻔했다가 등산객이 발견해서
　　　 ....으로 살아났어요.

4) 가 : 토니 씨가 의대에 가기로 했대요.

　나 : 역시 ....이네요. 토니 씨 아버지도 유명한 의사세요.

5) 가 : 그분은 진정으로 나라를 생각하는 참 보기 드문 정치인이에요. 존경받을
　　　 만해요.

　나 : 네, 사람들이 ....으로 칭찬하는 분이에요.

6) 가 : 늦게 일어났는데 ....으로 길까지 막히는 거야.

　나 : 그래서 30분이나 지각했구나.

7) 가 : 토니 씨가 오늘 발표를 정말 잘했지?

　나 : ....이야. 벌써 지난주에 발표 준비를 다 해 놓고 연습을
　　　 계속해 왔으니 잘할 수밖에.

8) 가 : 새해에는 금연도 하고 매일 운동도 하고 건강한 생활을 해야겠어.

　나 : 그래. 좋은 결심을 했구나. 부디 ....로 끝나지 않길 바란다.

9) 가 : 너는 똑똑한 남자가 좋아? 잘생긴 남자가 좋아?

　나 : 똑똑한 데다가 잘생기기까지 하다면 ....지.

10) 가 : 어제 시험공부 많이 했어?

　나 : 아니, 공부하다가 그냥 자 버렸어. 나 지금 완전히 ....
　　　 상태야. 장학금이고 뭐고 이제 다 틀렸어.

1. 학교 이야기

가정 교육(家庭教育)
가정에서 이루어지는 교육. 家庭教育
아이들을 위해서는 학교 교육과 가정 교육이 함께 이루어져야 한다. 為了孩子，學校教育與家庭教育應同步進行。

개선(改善)하다
동 더 좋게 바꾸다. 改善
학교의 교육 환경을 개선하기 위해 노력해야 한다. 要努力改善學校的教育環境。

객관식(客觀式) [객꽌식]
명 정답이 정해져 있는 시험 형식. 選擇題
수능 시험 문제는 모두 객관식으로 되어 있다. 大學入學考試的題目都是選擇題。

거치다
동 어떤 과정이나 단계를 겪고 지나가다. 經過、經歷
고등학교를 거치지 않고 따로 시험을 봐서 대학에 들어갈 수도 있다. 也可以不讀高中，另外參加考試來進入大學。

경쟁(競爭)
명 서로 이기거나 앞서려고 함. 競爭
좋은 학교에 들어가기 위한 경쟁이 심하다. 為了進入好學校的競爭很激烈。

경제 성장(經濟成長)
경제가 발전하는 것. 經濟成長
한국은 70~80년대에 빠르게 경제 성장을 했다. 韓國在1970~1980年代經濟快速成長。

고민(苦悶)하다
동 마음속으로 깊이 생각하고 걱정하다. 深思、苦悶
학교를 졸업하고 무엇을 할지 고민하고 있다. 我在深思學校畢業後要做什麼。

공교육(公教育)
명 학교에서 실시하는 교육. 國家制度下的學校教育
교육부는 공교육의 수준을 높이기 위해 노력하고 있다. 教育部正在努力提升公立教育的水準。

공립(公立) [공닙]
명 시나 도와 같은 곳에서 세우고 관리하는 곳. 公立
이 중학교는 공립 학교이다. 這所國中是公立學校。

공정(公正)하다
형 어느 한쪽으로 치우치지 않고 올바르다. 公正
판사는 법에 따라 공정하게 재판을 해야 한다. 法官要依法公正審判。

과제(課題)
명 처리하거나 해결해야 할 일. 課題
통일은 우리 민족이 모두 이루어야 할 과제이다. 統一是我們民族都要實現的課題。

교육 과정(敎育課程) [교육꽈정]
교육 목표를 이루기 위해 만들어 놓은 교육의 전체 계획. 教育課程
정해진 교육 과정에 따라서 학교의 교육이 이루어진다. 根據規定的教育課程，實現學校的教育。

교육열(敎育熱) [교육녈]
명 교육에 대해 가지고 있는 큰 관심. 教育熱忱、重視教育、教育熱潮
한국 사람들은 교육열이 높기로 유명하다. 韓國人以極度重視教育聞名。

국립(國立) [궁닙]
명 나라에서 세우고 관리하는 곳. 國立
이 학교는 국립이라서 등록금이 싸다. 這所學校是國立的，所以學費便宜。

국토(國土)
명 한 나라의 땅. 國土
세계에는 국토가 넓은 나라도 있지만 좁은 나라도 많이 있다. 世界上有很多國土遼闊的國家，但也有很多國土狹小的國家。

극기 훈련(克己訓鍊) [극끼훌련]
힘든 훈련을 하면서 어려움을 이기는 힘을 기르는 것. 極限訓練
요즘은 군대에서 일반인을 대상으로 극기 훈련 캠프를 실시한다. 最近軍隊以一般人為對象開辦極限訓練營隊。

근간(根幹)
명 중요한 바탕이나 중심이 되는 것. 根本、基礎
민주주의는 한국 정치의 근간이다. 民主是韓國政治的基礎。

기말고사(期末考查)
명 한 학기가 끝날 때 보는 시험. 期末考
기말고사가 끝나고 여름 방학이 시작되었다. 期末考結束，暑假開始。

길들여지다 [길드려지다]
동 어떤 것에 익숙하게 되다. 適應、習慣
한국 음식에 길들여져서 밥을 먹을 때 김치가 꼭 있어야 한다. 習慣了韓國食物後，吃飯時一定要有泡菜。

내신 성적(內申成績)
학교에서 받는 성적. 在校成績
대학에 입학할 때는 내신 성적이 아주 중요하다. 上大學時，在校成績很重要。

논술 시험(論述試驗)

논리적인 글을 쓰는 시험. 議論文考試、申論考試

논술 시험 공부를 위해 학원에 다니는 학생들도 있다. 也有學生為了論述考試而上補習班的。

단답형(單答型) [단다평]

명 질문에 대해 간단하게 답을 쓰는 문제 형식. 簡答題

이번 시험에는 단답형 문제가 많이 나왔다. 這次的考試出現了許多簡答題。

대안 교육(代案敎育)

학교 교육의 문제점을 해결하기 위해 대신 만들어진 교육 과정. 實驗敎育、替代敎育

대안 학교에서 대안 교육을 받는 학생들의 수가 늘어나고 있다. 在實驗學校接受實驗敎育的學生人數正在增加。

도입(導入)하다 [도이파다]

동 기술이나 방법을 받아들이다. 導入、引進

새로운 농업 기술을 도입하여 쌀 생산량이 늘어났다. 引進新的農業技術後，稻米產量增加了。

독립(獨立)하다 [동니파다]

동 한 나라가 다른 나라에 속하지 않고 정치적으로 완전한 주권을 가지고 있다. 獨立

한국은 1945년에 일본으로부터 독립했다. 韓國在1945年從日本獨立。

모의고사(模擬考査) [모의고사/모이고사]

명 실제 시험을 준비하기 위하여 비슷한 형식으로 보는 시험. 模擬考試

내일 수능 시험을 대비한 모의고사를 볼 예정이다. 明天將參加大學入學考試的模擬考。

무시험제(無試驗制)

명 입학, 취업 등에서 시험을 보지 않는 제도. 免試制度

중학교, 고등학교 입학은 무시험제이지만 대학교는 시험을 봐야 된다. 國、高中入學是免試制，但大學要考試。

바람직하다 [바람지카다]

형 기대하고 바랄 만한 가치가 있다. 可取的、值得期待的

모든 사람이 찬성하는 의견이 반드시 바람직한 것은 아니다. 所有人都贊成的意見不一定是可行的。

분위기(雰圍氣)

명 주위의 상황이나 환경 또는 사람들의 기분. 氣氛、氛圍

우리 반은 서로 친해서 수업 분위기가 아주 좋다. 我們班彼此親近，上課氣氛很好。

비중(比重)

명 다른 것과 비교할 때 중요한 정도. 比重

대학에 입학할 때 고등학교 성적의 비중이 크다. 要上大學時，高中成績的比重占很重。

비판(批判)

명 옳거나 옳지 않은 것을 판단하여 밝힘. 批判、批評

이 드라마는 폭력적인 내용이 많아서 사람들의 비판을 받았다. 這電視劇暴力內容太多，受到人們的批評。

사교육(私敎育)

명 개인 과외, 학원 등에서 하는 교육. 課外敎育

학교 수업이 끝난 후에도 학원에서 사교육을 받는 아이들이 많다. 在學校下課後，也有很多孩子在補習班接受課外敎育。

사립(私立)

명 개인이 세우고 관리하는 곳. 私立

사립 초등학교에 들어가기 위해서는 따로 신청을 해야 한다. 想要進入私立小學就讀，須要另外申請。

사지선다형(四枝選多型)

명 네 개의 항목 중에서 정답을 고르는 문제 형식. 四選一題型

한국어 읽기 문제는 사지선다형으로 되어 있어요. 韓語閱讀是四選一題型。

서술형(敍述型)

명 답을 길게 써야 하는 문제 형식. 敍述題型

우리 학교 수학 시험은 서술형이라서 문제를 푸는 과정을 모두 써야 한다. 我們學校的數學考試採申論方式，解題過程全都要寫。

소풍(消風)

명 학교에서 휴식을 하기 위해 야외에 다녀오는 일. 郊遊、遠足

날씨가 따뜻해지니 봄 소풍을 가는 학교들이 많다. 因天氣暖和起來，去春遊的學校很多。

수학 능력 시험(修學能力試驗) [수항능녁씨험]

대학에 입학하기 위해 보는 시험. 大學入學考試

수학 능력 시험을 보려는 학생들은 내일까지 신청을 해야 한다. 想參加大學入學考試的學生明天前得完成報名。

수학여행(修學旅行) [수항녀행]

명 교육 활동의 하나로 학교에서 학생들을 데리고 가는 여행. 學習旅行、校外敎學旅行

중학교 다닐 때 경주로 수학여행을 가 본 적이 있다. 念國中的時候，曾去過慶州校外敎學旅行。

역할(役割) [여칼]

명 자기가 맡은 일이나 임무. 角色

아버님이 돌아가신 후에는 큰형이 아버지 역할을 했다. 父親去世後，大哥擔負起父親的角色。

엿

명 달고 끈적끈적한 음식의 한 종류. 麥芽糖

날씨가 더우니까 엿이 녹아서 끈적끈적하다. 天氣熱使得麥芽糖融化變得黏黏的。

요령(要領)

명 일을 쉽게 하기 위해 알아야 할 방법 要領、訣竅

처음에는 이 일에 익숙하지 않았는데 자꾸 하다 보니 요령이 생겼다. 剛開始不習慣這個工作，做久後就掌握竅門了。

운영 주체(運營主體)

조직을 경영하는 중심적인 부분. 經營主體、營運核心

서울 지하철의 운영 주체는 여러 기업으로 나뉘어 있다. 首爾地鐵的營運核心分成好幾個企業。

위주(爲主)

명 중심으로 함. 以…為中心、以…為主

한국어 작문을 잘하기 위해 쓰기 위주로 공부하고 있다. 為了寫好韓語作文，正以寫作為主學習中。

유형(類型)

명 종류나 형식 등이 공통적인 것으로 묶인 것. 類型

이 소설 속의 인물들은 두 가지 유형으로 나뉜다. 這部小說中的人物分為兩種類型。

의무 교육(義務敎育)

법에 따라 꼭 받도록 정해진 교육. 義務教育

중학교까지 의무 교육인 나라들이 많다. 義務教育實施到國中的國家很多。

인적 자원(人的資源) [인쩍자원]

생활이나 경제에 이용되는 사람의 노동력이나 기술. 人力資源、人力

한국은 나라가 작지만 교육받은 인적 자원이 많은 국가이다. 韓國國家雖小，但卻是擁有眾多受過教育人力資源的國家。

자연 자원(自然資源)

석유, 나무 등과 같이 자연에서 얻은 것으로 생활이나 경제에 이용되는 것. 自然資源

그 나라는 나무, 석탄 같은 자연 자원을 주로 수출하고 있다. 該國主要出口樹木、煤炭等自然資源。

전환(轉換)되다

동 다른 방향이나 상태로 바뀌다. 轉換、轉變

이곳은 농사만 지을 수 있는 땅이었으나 이번에 집도 지을 수 있는 곳으로 전환되었다. 這個地方原本是只能從事農作的土地，但這次轉變成了可以蓋房子的地方。

정부(政府)

명 국가의 업무를 하는 기구. 政府

한국 정부는 경제 위기를 해결하기 위한 방법을 마련하고 있다. 韓國政府正在研擬解決經濟危機的方法。

제정(制定)하다

동 법을 만들다. 制定

정부는 인터넷 범죄를 막기 위한 법을 제정하려고 한다. 政府要制定防止網路犯罪的法律。

조화(調和)를 이루다

서로 잘 맞고 어울리다. 諧調

한복은 저고리와 치마의 색깔이 조화를 이루어야 아름답다. 韓服的上衣和裙子顏色要諧調才好看。

주관식(主觀式)

명 정답을 고르는 것이 아니라 자신의 생각을 비교적 길게 쓰는 시험 형식. 主觀式

쓰기 시험에서 작문은 주관식 문제에 속한다. 寫作測驗中的作文屬於主觀式的題型。

중간고사(中間考查)

명 한 학기의 중간에 보는 시험. 期中考

중간고사 성적이 생각보다 좋지 않다. 期中考成績比想像中差。

중시(重視)하다

동 중요하게 생각하다. 重視

사람마다 인생에서 중시하는 것이 다르다. 每個人在人生中所重視的東西都不一樣。

지옥(地獄)

명 큰 죄를 짓고 죽은 사람들이 벌을 받는다는 곳. 地獄

차가 너무 많아서 출퇴근 시간에는 길거리가 교통 지옥으로 변한다. 因為車輛太多致使上下班時間道路成了交通地獄。

진정(眞正)하다

형 참되고 올바르다. 真正

어려울 때 옆에 있어 주는 사람이 진정한 친구이다. 困難時陪在身邊的人才是真正的朋友。

찍다

동 끝이 뾰족한 것으로 찌르다. 叉、刺

과일을 포크로 찍어서 먹는다. 用叉子叉水果吃。

찹쌀떡

🅟 떡의 한 종류. 糯米糕
겨울밤에 찹쌀떡을 팔러 다니는 사람들이 있다.
冬夜叫賣糯米糕的人。

창의적(創意的) [창의적/창이적]

🅟🅟 이전에 없었던 새로운 생각이나 의견을 내는 (것). 創意、創新的
교사는 아이들이 창의적인 생각을 할 수 있도록 이끌어야 한다. 教師要引導孩子有創新的思維。

채점(採點) [채쩜]

🅟 시험을 보고 나서 점수를 매기는 것. 評分
객관식 시험은 컴퓨터로 빠르게 채점을 할 수 있다. 選擇題可以透過電腦快速評分。

추억(追憶)

🅟 지나간 시절에 생긴 일들에 대한 기억. 回憶
고등학교 시절의 추억을 잊을 수 없다. 忘不了高中時代的回憶。

축제(祝祭) [축쩨]

🅟 축하하여 벌이는 행사. 慶典、慶祝活動
우리 동아리는 이번 축제에서 사진 전시회를 할 예정이다. 我們社團準備在這次慶典上舉辦攝影展。

치열(熾烈)하다

🅟 기운이나 힘이 불처럼 강하다. 激烈
치열한 전쟁이 계속되면서 죽는 사람들이 늘어나고 있다. 激烈戰爭持續中，死亡人數不斷增加。

태교(胎敎)

🅟 아기를 가진 엄마가 뱃속의 아기에게 좋은 영향을 주기 위해 말이나 행동을 조심하는 일. 胎教
화내지 말고 좋은 생각만 하는 게 태교에 좋아요. 不要發脾氣，還有保持正面思維有益於胎教。

평생 교육(平生敎育)

학교 교육을 마친 이후에도 받을 수 있는 여러 종류의 교육. 終身教育
많은 대학교에 일반인을 대상으로 하는 평생 교육 프로그램이 있다. 很多大學都有為一般民眾所開設的終身教育課程。

풍물(風物)

🅟 꽹과리, 북, 장구, 징 등 주로 농악에 쓰이는 악기. 農樂樂器
축제에서 풍물 소리를 듣고 사람들이 모여 들었다. 慶典中人們聽到農樂樂器聲便聚集在一起。

풍부(豊富)하다

🅗 넉넉하고 많다. 豐富、充足
이 지역은 물이 풍부해서 농사 짓기에 좋다. 這個地區水源充足，適合種田。

학력 평가(學力評價) [항녁평까]

배운 것을 얼마나 이해하고 있는지 알아보기 위한 시험. 學習能力評鑑
교육부에서는 전국의 중학교 학생들을 대상으로 학력 평가를 실시하려고 한다. 教育部計劃對全國國中學生實施學習能力評鑑。

학력(學歷) [항녁]

🅟 학교를 다닌 경력. 學歷
이 서류에 자신의 학력을 써 주세요. 請在這份文件上寫上自己的學歷。

학습(學習) [학씁]

🅟 배우고 익히는 일. 學習
어린아이들에게는 놀이를 통한 학습이 효과적이다. 對兒童來說，透過遊戲來學習是有效的。

학제(學制) [학쩨]

🅟 학교나 교육에 관한 제도. 學制
한국은 6-3-3-4 학제를 가지고 있다. 韓國是6-3-3-4學制。

합창 대회(合唱大會)

여러 합창팀 중에서 잘하는 합창단을 뽑는 일. 合唱比賽
이번 합창 대회에서 우리 반이 1등을 했다. 在這次的合唱比賽中，我們班得了第一名。

2. 한석봉의 어머니

격려(激勵) [경녀]

🅟 용기나 의욕이 생기도록 함. 鼓勵
시험을 앞둔 친구에게 격려의 편지를 보냈다. 給即將參加考試的朋友寫了一封鼓勵的信。

고르다

🅗 높낮이, 크기 등이 차이 없이 일정하다. 平均、均勻
여러 사람이 이익을 고르게 나누려고 한다. 大家要平分利益。

고생(을) 하다

어렵고 힘든 일을 겪다. 吃苦
할아버지는 혈압이 높아서 오랫동안 고생을 하셨다. 爺爺血壓高，長久以來吃了不少苦頭。

그리움

명 몹시 보고 싶어 하는 마음. 思念、想念
요즘 가족들에 대한 그리움이 더욱 심해졌다. 最近對家人的思念更加強烈。

그림자

명 물체가 빛을 가려서 물체 뒤에 생기는 그늘. 影子
서쪽으로 지는 해 때문에 나무 그림자가 길게 생겼다. 因為西下的太陽，樹影拉得很長。

기색(氣色)

명 얼굴에 드러나는 기분이나 표정. 神情、神態
두려워하는 기색도 없이 천천히 질문에 대답했다. 沒有懼怕的神情，慢慢地回答了問題。

깜깜하다

형 빛이 없어서 아주 어둡다. 黑、暗
갑자기 전기가 나가서 시내가 모두 깜깜하다. 突然停電，市區一片漆黑。

눈에 선하다

눈앞에 보이는 듯하다. 歷歷在目
항상 상냥하게 웃던 친구의 모습이 눈에 선하다. 朋友總是和藹微笑的樣子歷歷在目。

당장

부 일이 일어난 바로 그 시간에. 立刻、馬上
여기는 위험한 곳이니 당장 떠나세요. 這裡很危險，請馬上離開。

대단하다

형 아주 뛰어나다. 了不起、厲害
이 연구소에는 실력이 대단한 과학자들이 많다. 這個研究所內有許多實力堅強的科學家。

동감(同感)

명 어떤 의견과 생각이 같음. 同感、認同
제 의견에 동감인 사람은 손을 들어 주세요. 認同我意見的人請舉手。

등잔불 [등잔뿔]

명 등잔에 켠 불. 燈火
어머니가 등잔불 밑에서 바느질을 하고 계시다. 媽媽在燈火下做針線活。

맹자(孟子)

명 중국의 유명한 사상가(B.C. 372~B.C. 289). 孟子
맹자는 성선설(性善說)을 주장한 학자이다. 孟子是主張性善學説的學者。

명필(名筆)

명 글씨를 잘 쓰는 사람. 名書法家
한석봉은 조선 시대 제일의 명필이다. 韓石峰是朝鮮時代最有名的書法家。

모범(模範)을 보이다

본받아 배울 만한 모습을 보이다. 樹立榜樣
어른들이 먼저 모범을 보이면 아이들이 따라서 할 것이다. 大人們若先樹立榜樣，孩子們就會跟著做。

벌컥

부 갑자기 화를 내거나 문을 여는 등 힘을 쓰는 모양. 勃然（大怒）、猛然
누군가 회의장 문을 벌컥 열고 들어왔다. 有人猛然打開會場的門走了進來。

비뚤다

형 똑바르지 않고 한쪽으로 기울어 있다. 歪斜
그림 액자가 벽에 비뚤게 걸려 있다. 畫框歪斜地掛在牆上。

비치다

동 물체의 그림자나 모습이 간접적으로 나타나 보이다. 映照
연못에 비치는 하늘이 파랗다. 映照在蓮池的天空是碧藍的。

비판(批判)하다

동 옳거나 잘못된 것을 판단하여 밝히다. 批判、批評
사람들이 정부의 교육 정책에 대해 심하게 비판하고 있다. 人們嚴厲批評政府的教育政策。

솜씨가 있다

손으로 무엇을 만드는 재주가 있다. 有手藝
음식 솜씨가 있는 사람은 무엇을 만들어도 맛이 있다. 有廚藝的人做什麼都好吃。

실업자(失業者) [시럽짜]

명 직업을 잃은 사람. 失業者
경제 사정이 나빠지면서 실업자가 늘어나고 있다. 隨著經濟狀況的惡化，失業人數正在增加。

썰다

동 칼로 음식 재료를 자르다. 切、割
찌개에 파를 썰어 넣어 주세요. 請切蔥放進菜湯鍋裡。

엄격(嚴格)하다 [엄껴카다]

형 말, 태도, 규칙 등이 매우 엄하고 철저하다. 嚴格
우리 학교는 규칙이 엄격하기로 유명하다. 我們學校以規矩嚴格聞名。

염려(念慮) [염녀]
📕 앞일에 대하여 마음을 써서 걱정함. 掛念、擔心
여러분의 염려 덕분에 일이 잘 해결되었습니다. 托大家關心之福，事情順利解決了。

웬일인지 [웬니린지]
어찌 된 일인지. 不知道為什麼
지각 한 번 하지 않던 사람이 결석을 하다니, 웬일인지 모르겠다. 一個從未遲到的人竟然缺席，真不知道是怎麼一回事。

이름나다
📗 세상에 이름이 널리 알려지다. 出名、知名
그 사람은 한국에서 이름난 영화배우이다. 他在韓國是位知名的電影演員。

일리(一理)가 있다
어떤 면에서 옳다고 할 수 있는 부분이 있다. 有其道理
설명을 듣고 보니 네 의견에도 일리가 있구나. 聽完說明後，覺得你的意見也有道理。

일화(逸話)
📕 세상에 널리 알려지지 않은 흥미 있는 이야기. 軼聞、軼事
유명한 사람들은 숨은 일화가 한두 가지씩 있다. 有名的人都有一兩件不為人知的小故事。

잠자코
📘 아무 말도 하지 않고. 默默地、靜靜地
학생들은 선생님의 말씀을 잠자코 듣고 있다. 學生們靜靜地聽著老師的話。

장사
📙 이익을 얻으려고 물건을 파는 것. 生意、買賣
직장을 그만두고 시장에서 옷 장사를 시작했다. 辭去工作，開始在市場上做服裝生意。

재주가 뛰어나다
무엇을 잘 할 수 있는 타고난 능력이 있다. 技藝卓越、才能出眾
그는 악기를 만드는 재주가 뛰어나서 모두 그가 만든 악기를 사고 싶어 한다. 他製作樂器的技藝卓越，大家都想買他做的樂器。

지나치다
📗 정도가 너무 심하다. 過分、過度
그 사람은 지나치게 꼼꼼한 성격이라서 답답할 때도 있다. 他是一板一眼的性格，有時令人很悶。

천재적(天才的)이다 [천재저기다]
아주 뛰어난 재주를 가지고 있다. 天才的
그 아이는 일찍부터 음악에 천재적인 재능을 보였다. 那個孩子很早就在音樂方面展現出天才型的才華。

평범(平凡)하다
📗 뛰어나거나 다른 점이 없이 보통이다. 平庸、平凡
그 사람은 반에서 눈에 잘 띄지 않는 평범한 학생이었다. 他在班上是位不顯眼的普通學生。

푹
📘 고개를 깊이 숙이는 모양. 低頭貌
바람이 너무 불어서 고개를 푹 숙이고 걸었다. 風太大，所以低著頭走。

학비(學費) [학삐]
📕 공부하는 데 드는 비용. 學費
부모님은 대학까지 내 학비를 대 주셨다. 父母負擔了我念到大學的學費。

현명(賢明)하다
📗 지혜가 많다. 賢明
그는 현명한 사람이니까 어려운 일도 잘 해결해 나갈 것이다. 他是個聰明的人，會把困難的事情順利解決的。

훌륭하다
📗 아주 뛰어나고 좋다. 優秀、優越
이번 전시회에는 훌륭한 작품들이 많다고 한다. 據說這次展覽中有很多優秀的作品。

희미(稀微)하다 [히미하다]
📗 분명하지 않고 흐리다. 模糊、朦朧
너무 오래 전 일이라서 기억이 희미하다. 因為是很久以前的事，記憶有點模糊。

3. 공부 잘하는 비결

감동적(感動的)
📖 📕 깊이 느껴서 마음이 움직이는 (것) 感動的
이 책에는 어려운 이웃을 돕는 사람들의 감동적인 이야기가 실려 있다. 這本書刊載了人們幫助困難民眾的感人故事。

감성(感性)
📕 생각이 아니라 감각이나 마음으로 느끼는 특성. 感性、感情
예술가들은 보통 사람보다 감성이 풍부하다. 藝術家的感情比一般人要來得豐富。

관리(管理)하다 [괄리하다]
📗 어떤 것을 잘 보살피고 돌보다. 管理
계절이 바뀌는 환절기에는 건강을 특히 잘 관리해야 한다. 在季節交替的換季期間，要特別注意健康。

어휘와 표현

깨닫다
⑧ 어떤 대상이나 일에 대해 스스로 알게 되다. 領悟、理解
나는 독서를 통해 인생의 많은 지혜를 깨달았다. 我透過讀書領悟到人生的許多智慧。

대표적(代表的)
⑪ ⑧ 어떤 분야나 집단에서 무엇을 대표할 만큼 특징적인 (것). 代表性
'진달래꽃'은 시인 김소월의 대표적 작품이다. 《杜鵑花》是詩人金素月的代表作品。

명문(名門)
⑧ 이름난 집안이나 좋은 학교. 名校、望族
그 사람은 명문 대학 출신이다. 他畢業於有名的大學。

무조건(無條件) [무조껀]
⑨ 조건 없이 어느 경우에나. 無條件、一昧
이유를 들어 보지도 않고 무조건 화부터 낸다. 也不聽任何理由，只顧一昧生氣。

반숙(半熟)하다 [반수카다]
⑧ 음식을 다 익히지 않고 반만 익히다. 半熟
계란을 반숙해서 먹는다. 煮半熟雞蛋來吃。

방해(妨害)하다
⑧ 무엇을 간섭하거나 못 하게 하다. 妨礙
공부하는 데 방해하지 말고 조용히 해 주세요. 請安靜，不要妨礙念書。

비결(秘訣)
⑧ 세상에 알려지지 않은 자기만의 아주 좋은 방법. 秘訣
나이 들어서도 건강을 유지하는 비결이 뭐예요? 上了年紀還能保持健康的秘訣是什麼？

산만(散漫)하다
⑲ 주의를 한곳에 모으지 못하여 질서나 통일성이 없다. 精神散渙、凌亂
발표 내용이 산만해서 무엇을 말하고 싶은 것인지 모르겠다. 報告的內容凌亂，不知道想說什麼。

생생(生生)하다
⑲ 눈앞에 보이는 것처럼 분명하다. 活生生、（記憶）猶新
아버지는 전쟁 때의 기억이 아직도 생생하다고 하신다. 父親說戰時的事情還記憶猶新。

소음(騷音)
⑧ 시끄러운 소리. 噪音
길거리에 소음이 심해서 전화 목소리가 잘 안 들린다. 街上噪音很大，電話的聲音聽不清楚。

심정(心情)
⑧ 마음속에 가지고 있는 생각이나 감정. 心情
제 심정을 솔직하게 말씀드릴게요. 我坦率地來說我的心情。

암기(暗記)하다
⑧ 외워서 잊지 않다. 背誦
한국어를 처음 배울 때 교재에 나와 있는 문장을 모두 암기했다. 剛學韓語時，曾把教材中的句子全部背下來。

엄격(嚴格)하다 [엄껴카다]
⑲ 말, 태도, 규칙 등이 매우 엄하고 철저하다. 嚴格
우리 학교는 규칙이 엄격하기로 유명하다. 我們學校以規矩嚴格聞名。

여유(餘裕)
⑧ 시간, 공간, 물건 등이 필요한 것보다 많아서 남은 상태. 餘裕、充裕、悠渥
요즘은 시간 여유가 많아서 느긋하게 지내고 있다. 最近時間很充裕，很悠閒地過日子。

완숙(完熟)
⑧ 음식을 완전히 다 익힘. 全熟
계란을 완숙으로 삶아서 찬물에 담가 두었다. 把雞蛋煮熟後泡在冷水裡。

유사(類似)하다
⑲ 서로 비슷하다. 類似的
유사한 사건들이 계속해서 일어나고 있다. 類似的事件接二連三地發生。

인간애(人間愛) [인가내]
⑧ 사람에 대한 사랑. 人性、人道主義精神
어려운 사람을 돕는 마음은 인간애에 바탕을 두고 있다. 幫助困難民眾的心，是立基於人道主義精神。

일깨우다
⑧ 알려 주거나 가르쳐서 알게 하다. 提醒、使…意識到
최근의 기후 변화는 사람들에게 환경 보호의 중요성을 일깨워 주었다. 最近的氣候變化使人們意識到環境保護的重要性。

자아(自我)
⑧ 자신에 대한 의식이나 생각. 自我
직업을 가지는 것은 자아를 실현하는 방법 중의 하나이다. 擁有職業是實現自我的方法之一。

잡념(雜念) [잠념]
⑧ 여러 가지 쓸데없는 생각. 雜念
잡념을 버리고 해야 할 일에만 집중하세요. 放下雜念，專心做自己該做的事。

제안(提案)

명 의견을 내놓음. 提案、建議
함께 일을 해 보자는 친구의 제안을 받아들였다. 接納了朋友一起做事的建議。

조절(調節)

명 적당하게 맞추어 나감. 調節、調整
다이어트를 위해서 식사량 조절과 적당한 운동이 반드시 필요하다. 為了減肥，必須調整食量與適當的運動。

주입식 교육(注入式教育) [주입씩교육]

이해보다는 암기를 주로 하도록 하는 교육. 填鴨式教育
주입식 교육은 학생의 창의력을 개발하는 데 도움이 되지 않는다. 填鴨式教育無助於開發學生們的創造力。

줄거리

명 이야기의 중심 내용. 情節、故事內容
친구가 그 영화의 줄거리를 간단히 이야기해 주었다. 朋友將那部電影的情節簡單地講了一遍。

중계(中繼)되다

동 방송국 바깥에서 일어나는 일이 방송국을 통해 중간에서 연결되어 방송되다. 轉播
일본에서 하는 야구 경기가 지금 중계되고 있다. 現在正在轉播在日本進行的棒球比賽。

중얼중얼

부 작은 소리로 말을 계속하는 모양. 喃喃自語、自言自語
한국어 단어를 중얼중얼 소리를 내면서 외운다. 喃喃地背著韓語單字。

진학(進學)하다 [진하카다]

동 상급 학교에 들어가다. 升學
집안 형편이 어려워서 대학에 진학하지 못하고 취직을 했다. 由於家境貧寒，以致沒能繼續念大學，就直接工作了。

집중력(集中力) [집쭝녁]

명 마음이나 주의를 한곳으로 모을 수 있는 힘. 注意力
나는 집중력이 부족해서 책상 앞에 오래 앉아 있지 못한다. 我注意力不集中，沒辦法在書桌前坐很久。

짜증(을) 내다

잘되지 않거나 마음에 맞지 않아 기분 나빠하다. 發脾氣、鬧情緒
공부가 잘되지 않아 짜증을 낸다. 因學習不順而發脾氣。

찡그리다

동 (기분이 나쁘거나 햇볕이 강해서) 얼굴이나 눈을 찌푸리다. 皺眉頭
햇볕이 너무 뜨거워서 얼굴을 찡그리며 땀을 닦았다. 陽光太炙熱，皺著臉擦汗。

차라리

부 모두 적당하지 않지만 상대적으로 한쪽이 나음을 가리키는 말. 倒不如、寧可
이런 음식을 먹기보다는 차라리 굶는 게 낫다. 與其吃這種食物，倒不如挨餓。

참교육(-教育)

명 바르고 진정한 교육. 真正的教育
입시 위주의 교육에서는 참교육이 이루어지기 어렵다. 在以入學考試為主的教育中，很難實現真正的教育。

청소년(青少年)

명 청년과 소년을 함께 가리키는 말. 青少年
어른들은 청소년들의 문화를 잘 이해하지 못한다. 大人們不太能理解青少年的文化。

활용(活用)하다 [화룡하다]

동 충분히 잘 이용하다. 活用、充分利用
컴퓨터를 활용해서 할 수 있는 일은 아주 다양하다. 利用電腦能做的事情很多。

효과적(效果的)이다 [효과저기다/효꽈저기다]

어떤 일의 결과가 좋게 나타나다. 有效的
외국어를 공부할 때 효과적인 방법을 알려 주세요. 請告訴我學習外語的有效方法。

VI

한국 탐구

探索韓國

1

한국인 이해하기
認識韓國人

들어가기

💬 이야기해 보세요

다음은 '외국인이 본 한국 사람의 기질'에 관한 조사 결과입니다. 여러분의 생각은
어떻습니까? 다른 나라 사람들의 기질은 어떻다고 생각합니까?
下方為「外國人眼中的韓國人性格特徵」的調查結果。各位的想法如何呢？你認為其他國家
人們的性格特徵是什麼？

외국인이 본 한국 사람의 기질

나라	순위	항목		%
미국	1	부지런하다		80.0 %
	2	똑똑하다		56.5 %
일본	1	감정적이다		62.5 %
	2	열정적이다		56.5 %
중국	1	강인하다		71.5 %
	2	부지런하다		63.0 %

(한국이미지커뮤니케이션연구원)

🎧 들어 보세요 43 🔊

두 사람이 대화를 하고 있습니다. 잘 듣고 질문에 답하세요.
有兩人正在對話，請仔細聽並回答問題。

1. 무엇에 대하어 말하고 있습니까?

2. 안내문의 내용은 무엇입니까?

3. 여러분이 주인이라면 한국 사람에게 어떤 안내를 하겠습니까? 또한
다른 나라 여행객에게는 뭐라고 하겠습니까?

🗂️ 주제 어휘

다음은 사람의 기질을 나타내는 말입니다. 알맞은 말을 골라 쓰세요.
下方為表現人們性格特徵的字詞，請挑選合適的字詞並填入。

부지런하다	게으르다	활기차다	신중하다
진지하다	감정적이다	열정적이다	강인하다

1. 축구 경기가 시작되자 관객들은 경기가 끝날 때까지 일어서서 열심히 응원했다.

   열정적이다

2. 그 학생은 학교에서 집까지 두 시간이나 걸리는데도 한 번도 지각이나 결석을 한 적이 없다.

3. 그 친구는 움직이는 것을 싫어해서 가끔은 밥 먹는 것도 귀찮아할 정도이다.

4. 그분은 일을 할 때 작은 것도 여러 번 생각해 본 후에 결정하는 사람이다.

5. 그 사람은 어려움 속에서도 결코 포기하지 않고 자기의 회사를 세우겠다는 꿈을 이루어 냈다.

6. 그는 평소에 사적인 자리에서도 농담을 잘 안 하는 사람입니다.

7. 화가 나거나 기분이 나쁠 때 하는 말은 다른 사람의 기분을 상하게 하기 쉽다.

8. 새 학기를 맞은 학생들이 학교에서 오랜만에 친구들을 만나서 웃으면서 즐겁게 이야기하고 있다.

📖 읽어 보세요 🔊 翻譯 p. 219

다음은 한국 생활에 대한 수필입니다. 잘 읽고 질문에 답하세요.
下方為有關韓國生活的散文，請仔細閱讀並回答問題。

가　　내가 처음으로 한국에 오려고 생각했을 때 나는 한국에 대하여 잘 몰랐다. 아니 전혀 몰랐다고 하는 것이 맞을 것이다. 한국이 과연 어떤 나라인지, 한국 사람들이 어떤 사람들인지 아무런 지식 없이 '한번 가 보자' 하는 마음으로 한국에 와 버렸다. 그 당시 나는 이 선택이 내 인생에 특별한 의미가 될 것이라고는 생각하지 못했다. 그런데 이 충동적이기 그지없는 한국행은 새로운 세계를 이해하는 멋진 경험이 되었고 또한 내 삶을 통째로 바꾸어 버린 큰 사건이 되었다.

나　　2년 전 겨울, 학교 근처 옥탑방을 얻는 것으로 나는 서울 생활을 시작했다. 아래층에는 집 주인 부부와 아들과 딸, 이렇게 네 식구가 살았다. 그들 가족에게 나는 한동안 외국에서 온 낯선 이웃이었던 것 같다. 계단에서 만나도 늘 무표정하던 아저씨, 아줌마의 얼굴은 쌀쌀한 날씨만큼이나 내게는 낯설었

다. 그러던 어느 날 갑자기 이사 가게 되었을 때 나는 비로소 한국 사람의 인간관계에 대해 어렴풋이 알게 되었다. 이삿짐을 어떻게 나를까 고민하는 나를 보시고 주인아줌마는 '친구의 친구의 남편 차'를 빌려주셨고, 이사 소식을 들은 주인아저씨께서도 "혼자 이사하기 힘들지?" 하시며 짐 싸는 일을 도와주셨다. 학교 친구들이 이삿짐을 나르고 짐 정리를 도와준 것은 물론이다. 이런 인간관계를 경험하면서 나는 한국 사람이 '정'이라고 부르는 것을 어렴풋이나마 알 수 있었다.

다　　지난 2002년 한일 월드컵 때 한국 사람들이 신나게 즐기며 했던 길거리 응원은 무척이나 인상적이었다. 이런 열정적인 모습을 한국에 살면서 거리나 시장 등 곳곳에서 자주 접한다. 심지어 내 고향에서는 생각할 수도 없는 일들이 한국에서는 이루어질 수 있음을 알고 놀라기도 했다. 특히 은행에서의

1. 다음을 알맞게 연결하세요.

1) 도입　·　　　　·　가　·　　　　·　한국인의 정

　　　　　　　　·　나　·　　　　·　지금의 나의 모습

2) 마무리　·　　　　·　다　·　　　　·　한국인의 활기찬 모습

3) 예시　·　　　　·　라　·　　　　·　한국에 오기 전의 나의 생각

2. 가 에서 이 사람은 어떻게 한국에 오게 되었습니까?

3. 나 에서 이 사람은 한국 사람의 정을 어떻게 알게 되었습니까?

4. 다 에서 이 사람은 어떤 점을 보고 한국 사람의 기질을 알게 되었습니까?

5. 라 에서 한국에 오기 전과 후의 이 사람은 어땠습니까?

활기찬 일 처리는 나를 감탄하게 했다. 우리 나라에서는 은행 대기표에 순서가 10명 이상이면 한 시간은 기다릴 각오를 해야 한다. 그렇지만 한국의 은행에서는 30분이면 충분하다. 이런 서비스들은 적극적이고 힘찬 한국인의 기질을 잘 드러내는데, 이런 기질 덕분에 한국의 빠른 경제 성장이 가능했다고 생각한다. 한국의 역동적인 이미지를 표현하는 '다이내믹 코리아'라는 말 속에서 신나게 일하는 한국인의 기질을 다시금 느껴 본다.

라 한국에 오기 전에 나는 스무 살의 대학생으로 경제학을 전공하며 도서관에나 박혀 있던 소극적인 사람이었다. 그러나 이제 난 스물두 살이 되었고 한국 문학을 전공하며 한국을 좋아하는 유학생이 되었다. 어느덧 김치를 즐겨 먹고 버스에 노인이 타면 얼른 일어나 자리를 양보하고 가끔은 빨리빨리 일을 해치우려고 하는 나는 아마 한국식 생활이 몸에 밴 것 같다. 내게 일어난 이런 변화는 정이 많은 한국 사람, 활기찬 한국 생활이 있었기에 가능하지 않았을까 싶다.

💬 이야기해 보세요

한국이나 한국 사람에 대한 여러분의 생각은 어떻습니까?
各位對於韓國或韓國人的想法是什麼？

> 한국에 와서 인터넷을 신청했는데, 다음 날 바로 기사가 와서 설치해 주더라고요. 한국의 '빨리빨리' 문화를 실감하게 되었지요. 한국은 정말 역동적인 나라예요. 그래서 그렇게 짧은 기간에 경제 성장이 가능했나 봐요.

文法與表達

1. A-기 그지없다
· 깜깜한 밤길을 혼자 걸어가고 있는데 정말 무섭기 그지없었다. 獨自走在漆黑的夜路上，真的好可怕。
· 주인집 아주머니가 몸살이 나서 누워 있는 나에게 약도 사다 주고 반찬도 만들어 주셨다. 정말 친절하기 그지없는 분이다. 房東太太為生病而倒臥在床的我，買了藥，還做了菜，她真的是非常親切的人。

2. A/V-기에
· 집에 오다가 이 빵이 맛있어 보이기에 너 주려고 사 왔어. 回家途中看到這麵包好像很好吃，於是就買來給你。

· 먹구름이 끼고 날씨가 흐리기에 우산을 들고 나왔다. 因為烏雲密佈、天色陰沈，所以就帶著雨傘出門。

3. A/V-지 않을까 하다[싶다], N이/가 아닐까 하다[싶다]
· 이 옷은 예쁘기는 하지만 색깔이 너무 화려하지 않을까 싶다. 這件衣服漂亮是漂亮，但我覺得顏色是不是太華麗。
· 이런 컴퓨터 작업은 우리보다는 철수 씨가 빨리 하지 않을까 싶다. 我覺得在這樣的電腦作業上，哲洙不是做得比我們快嗎。
· 그런 일은 10살짜리 아이가 하기에 너무 어려운 일이 아닐까 한다. 我覺得那件事由10歲的孩子來做不是太困難了嗎。

🔊 주제 어휘

다음은 정과 관련된 말입니다. 관련 있는 것끼리 연결해 보세요.
下方為有關於情感的描述，請將相關的內容進行連結。

1. 새로 이사 간 동네는 마음에 들어요? ·

2. 함께 공부한 지 얼마 안 된 것 같은데 벌써 수료할 때가 됐네요. ·

3. 그 두 사람은 항상 붙어 다니면서 놀기도 많이 놀았고 싸우기도 많이 싸웠어요. ·

4. 그 사람과 잘 안 맞으면서 왜 헤어지지 않아요? ·

· 글쎄요. 오래 사귀다가 **정이 들어서** 이젠 못 헤어지겠어요.

· 그럼 두 사람은 서로에게 **미운 정 고운 정**이 다 들었겠네요.

· 아직은 잘 모르겠어요. 그냥 **정붙이고** 살려고 해요.

정들자 이별이라더니 시간이 정말 빨리 가네요.

🎧 들어 보세요 45))

다음은 '한국 생활'을 주제로 한 외국인 학생의 발표입니다. 잘 듣고 질문에 답하세요.
接下來為某一外國學生以「韓國生活」為題所做的報告，請仔細聽並回答問題。

1. 이 발표의 제목으로 적당한 것을 고르세요.
   ☐ 아주머니의 정
   ☐ 따뜻한 마음의 표현, 정
   ☐ 정을 활용한 과자 광고
   ☐ 외국인에 대한 한국인의 태도

2. 이 사람에게 어떤 일이 있었습니까?

3. 이 사람은 이 일을 통하여 무엇을 느꼈습니까?

4. 이 사람은 한국 사람들이 어떻게 행동한다고 생각합니까?

💬 이야기해 보세요

1. 다음 만화를 읽어 보세요. 이 사람이 이 물건을 버리지 못하는 이유는 무엇일까요?
   여러분도 이런 경험이 있습니까?

2. 한국인과 만나거나 한국에서 생활하면서 정을 느낀 경험이 있습니까?

| 과제 | 한국이나 한국 사람에 대하여 경험하거나 느낀 점을 글로 써 보세요.
請就您對韓國或韓國人的經驗或感受寫篇文章。 |

1. 여러분은 한국인을 만나거나 한국에서 살면서 어떤 일을 경험했습니까? 경험한 일을 간단히 메모해 보세요.

> - 언제 일어난 일입니까?
> - 어디에서 생긴 일입니까?
> - 어떤 일입니까?
> - 여러분 나라에서도 이런 일이 생깁니까?
> - 그 일을 통하여 한국이나 한국 사람들이 어떻다고 느꼈습니까?
>   - ☐ 정이 많다　☐ 부지런하다　☐ 게으르다　☐ 활기차다
>   - ☐ 신중하다　☐ 열정적이다　☐ 강인하다　☐ 진지하다
>   - ☐ 감정적이다　☐ 기타 : ....

2. 메모한 내용을 보며 친구들에게 여러분의 경험을 이야기해 보세요.

3. 앞에서 이야기한 내용을 바탕으로 여러분의 경험에 대하여 글을 써 보세요.

도입

예시

마무리

2

한국의 멋
韓國的風采

들어가기

💬 이야기해 보세요

다음은 무엇입니까? 어떤 특징을 가지고 있는지 말해 보세요.
下方是什麼東西呢？請試著述說這些東西的特徵。

❶ 노리개
❷ 돌담
❸ 하회탈
❹ 조각보
❺ 꽃창살문

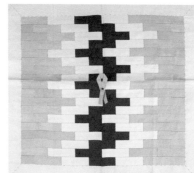

🎧 들어 보세요 46))

다음은 강의의 한 부분입니다. 잘 듣고 질문에 답하세요.
接下來是課程的部分內容，請仔細聆聽並回答問題。

1. 강의의 주제는 무엇입니까?

2. 이 사람은 이것을 무엇이라고 말했습니까?

3. 이 사람은 그 예로 어떤 것을 들고 있습니까?

📖 주제 어휘

다음은 모양이 어떠한지 나타내는 말입니다. 알맞은 말을 골라 쓰세요.
下方為表現樣貌的字詞，請挑選合適的字詞並填入。

| 화려하다 | 소박하다 | 간결하다 | 자연스럽다 | 세련되다 | 촌스럽다 | 정교하다 |

1)
2)
3)
4)

5)
6)
7)

1. 이 건물은 붉은색과 초록색을 사용한 무늬로 인해 .... 느낌을 준다.

2. 한복은 .... 싶을 정도로 어울리지 않는 색을 배색하여 아름다운 조화를 보여 주는 것이 특징이다.

3. 색이 은은하고 모양이 우아하여 .... 멋을 풍기는 이 청자는 고려 시대 유물이다.

4. 이 백자는 그림이나 장식이 없고 선이 단순하여 .... 아름다움을 보여 준다.

5. 이 보석함은 작은 조개를 하나하나 .... 붙여 만든 것이다.

6. 잘 가꾸어진 일본의 정원에 비해 한국의 정원은 .... 아름다움을 추구한다.

7. 이 상은 옛날에 서민들이 사용하던 것으로 모양이 수수하고 ....

다음은 한국의 멋에 대해 설명하는 글입니다. 잘 읽고 질문에 답하세요.
下方為說明韓國風采的文章，請仔細閱讀並回答問題。

　한국인들은 어떤 것을 아름답다고 느낄까? 한국적인 아름다움의 판단 기준은 흔히 '멋'으로 파악된다. 전문가들은 한국적인 멋의 대표적인 특징으로 두 가지를 들고 있다. 그 하나는 소박함이고, 다른 하나는 자연스러움이다.

　한국적인 멋에는 꾸미지 않은 소박한 맛이 있다. 이런 특징을 보이는 유물로 백자 달 항아리가 있다. 백자 달 항아리는 정교한 장식도 없고 고운 색깔도 쓰지 않고 오로지 흰색으로만 구워 낸 도자기이다. 그 모양은 아주 일그러진 것도 아니고 완벽한 둥근 원도 아니어서 자연스러우면서도 은은한 아름다움을 지닌다. 이렇듯 넉넉함과 깨끗함으로 높은 평가를 받아 온 백자 달 항아리야말로 한국의 소박한 아름다움을 나타내는 대표적인 유물임에 틀림없다.

　한국적인 멋의 또 다른 특징을 한마디로 말하자면 자연스러움이라고 할 수 있다. 자연스러운 한국의 멋을 보여 주는 대표적인 유물로는 조선 시대의 목공예품이 있다. 조선 시대의 목공예품은 인공적인 장식성을 최소한으로 줄이고 간결한 선과 면, 그리고 목재 자체가 갖고 있는 나뭇결의 미를 살리면서, 하나의 멋진 제품을 만들어 낸 점이 특징적이다.

　이외에도 한국적인 멋을 특징짓는 요소들이 있다. 이를테면 어떤 학자는 한국적인 멋의 특징으로 파격미를 꼽기도 한다. '파격'이라는 것은 정해진 모양에서 벗어나는 것을 말하는데, 파격성은 한국적인 자유로움을 나타낸다. 파격미를 잘 보여 주는 유물로 한 수필가가 소개한 연꽃 모양 청자 연적을 들 수 있다. 이 연적에서 연꽃들은 모두 가지런히 달려 있는데 유독 꽃잎 하나만이 약간 옆으로 꼬부라져 있다. 이렇듯 균형 속에서 눈에 기슬리지 않는 불균형이 파격미이다. 또한 여백의 미를 한국적인 멋으로 꼽는 경우도 있다. 예를 들어 전통적인 한국화를 보면 서양화와는 달리 비어 있는 공간들이 있는데, 이렇게 여백으로 남겨진 공간을 통하여 멋스러움이 나타난다고 할 수 있다.

　시대에 따라 모든 것이 변하듯이 '아름다움'의 판단 기준도 시대에 따라 바뀔 수 있다. 오늘날의 한국인들 역시 세련되거나 화려한 모습에서 아름다움을 느끼기도 한다. 그렇지만 여전히 많은 한국 사람들은 자연스럽고 소박한 모습에서 한국적인 아름다움을 발견하고 있으며 그런 멋을 살려 주변을 독특하게 꾸미고자 노력하고 있다.

1. 한국적인 멋의 특징을 나타내는 표현을 찾아보세요.

2. 달 항아리는 소박미가 어떻게 나타나고 있습니까?

- *장식이 전혀 없다.* ....
- ....
- ....
- ....

3. 목공예품은 어떤 점에서 자연의 미를 보여 줍니까?

- *장식을 최소한으로 줄였다.* ....
- ....

4. 이 글에 소개된 청자 연적에는 파격미가 어떻게 나타나 있습니까?

5. 한국화는 서양화와 어떻게 다릅니까?

文法與表達

1. A/V-(으)ㅁ에 틀림없다, N임에 틀림없다
- 그렇게 많은 사람이 보러 가다니 그 영화는 재미있음에 틀림없다. 那麼多人跑去看，那部電影一定很有趣。
- 여러 상황을 고려할 때 그 사람이 그 일을 했음에 틀림없다. 由各種情況考慮，無疑的是他做了那件事。
- 이번 일은 그 사람의 실수임에 틀림없다. 這次的事情一定是他的失誤。

2. 한마디로 말하자면[말해서]
- 내 여자 친구를 한마디로 말하자면 내 이상형이라고 할 수 있다. 用一句話描述我的女友的話，她可說是我的理想情人。
- 불평 한마디 없이 그 많은 일을 혼자서 하다니 그는 한마디로 말해서 멋진 사람이다. 沒有一句怨言，一個人做那麼多事，用一句話來說，他就是個很出色的人。

3. A-(으)ㄴ/V-는(다는) 점이 특징(적)이다
- 이 꽃병은 색이 은은하고 모양이 소박한 점이 특징이에요. 這個花瓶顏色淡雅，形狀樸素這點是它的特徵。
- 이 미술관은 1980년대 이후에 주로 활동을 한 현대 작가들의 작품을 전시한다는 점이 특징적이다. 這座美術館展示活躍於1980年代以後的現代藝術家作品，這點是它的特徵。

4. N을/를 N(으)로 꼽다, N이/가 N(으)로 꼽히다
- 한국인들은 김치를 한국의 대표적인 음식으로 꼽는다. 韓國人認為泡菜是韓國的代表性食物。
- 이 노래는 올해 최고의 유행곡으로 꼽히고 있다. 這首歌被選為是今年最流行的歌曲。

💬 이야기해 보세요

다음 도자기들은 어떻습니까? 모양, 색, 무늬, 디자인에 대해 말해 보세요.
下方的陶瓷長得如何？請試著述說陶瓷的模樣、顏色、紋路與設計。

한국의 도자기

- 색이 은은하다.

- 모양이 소박하다.

-

> 이 도자기는 색이 은은하고 모양이 소박한 점이 특징이에요. 그리고 세련된 느낌을 줘요.

중국의 도자기

-

-

-

일본의 도자기

-

-

-

듣고 말하기

🎧 들어 보세요 1 🔊48)))

다음은 '한국의 미'에 대한 강의입니다. 잘 듣고 질문에 답하세요.
接下來是有關「韓國之美」的課程內容，請仔細聽並回答問題。

1. 이 강의에서는 무엇에 대해 설명하고 있습니까?

2. 여자는 중간에 할 말이 있다는 것을 어떻게 표현하고 있습니까?

3. 남자는 내용을 보충하기 위하여 어떤 표현을 쓰고 있습니까?

4. 이와 같이 중간에 끼어들거나 보충할 때 쓰는 표현을 정리해 보세요.

중간에 끼어들기	보충하기
▪ 말씀 도중에 죄송한데요 ▪ 저, 그런데요 ▪ 말씀 중에 죄송하지만 ▪ 실례지만	▪ 한 가지 덧붙이자면[덧붙인다면] ▪ 덧붙여서 말씀드리면 ▪ 좀 더 자세히 말씀드리자면 ▪ ~씨 의견을 조금 더 보충한다면 ▪ 그 점에 대해 보충해서 말씀드리자면[부연 설명하면]

💬 이야기해 보세요

앞의 표현을 사용해서 아래와 같이 말해 보세요.
請參照下方範例，並使用前述的表現來說說看。

1. 국립중앙박물관에서 조선 시대 도자기 초대전을 엽니다.

2. 서울과학관에서는 중고생 발명품 전시회를 개최합니다.

3. 언어교육원에서는 외국인 말하기 대회를 열 예정입니다.

4. 시립현대미술관에서는 현대 미술가 초대전을 개최할 예정입니다.

> 국립중앙박물관에서는 오는 2월 1일부터 한 달간 조선 시대 유물 특별전을 열 예정입니다.

> 저, 말씀 중에 죄송하지만, 어느 시대 특별전이라고 하셨지요?

> 조선 시대 유물 특별전입니다. 덧붙여서 말씀드리면 전시회를 하면서 도자기 만들기 체험도 함께할 예정입니다.

🎧 들어 보세요 2 49))

다음은 '정원'에 대한 강의입니다. 잘 듣고 질문에 답하세요.
接下來是有關「庭園」的課程內容，請仔細聽並回答問題。

1. 강의에서 주로 다루는 내용은 무엇입니까?

　　☐ 동양식 정원의 아름다움

　　☐ 서양식 정원과의 차이점

　　☐ 한국식 정원과 일본식 정원의 특징

2. 다음 정원은 각각 어느 나라의 정원일까요?

　1) .... 　　2) ....

3. 다음에서 한국식 정원의 특징은 '한', 일본식 정원의 특징은 '일'이라고 쓰세요.

　1) 자연을 그대로 살렸다. 　　　　　　.....................

　2) 자연을 닮은 모습으로 만들었다. 　　.....................

　3) 흙을 쌓아서 언덕을 만들었다. 　　　.....................

　4) 큰 나무를 그대로 심었다. 　　　　　.....................

　5) 강 같은 작은 물길을 만들었다. 　　　.....................

　6) 땅의 모양은 최대한 그대로 두었다. 　.....................

'한국의 멋'을 소개하는 전시회를 하려고 합니다. 무엇을 전시하면 좋을지 토의해 보세요.

計畫舉辦一個介紹「韓國風采」的展示會。請試著討論一下展示什麼比較好。

1. 다음과 같이 준비해 보세요.

   1) 무엇을 전시하고 싶습니까?

      ☐ 건축　　☐ 회화　　☐ 서예　　☐ 공예　　☐ 기타 : ....

   2) 전시물을 선정하고 선정 이유와 전시 방법을 메모해 보세요.

유형	작품명	선정 이유	전시 방법
도자기	달 항아리	소박미를 보여준다.	☐ 사진　☐ 모형　☐ 동영상　☐ 실물　☐ 체험　☐ 기타 : ....
			☐ 사진　☐ 모형　☐ 동영상　☐ 실물　☐ 체험　☐ 기타 : ....
			☐ 사진　☐ 모형　☐ 동영상　☐ 실물　☐ 체험　☐ 기타 : ....

2. 다음과 같이 토의를 해 보세요.

> 저는 한국의 도자기를 전시했으면 합니다. 한국의 도자기는 중국이나 일본 도자기와는 좀 다른 아름다움이 있어요.

> 말씀 도중에 죄송한데, 어떤 아름다움이 있습니까?

> 도자기의 종류에 따라 다른데 백자의 경우는 소박한 아름다움이 특징이지요. 좀 더 자세히 말씀드리자면 달 항아리는 아무 장식이나 화려한 색을 쓰지 않았는데 은은한 멋이 있어요. 이런 달 항아리를 통하여 한국의 멋을 알릴 수 있을 거라고 생각해요.

자기 평가

1. 다음 중 아는 단어에 V 하세요.

　　□ 부지런하다　　□ 활기차다　　　　　　□ 신중하다　　□ 진지하다
　　□ 정들자 이별　　□ 미운 정 고운 정이 들다　□ 화려하다　　□ 소박하다
　　□ 간결하다　　　□ 세련되다　　　　　　　□ 촌스럽다　　□ 정교하다

2. 다음 표현을 이용해서 문장을 만들어 보세요.

　　1)　A/V-지 않을까 하다 [싶다]

　　→

　　2)　A-(으)ㄴ/V-는 [다는]

　　→

3. 다음과 같은 상황에서 어떻게 말할 수 있습니까?

　　1)　한국인의 기질

　　...

　　2)　한국의 아름다움

　　...

한자성어 (Ⅱ)

한자성어는 전설·역사·고전 등에서 유래한, 한자로 이루어진 짧은 표현입니다. 한자성어로 다양한 상황을 짧은 표현으로 잘 표현하도록 합시다.

漢字成語源於傳說、歷史、經典著作等，是由漢字組成的簡短表現。讓我們用漢字成語把各種情況用簡短的表現表達出來吧。

횡설수설(橫說竪說)하다/이다 語無倫次
이렇게 말하다가 저렇게 말하다가 하여 무슨 말을 하는지 알 수 없음. 一下子說這樣，一下子說那樣，不知道在說些什麼

차일피일(此日彼日)하다 一拖再拖
해야 하는 일이나 약속 날짜를 이날 저날로 미룸. 將應該做的事情或約定的日期延遲到其他日子

우왕좌왕(右往左往)하다
猶豫不決、踱來踱去
오른쪽으로 갔다가 왼쪽으로 갔다가 이리저리 왔다 갔다 하며 어떻게 해야 할지 모르는 모습. 一下子走往右邊，又一下子走往左邊，來來回回行走，不知道該怎麼辦的樣子

동문서답(東問西答)하다/이다 答非所問
동쪽이 어디냐고 물었는데 서쪽을 가리키며 대답함. 묻는 말에 대하여 엉뚱하게 대답함. 問東邊在哪裡，卻指著西邊回答。針對詢問的內容，回覆毫無相關的答案

애지중지(愛之重之)하다 極為珍惜
어떤 것을 매우 사랑하고 소중하게 여기는 모양. 非常愛惜與珍重某事物的樣子

십년감수(十年減壽)하다 驚恐萬分
목숨이 십 년이나 줄어들 정도로 위험한 일을 겪음. 經歷足以減少十年壽命的危險之事

완전무결(完全無缺)하다 盡善盡美
완전하고 충분해서 결점이 없음. 完整、充分，毫無缺點

행방불명(行方不明)이다 下落不明
간 곳이 분명하지 않음. 不確定去了何處

파란만장(波瀾萬丈)하다 波濤洶湧、坎坷崎嶇
물결이 만 길이나 될 정도로 높음. 사람의 생활이나 일의 진행이 여러 가지 시련이 많고 변화가 심함. 浪高萬丈，指人的生活或事情的進行有許多考驗及變化劇烈

속수무책(束手無策)이다/으로 束手無策
손이 묶인 듯이 해결 방법이 없어 꼼짝 못 함. 如同手被綑綁一樣，無解決方法，動彈不得

연습 1 다음 한자성어로 무슨 말을 하려는 것인지 고르세요.

1)

① 무슨 뜻인지 알 수 없게 이야기하다.
② 이해할 수 없을 정도로 너무 빨리 말하다.

2)

① 뭘 해야 할지 모르고 이리저리 돌아다니다.
② 길을 잘 몰라서 왔다 갔다 하다.

3)

완전무결한 시계를 만들 거야.

① 전혀 문제점이 없다.
② 최고의 기술로 만들다.

4)

위험해요!
동문서답이네.
나도 사랑해.

① 시끄러워서 무슨 말을 하는지 모른다.
② 잘 어울리지 않는 엉뚱한 대답을 한다.

연습 2 다음 상황과 관련 있는 한자성어를 쓰세요.

1) 대학교 입학 선물로 아버지께서 사 주신 오토바이를 내 몸처럼 아끼고 보살핀다.

→ 애지중지한다

2) 집 앞 놀이터에서 놀던 어린아이가 없어졌다.

→

3) 상대 팀 축구 선수들이 너무 빨라서 계속 공을 넣는 데도 막을 수가 없었다.

→

4) 아르바이트 하느라고 시간이 없어서 숙제를 못 하고 계속 미루고 있다.

→

5) 그 여배우는 큰 병에 걸리기도 하고 결혼을 세 번이나 하는 등 일생 동안 여러 가지 큰일을 겪었다.

→

6) 등록금이 없어져서 깜짝 놀랐는데 가방 안쪽 주머니에서 찾았다. 죽다가 살아난 것 같은 기분이었다.

→

연습 3 한자성어를 넣어서 대화 연습을 해 보세요.

1) 가 : 무슨 말을 하는 건지 모르겠어. 왜 그렇게 ....하니?
   나 : 그렇지? 사실은 나도 이 부분이 너무 어려워서 잘 모르겠어. 좀 더 공부하고 가르쳐 줄게.

2) 가 : 여기는 1964년에 지어진 곳이야.

   나 : 여기가 뭐하는 곳이냐고 물었는데 무슨 ....이야?

3) 가 : 고속도로에서 큰 교통사고가 났는데 사람들이 어찌할 바를 모르고
   ....하다가 교통사고가 또다시 날 뻔했어요.

   나 : 큰일 날 뻔했군요. 고속도로에서 사고가 나면 더 침착해야 해요.

4) 가 : 컴퓨터 바이러스 때문에 지금까지 모아 놓은 중요한 자료가 다 없어질
   뻔했어.

   나 : 아이고, ...했겠네. 많이 놀랐지?

5) 가 : 남자 친구 마음이 변한 것 같다고요?

   나 : 네, 바쁘다는 핑계로 저와의 약속을 .... 미루고 있어요.

6) 가 : 과학 기술의 발달로 비도 오게 할 수 있다면서요?

   나 : 네, 정말 꿈같은 일이지요. 옛날에는 일단 가뭄이 들면 사람들이 할 수 있는
   일이 별로 없었습니다. 그냥 ....으로 하늘만 쳐다보고
   있었지요.

7) 가 : 놀이공원에서 없어져서 사흘째 ....이었던 아이가
   서울역에서 발견되었대요.

   나 : 무사히 발견되어 다행이군요. 아이들을 데리고 다닐 때는 정말 주의해야
   해요.

8) 가 : 이 대회는 세계적인 큰 행사이기 때문에 작은 실수라도 있어서는 안 됩니다.

   나 : 맞습니다. 모두 힘을 합쳐 ....한 행사를 준비합시다.

9) 가 : 미안해, 언니. 언니한테 빌린 귀걸이를 잃어버렸어.

   나 : 뭐라고? 그거 할머니한테 선물받은 거라서 내가 얼마나 ....
   하는데 그걸 잃어버려?

10) 가 : 우리 아버지는 일본 식민지 시대에 태어나셨고 한국 전쟁도 겪으신
   세대야.

   나 : 우리들과 다르게 그분들은 큰 역사적 사건을 겪으면서 ....한
   삶을 살아오셨지.

어휘와 표현

1. 한국인 이해하기

각오(覺悟) [가고]
🅝 앞으로 해야 할 일이나 겪을 일에 대한 마음의 준비. 心理準備、覺悟
어떤 일이 있더라도 참을 각오가 되어 있다. 不管會發生什麼事，我都做好了忍耐的心理準備。

감정적(感情的)이다 [감정저기다]
마음이나 기분에 따라 행동하는 성격이다. 情緒化的、不理性的
그는 생각이 다른 사람과 토론할 때 상당히 감정적인 태도로 말한다. 當他在和想法不同的人討論時，他會以相當情緒化的態度來陳述。

감탄(感歎)하다
🅔 마음속 깊이 느끼어 칭찬하다. 讚嘆、感佩
어린아이의 착한 마음씨에 감탄했다. 對孩子的好心腸讚嘆不已。

강인(强靭)하다
🅗 쉽게 포기하지 않을 정도로 힘 있고 강하다. 堅毅、堅強
그의 얼굴은 따뜻한 표정이었지만 강인한 인상을 주었다. 他臉上雖然是溫暖的神情，卻給人留下了堅毅的印象。

게으르다
🅗 행동이 느리고 움직이거나 일하기를 싫어하다. 懶惰
그는 옷 갈아입는 것도 싫어할 정도로 게을러서 일주일 동안 같은 옷을 입고 다닌 적도 있다. 他懶惰到不想換衣服，還曾經連續一星期都穿同樣的衣服。

과연(果然)
🅑 결과가 정말로. 真的、究竟、果真
그 실력으로 과연 취직 시험에 합격할 수 있을까? 憑那個實力真的能通過就業考試嗎？

기질(氣質)
🅝 개인이나 민족의 성격적 특징. 性格特徵
그는 낙천적인 기질을 가졌다. 他具有樂觀的性格特徵。

몸에 배다 [모메배다]
버릇이 되어 익숙해지다. 習以為常、已成習慣
무엇이든지 아껴 쓰는 생활이 이미 그들의 몸에 밴 것 같았다. 他們似乎對什麼都省吃儉用的生活已經習以為常。

무뚝뚝하다 [무뚝뚜카다]
🅗 말이나 행동, 표정이 부드럽거나 친절하지 않아 정이 없어 보이다. 冷淡、不擅言詞
그 할아버지는 보통 때도 말씀이 없고 누가 인사해도 무뚝뚝하게 대답하셨다. 那位爺爺平時也沒什麼話，連別人向他打招呼也都冷冷地回答。

무표정(無表情)하다
🅗 감정이 얼굴에 나타나지 않다. 面無表情
그는 어떠한 말을 해도 무표정한 얼굴로 아무 말도 안 했다. 不管對他說什麼話，他都是面無表情不說話。

미운 정(情) 고운 정(情)이 들다
오래 사귀는 동안 서로 싸우기도 하고 도와주기도 하면서 정이 깊이 들었음을 비유적으로 이르는 말. 愛恨交織、歡喜冤家
그 사람과는 오랫동안 한 사무실에서 같이 근무하면서 미운 정 고운 정이 들었다. 和他在同間辦公室裡工作很久，對他是愛恨交織。

부지런하다
🅗 어떤 일을 미루지 않고 열심히 하는 태도가 있다. 勤快、勤勉
그 아주머니는 부지런해서 이웃 중에서 제일 먼저 일어나 집 주변을 청소한다. 那阿姨很勤快，是鄰居中第一個起來打掃屋子周圍的人。

불쑥
🅑 갑자기 찾아오거나 물건을 앞으로 내미는 모양. 突然、一下子
아이가 나에게 불쑥 과자를 내밀었다. 孩子突然拿出餅乾來給我。

사양(辭讓)하다
🅔 겸손하여 받지 않다. 謝絕、客氣
사양하지 말고 마음껏 드세요. 別客氣，盡情吃吧。

신중(愼重)하다
🅗 매우 조심스럽다. 愼重
결정은 신중하게 해야겠지만 일단 결정을 하면 행동은 빠른 것이 좋다. 決定應當愼重，但一旦決定後，行動最好快些。

양보(讓步)하다
🅔 자기의 좋은 자리나 기회를 다른 사람에게 넘겨주다. 退讓、禮讓
장학금을 자기보다 어려운 친구에게 양보하다니 정말 인정이 많은 사람이다. 把獎學金讓給比自己困難的朋友，真是個很有人情味的人。

어렴풋이 [어렴푸시]
🅑 기억이나 생각 따위가 분명하지 않고 흐리게. 隱隱約約、模模糊糊
이 말이 무슨 뜻인지 어렴풋이 알고 있었는데 사전을 보고 분명히 알게 되었다. 對這句話的意思一直不是很清楚，在查了字典後就明白了。

역동적(力動的) [역똥적]
🅟 🅝 힘차고 활발하게 움직이는 (것). 朝氣蓬勃、精力充沛
그 화가는 달리는 말의 역동적인 움직임을 잘 그려 냈다. 那位畫家細膩描繪出馬匹精力充沛奔馳的動態。

열정적(熱情的)이다 [열쩡저기다]
어떤 일에 애정을 가지고 열심히 집중하는 (성격이다). 熱情、熱誠的
그는 열정적인 피아노 연주를 들려주었다. 他展現了熱情洋溢的鋼琴演奏。

옥탑방(屋塔房) [옥탑빵]
명 주택이나 빌딩 따위의 건물 맨 꼭대기에 있는 방. 頂樓、閣樓
옥탑방은 여름에 덥고 겨울에 추워서 불편하지만 집세가 싸다. 頂樓夏天熱、冬天冷，雖令人不舒服但房租便宜。

인상적(印象的)
관 명 어떤 느낌이 마음속에 남아 있는 (것). 印象深刻的
그 배우의 연기가 매우 인상적이어서 아직도 기억에 남아 있다. 那個演員的表演令人印象深刻，至今記憶猶新。

잔뜩
부 더할 수 없이 심하게. 굉장히 많이. 滿溢、非常
연락하지 않고 늦게 갔더니 어머니께서 잔뜩 화가 나 계셨다. 我因為沒有聯絡而且很晚才去，媽媽非常生氣。

정(情)들자 이별(離別)이다 [정들자이벼리다]
만난 지 얼마 되지 않아서 헤어짐을 이르는 말. 剛熟識就要分離
정들자 이별이라더니 이제 좀 서로를 알게 되었는데 헤어지게 되었구나. 俗話說：「剛熟識就要分離」，我們現在才對彼此剛有些瞭解，沒想到就要分開了。

진지(眞摯)하다
형 마음 쓰는 태도가 진실하고 성실하다. 真摯、真誠、認真
그 학생은 진지한 태도로 교수님의 모든 강의 내용을 받아들였다. 那個學生以認真的態度聽了教授所有的課程。

통째로
나누지 않은 덩어리 전부로. 整塊地
닭 한 마리를 통째로 요리했다. 把整隻雞拿來做菜。

활기차다(活氣--)
형 힘이 넘치고 살아 있는 기운이 가득하다. 充滿活力
아침을 활기차게 시작하려면 아침 식사를 꼭 하는 것이 좋다. 想要充滿活力地開啟一日之晨，一定要吃早餐。

2. 한국의 멋

가지런히
부 여럿이 차이가 나지 않고 고르고 똑바르게. 整齊、井然
책장에 책들이 가지런히 정리되어 있었다. 書櫃裡書籍收拾得整整齊齊。

간결(簡潔)하다
형 간단하고 불필요한 것이 없이 깔끔하다. 簡潔、精練
그의 글은 아주 간결하여 읽기 쉽다. 他的文章很精練，容易閱讀。

꼬부라지다
형 한쪽으로 휘어지다. 彎曲、歪
슈퍼마켓 앞에서 왼편으로 약간 꼬부라진 골목으로 들어오세요. 請由超市前方往左稍微彎曲的巷子進來。

나뭇결 [나무껼/나묻껼]
명 나무를 세로로 잘랐을 때 보이는 면의 무늬. 樹紋、木紋
그는 나뭇결을 살리기 위하여 책상을 칠하지 않고 그대로 사용한다. 他為了呈現木頭紋路，刻意不塗油漆，而直接使用。

목공예품(木工藝品) [목꽁예품]
명 나무를 가공한 공예품. 木製工藝品
그 가게에는 나무를 깎아 만든 목공예품이 많다. 那家商店有很多用木頭做的木製工藝品。

목재(木材) [목째]
명 나무로 된 재료. 木材
이 문은 목재로 만든 것이다. 這扇門是用木材做的。

백자(白磁) [백짜]
명 흰색 도자기. 白瓷
깨끗하고 소박한 아름다움이 빛나는 백자는 조선 시대의 대표적인 유물이다. 無暇、質樸美麗閃耀的白瓷是朝鮮時代的代表性文物。

분재(盆栽)
명 화초나 나무 등을 화분에 심어서 줄기나 가지를 보기 좋게 가꿈. 또는 그렇게 가꾼 화초나 나무. 盆栽
그 집은 소나무 분재로 거실을 장식했다. 那棟房子用松樹盆栽來裝飾客廳。

세련(洗鍊)되다
형 모습이 서투르거나 어색한 데가 없이 능숙하여 멋있다. 幹練、老練、成熟
그 여자는 직장 생활을 오래 해서 그런지 아주 세련된 옷을 입었다. 她大概在職場很久了，而穿著很得體的衣服。

소박(素朴)하다 [소바카다]
형 꾸밈이 없이 수수하다. 樸素、簡樸
김 사장님은 돈이 많지만 소박한 집에서 생활을 한다. 金老闆雖然有錢，但卻住在簡樸的房子裡。

여백(餘白)
명 종이 등에 글씨를 쓰거나 그림을 그리고 남은 빈자리. 空白處、餘白
그 학생은 책의 여백에 작은 글씨로 내용을 메모했다. 那個學生在書的空白處用小字記下了內容。

어휘와 표현

연꽃(蓮-)
명 荷花、蓮花
연못에 분홍색의 연꽃이 피었다. 荷花池裡粉紅色的
荷花正綻放著。

연적(硯滴)
명 벼루에 먹을 갈 때 쓸 물을 담아 두는 그릇. 보통은 도자
기로 만들지만 돌로도 만든다. 水盂、硯滴
연적에 담긴 물을 벼루에 붓고 먹을 갈았다. 把硯滴的水倒進硯台裡磨
墨。

오로지
부 오직 한 방향으로. 只、僅
그 여자는 30년 동안 오로지 한국 음식을 연구하는 일에만 몰두했
다. 她30年來只專注於研究韓國飲食。

유독(惟獨)
부 많은 것 가운데 홀로 두드러지게. 唯獨、只有
모두 왔는데, 유독 철수만 오지 않았다. 大家都來了，唯獨哲洙沒來。

유물(遺物)
명 조상들이 후손에게 남긴 물건. 遺物、文物
이 거울은 약 1,000년 전에 만들어진 귀중한 유물이다. 這面鏡子是
大約一千年前製造的珍貴文物。

은은(隱隱)하다
형 겉으로 분명하지 않고 희미하거나 약하다. 隱隱、隱約
달빛이 창문에 은은하게 비치고 있다. 月光隱隱地照在窗戶上。

인공적(人工的)
관·명 사람의 힘으로 만든 (것). 人工的
아파트 뒷산에 산을 오를 수 있는 계단 등 인공적인 구조물을 설치하
였다. 在公寓後山設置了可爬上山的階梯等人工建物。

일그러지다
동 물건이나 얼굴이 찌그러지다. 扭曲、歪斜
화가 나자 철수 씨의 얼굴이 점점 일그러지기 시작했다. 一生氣，哲
洙的臉就漸漸扭曲起來。

자연스럽다(自然---)
형 억지로 꾸미지 않아서 이상하지 않다. 自然的
갑작스러운 질문에 대해 아주 자연스러운 태도로 답을 했다. 以非常
自然的態度回覆了突然提出的問題。

자체(自體)
명 바로 그것. 本身
이 상품은 재료 자체가 귀한 것이다. 這商品的材料本身就很珍貴。

정교(精巧)하다
형 솜씨나 기술 등이 빈틈이 없이 아주 자세하고 훌륭하
다. 精巧、精細
거기에는 아주 정교하게 깎고 다듬은 보석이 진열되어 있다. 那裡陳
列著精雕細琢的寶石。

정원(庭園)
명 집 안의 뜰이나 꽃밭. 庭園
그는 꽃과 나무를 심어서 멋진 정원을 가꾸었다. 他種花木來布置一
個漂亮的庭園。

청자(靑瓷)
명 푸른 빛깔의 도자기. 靑瓷
청자는 고려 시대의 것이 가장 유명하다. 靑瓷以高麗時代的最有名。

촌스럽다(村---)
형 세련되지 않다. 俗氣、土氣
촌스럽게 행동하지 말고 가만히 앉아 있어라. 別盡露俗態，好好坐著
吧。

최소한(最小限)
명 더 이상 줄일 수 없는 가장 작은 한도. 最小限度、至少
그 일을 끝내는 데에 최소한 이틀이 걸린다. 要完成那件事至少要兩天
時間。

추구(追求)하다
동 바라는 것을 향하여 끝까지 따라가며 구하다. 追求
사람은 누구나 행복을 추구하게 마련이다. 只要是人，不管是誰總是
會追求幸福的。

축소(縮小)하다
동 모양이나 규모 등을 줄여서 작게 하다. 縮小
요즘처럼 장사가 어려운 때에는 사업 규모를 축소하는 것이 낫
다. 像現在這樣生意難做的時候，不如縮小事業規模。

파격(破格)
명 정상적인 방법이나 모양에서 완전히 벗어남. 예외적이고
특별함. 破格、打破常規
요즘 그 백화점은 파격 할인 행사를 하고 있다. 最近那家百貨公司正
在舉辦史無前例的折扣活動。

항아리(缸--)
명 아래위가 좁고 가운데가 넓은 그릇.
缸、甕
예전에는 집집마다 고추장과 된장 항아리가 있었
다. 以前家家戶戶都有辣椒醬和大醬的缸。

화려(華麗)하다
형 환하게 빛나며 곱고 아름답다. 華麗
그녀가 입은 옷은 누구보다도 화려해서 사람들이 모두 쳐다보았
다. 她穿的衣服比誰都華麗，所有人都看著她。

부록

附錄

보충 자료
補充資料

Ⅰ. 외모와 성격

■ MBTI 성격 유형 검사

이 검사는 4가지의 선호 경향에서 선호형을 하나씩 골라 조합하는 방식이며 16가지 성격 유형이 있다.

외향형 (E) 폭넓은 대인 관계를 유지하며 사교적이고 정열적이고 활동적이다.	**1** ← 관심의 초점을 두는 곳은? →	**내향형 (I)** 깊이 있는 대인 관계를 유지하며 조용하고 신중하며 이해한 다음에 경험한다.
감각형 (S) 오감에 의존하여 실제의 경험을 중시하며 현재에 초점을 맞추고 정확하고 철저하게 일을 처리한다.	**2** ← 정보를 수집할 때는? →	**직관형 (N)** 육감 내지 영감에 의존하며 미래 지향적이고 가능성과 의미를 추구하며, 신속하고 단계를 뛰어넘으며, 비약적으로 일을 처리한다.
사고형 (T) 진실과 사실에 주요 관심을 갖고 논리적이고 분석적이며 객관적으로 판단한다.	**3** ← 판단하고 결정할 때는? →	**감정형 (F)** 사람과 관계에 주요 관심을 갖고 상황이나 정상을 고려한 설명을 한다.
판단형 (J) 분명한 목적과 방향이 있으며 기한을 지키며 사전에 계획하고 체계적이다.	**4** ← 행동으로 옮길 때는? →	**인식형 (P)** 목적과 방향은 변화 가능하고 상황에 따라 일정이 달라지며 자율적이고 융통성이 있다.

■ 선호형에 따른 성격의 유형은 ESTJ, ISTJ, ENTJ, INTJ 등 16가지로 나뉜다. 성격 유형별 특징은 다음과 같다.

ISTJ 세상의 소금형 한번 시작한 일은 끝까지 해내는 사람들	**ISFJ** 임금 뒤편의 권력형 성실하고 온화하며 협조를 잘하는 사람들	**INFJ** 예언자형 사람과 관련된 뛰어난 통찰력을 가지고 있는 사람들	**INTJ** 과학자형 전체적인 부분을 조합하여 비전을 제시하는 사람들
ISTP 백과사전형 논리적이고 뛰어난 상황 적응력을 가지고 있는 사람들	**ISFP** 성인군자형 따뜻한 감성을 가지고 있는 겸손한 사람들	**INFP** 잔다르크형 이상적인 세상을 만들어가는 사람들	**INTP** 아이디어 뱅크형 비평적인 관점을 가지고 있는 뛰어난 전략가들
ESTP 수완 좋은 활동가형 친구, 운동, 음식 등 다양한 활동을 선호하는 사람들	**ESFP** 사교적인 유형 분위기를 고조시키는 우호적인 사람들	**ENFP** 스파크형 열정적으로 새로운 관계를 만드는 사람들	**ENTP** 발명가형 풍부한 상상력을 가지고 새로운 것에 도전하는 사람들
ESTJ 사업가형 사무적, 실용적, 현실적으로 일을 많이 하는 사람들	**ESFJ** 친선도모형 친절과 현실감을 바탕으로 타인에게 봉사하는 사람들	**ENFJ** 언변능숙형 타인의 성장을 도모하고 협동하는 사람들	**ENTJ** 지도자형 비전을 가지고 사람들을 활력적으로 이끌어 가는 사람들

©(주)어세스타

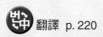

우정의 양푼 비빔밥

내가 중학교에 다니던 70년대는 너나없이 가난했습니다. 점심시간만 되면 도시락을 싸 오지 못해 수돗물로 허기를 채우는 친구가 열 명 정도 되던 그 시절, 내 단짝 성호도 그중 하나였습니다.

나는 내가 싸 온 도시락이라도 같이 나눠 먹자는 생각으로 성호에게 숟가락을 내밀곤 했습니다. "하하, 사나이가 친구 밥그릇에 손을 대면 쓰나. 나, 인간 이성호 한 끼 굶는다고 안 죽는다." 그렇지만 나는 읽을 수 있었습니다. 멋쩍어하는 표정 뒤에 숨겨진 녀석의 구겨진 자존심을.

그런데 다음날 점심시간, 반장은 느닷없이 커다란 양푼을 꺼내 놓았습니다. "얘들아, 우리 다 같이 비빔밥 만들어 먹자!" 반장의 말이 끝나기가 무섭게 열댓 명의 아이들이 각자의 도시락 뚜껑을 열고 밥과 반찬을 양푼에 쏟아 부었습니다. 그러자 반장은 고추장까지 넣고 밥을 쓱쓱 비비기 시작했습니다. 잠시 후 양푼에는 놀랍게도 두 배로 늘어난 비빔밥이 담겨 있었습니다. 나는 이번에는 자신 있게 성호에게 숟가락을 건넸습니다. 처음에는 주춤하던 성호도 이내 환하게 웃으며 숟가락을 받았고, 우리는 다른 아이들처럼 양푼 비빔밥으로 달려들었습니다.

자기 도시락을 내놓은 아이는 물론 평소에는 수돗물로 배를 채우던 아이들도 모두가 달려들어 맛있게 비빔밥을 먹었습니다. 하지만 누구 하나 밥을 빼앗긴다거나 빼앗아 먹는다거나 하는 생각은 하지 않았습니다.

학년이 올라가 서로 반이 달라졌어도, 점심시간만 되면 우리는 다 같이 모여 양푼 비빔밥을 만들어 먹었습니다. 그 사이 낡고 찌그러진 양푼은 우리가 학교를 졸업한 뒤에야 반장네 집으로 돌아갔습니다.

30년이 지난 지금도 우리는 모이기만 하면 여전히 양푼 비빔밥을 만들어 먹습니다. 빡빡머리 그 시절의 소중한 추억을 비빔밥 재료 삼아 큰 양푼에 넣고 따뜻한 마음을 비비고 또 비비면서 말입니다.

■ 저출산 장려 포스터(1970~1980년대) 鼓勵少子化海報 (1970~1980年代)

©인구보건복지협회　　©인구보건복지협회　　©인구보건복지협회　　©인구보건복지협회

■ 출산 장려 포스터(2000년대) 鼓勵生育海報(2000年代)

©인구보건복지협회　　　©인구보건복지협회

■ 다문화 사회 포스터(2000년대) 多元文化社會海報(2000年代)

자 기 소 개 서

• **성장 과정**

　　저는 19XX년 9월 25일에 중국 상하이에서 1남 2녀 중 장녀로 태어났습니다. 아버지는 한족이시고 어머니는 조선족이십니다. 아버지께서는 '항상 최선을 다하라'는 말씀을 자주 해 주셨고, 어머니께서는 다른 사람에 대한 배려의 중요성을 생활을 통해 보여 주셨습니다. 또 부모님께서는 장녀인 저에게 가족 안에서의 역할과 그에 따른 책임감을 강조하셨습니다.

　　고등학교를 졸업한 후 중국 북경대학교 한국어학과에 입학했습니다. 대학 1~2학년 때는 전공 공부뿐만 아니라 컴퓨터와 연극부 활동을 열심히 했습니다. 한국 유학생들과 연합 모임을 만들어 한국어로 하는 연극을 제작해 공연하기도 했습니다. 2학년을 마치고 본격적으로 한국어를 배워야겠다는 결심으로 한국으로 유학을 와 한국대학교 국어국문학과에서 공부하게 되었습니다.

• **성격의 장단점**

　　명랑한 성격과 밝은 미소가 기분 좋다는 평을 많이 듣습니다. 그건 제가 문제가 있으면 해결 방법도 있을 것이라고 생각할 줄 아는 긍정적인 사고를 가지고 있기 때문이라고 생각합니다. 또 장녀로 자라서 그런지 주변 사람들에게 관심과 애정이 많고 또 다정한 표현도 잘하는 편이라 친구가 많습니다. 이런 주변의 사랑하는 사람들은 제 인생의 소중한 재산입니다. 저는 마음먹은 일은 빨리 행동으로 실천하려고 노력합니다. 하지만 일을 맡으면 누구보다 빨리 진행하려고 서두르는 경향이 있습니다. 아직까지 저의 이런 급한 성격으로 문제가 생긴 적은 없었지만 앞으로 일을 하게 되어 중요한 책임을 맡게 되면 더욱 신중하게 일을 처리하도록 노력하겠습니다.

• **경력 사항 및 특기 사항**

　　저는 대학에 입학하기 전에 한국대학교 언어교육원에서 한국어과정 6급을 수료했습니다. 그 후 더 세련된 한국어 표현을 익히기 위해 연구반 프로그램도 이수했습니다. 한국대학교 국어국문학과에 들어간 후에는 외국 유학생들과 전공 세미나를 하면서 공부에 힘을 쏟는 한편 등산 동아리에도 가입해 즐겁게 활동했습니다. 제 한국어 실력은 대학 생활을 통해 크게 향상되어 읽기, 듣기는 매우 자신 있는 수준이며 일상생활의 말하기는 전혀 불편함이 없는 수준입니다. 발표와 토론도 이제는 상당히 능숙해졌습니다.

　　또 저는 대학 시절부터 현재까지 많은 번역 및 통역 업무를 담당했습니다. 대학 재학 동안에는 영화, 드라마, 웹 페이지 등의 번역을 맡아서 했고 졸업 후에는 화신전자, 신신건설, 세진중공업과 같은 기업에서 통역을 하거나 수출입 관련 서류를 번역했습니다. 그동안 제가 담당했던 일의 결과물을 별첨 자료로 제출하오니 참조해 주시기 바랍니다.

• **지원 동기 및 입사 후 포부**

　　통역을 담당하면서 국제회의에서 이런 일에 대해 알게 되었고 매력을 느꼈습니다. 저도 이 매력적인 분야에서 한 분야를 담당하는 전문가가 되고 싶습니다. 제가 지금까지 배우고 경험한 것들을 이 분야에서 발휘하고 싶습니다. 어떤 환경에서도 밝은 미소와 친절함으로 일하겠습니다. 아직 많이 부족하다는 것을 알고 있기에 끊임없이 성실하게 노력하겠습니다.

입 사 지 원 서

성 명	(한글)	김철수	주민등록번호		850531-1123XXX
	(한자)	金哲洙	연 령	27	연 락 처	02-880-5488
주 소		서울특별시 관악구 관악로 1		희망업무	개발 부서

	학력구분	년 월	출 신 학 교	학 년	전 공	졸업여부
학력사항	고등학교	2004. 2.	○○고등학교			졸업
	대학교	2008. 2.	○○대학교		컴퓨터공학과	졸업
	대학원	2011. 2.	○○대학원		컴퓨터공학과	졸업

	회 사 명	근 무 기 간	직 위	담 당 업 무
경력사항	한국컴퓨터	2007. 7.~ 2007. 8.	인턴사원	개발 지원

	종 류	능 력		취 득 일	자 격 증 명
외국어	영어	상 (중) 하	자격증	2006. 11	정보처리기사
	중국어	상 (중) 하		2007. 2	컴퓨터 보안전문가

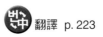

육십에 배운 한글

김덕례

안녕하세요? 저는 육십이 넘은 할머니 김덕례라고 합니다. 뒤늦게 '동부 밑거름 학교'에서 한글을 배우고 있는 나무반 학생이지요. 한글을 배운 지 2년이 넘었는데도 아직도 어려운 받침이 있는 글자는 다 틀리니 이 노릇을 어쩌면 좋을지 모르겠습니다.

우리 연배들은 세상이 어려울 때 태어나서 못 배우기도 했지만 내가 어렸을 때에는 여자애들이 글자를 배우면 팔자가 세진다고 아버님이 절대 못 배우게 했어요. 그것이 두고두고 내 평생에 한이 될 줄은 정말 몰랐습니다. 우리 집 양반도 이제껏 아무 불편 없이 잘 살았으면서 왜 새삼스럽게 그런 걸 배우려고 하냐며 제가 한글 공부하는 것을 탐탁지 않게 생각했습니다.

그 설움은 아무도 몰라요(진짜, 며느리도 몰라요). 혹시나 누가 글씨라도 쓰라고 할까 봐 사람 많이 모인 데는 가지 않았고 은행에 가서 돈 한번 찾아 보지 못했습니다. 한마디로 눈 뜬 장님이었지요. 어떤 아줌마가 은행에 갈 때마다 일부러 손에 붕대를 감고 가서 다쳐서 글씨를 못 쓰는 것처럼 다른 사람에게 글씨 부탁을 했다는 피눈물 나는 그 얘기는 바로 제 심정과 똑같았지요. 그러나 지금 전 세상 사는 게 재미있고 행복합니다. 이제 거리를 다녀도 제가 아는 글자들이 많이 있으니 겁날 것이 없고 은행 가서 돈도 척척 찾습니다. 글을 안다는 게 이렇게 좋은 건지 몰랐습니다.

사실 그동안 우리 집 양반한테랑 딸아이한테 '기역, 니은……' 정도는 배웠는데 하도 구박을 하고 자존심을 건드리는 바람에 그만두고 말았지요. 그러다가 딸아이가 전봇대에 붙어 있던 한글 배울 학생 모집 포스터를 보고 적어 왔다며 전화번호 하나를 제게 주더군요. 그게 바로 '동부 밑거름 학교'였어요. 당장에 적힌 대로 전화해서 등록하고는 때때로 손자를 데리고 다니면서도 하루도 결석하지 않고 열심히 공부했습니다.

아침부터 와서 월급 한 푼 안 받고 일자무식인 우리에게 한글을 가르쳐 주는 선생님들이 고마워서라도 포기하지 않으렵니다. 열심히 해서 여든이 되든 아흔이 되든 검정고시를 볼 생각입니다. 이제 다른 세상을 알게 되었고, 옆에서 도와주는 고마운 분들이 계시는데 못 할 것 없지요. '배우는 고통은 잠깐이지만 못 배운 고통은 평생이다'는 말이 있습니다. 한글을 모르고 사는 아주머니, 할머니들! 망설이지 말고 이참에 용기 내서 한글을 배워 보세요. 이 늙은이도 배우는데 다 할 수 있습니다. 우리 새롭게 인생을 사십시다.

(고등학교 국어 상, 교육부)

한국의 문화유산 韓國文化遺產

1. 건축 建築

©한동건

©한동건

경복궁 근정전 景福宮勤政殿
조선 시대 朝鮮時代
조선 시대 궁궐 朝鮮時代宮殿

부석사 무량수전 浮石寺無量壽殿
고려 시대 高麗時代
팔자 모양의 지붕과 간결한 기둥
八字形屋頂和簡潔有力的柱子

무위사 극락보전 無為寺極樂寶殿
조선 시대 朝鮮時代
간결한 직선과 균형 있는 구조
簡潔的直線和均衡的結構

2. 회화 繪畫

단오도 신윤복 端午圖 申潤福
조선 18세기 朝鮮18世紀
치밀한 구도와 장난스러움이 있는
풍속도 精心的構圖和調侃嬉鬧的風
俗圖

송도기행첩 강세황
松都紀行帖 姜世晃
조선 18세기 朝鮮18世紀
따뜻한 색감과 명암의 묘사
溫暖的色彩和明暗的描繪

초충도 신사임당
草蟲圖 申師任堂
조선 16세기 朝鮮16世紀
섬세한 선과 선명한 색
精細的線條和鮮明的色彩

3. 서예 書法

석봉 한호 石峰 韓濩
조선 1583년 朝鮮1583年
짜임새 있고 힘 있는 글씨
工整有力的字體

이광사 李匡師
조선 18세기 朝鮮18世紀
떨리는 획과 둥근 모양의 글씨
顫動的筆劃和圓弧形字體

4. 공예 工藝

청자 青瓷
고려 12세기 高麗12世紀
색의 우아한 모양
色澤的幽雅造型

분청사기 粉青沙器
조선 15세기 朝鮮15世紀
활기차고 풍부한 느낌
活力充沛且豐富的感受

백자 白瓷
조선 16세기 朝鮮16世紀
곡선미와 단순미
曲線美和單純美

금동미륵보살반가사유상
金銅彌勒菩薩半跏像
삼국 6세기 중엽 이후
三國6世紀中葉以後
단순하면서도 세밀한 묘사
簡明又細膩的描繪

5. 기타 其他

양반탈 兩班假面
조선 시대 朝鮮時代
비대칭적 여유로움
不對稱的從容

기와 瓦片
백제 시대 百濟時代
소박하고 친근한 문양
樸實親切的圖案

한지공예 韓紙工藝
현대 現代
섬세한 생활용품 精緻的生活用品

떡살 糕餅模
연대 미상 年代不祥
소박하고 친근한 문양
樸素親切的圖紋

번역
翻譯

1-1 읽어 보세요 P20

가 哲秀的臉圓，鼻子扁平，額頭較寬，長得不是特別地好看，身穿牛仔褲，搭配無袖T恤，是個到處都能見到的普通孩子。如果不是因為他那望著我看的眼睛特別烏黑、滾圓，我應該就這麼走了過去。

나 母親是個典型的東方美女。略長的臉、不高不低的鼻子、像畫上去似的眉毛，以及清澈明亮的眼睛，讓人想起古代的美人圖。雖然年紀已經過了六十歲，美麗的臉龐上依然帶著淡淡的微笑，頭髮總是整齊地梳好盤起來。代替早年過世的父親扶養五個孩子長大，一定也有感到疲累的日子，然而40年來她始終是這般模樣。

다 認出了帶我走進教務室的媽媽後走來的級任老師，和我所期待的相去甚遠。我以為即使不是美麗和藹的女老師，也便會是位溫柔、細心體貼的帥氣老師才對。從他那被濺出的馬格利米酒沾到，白色汗漬已經風乾的上衣袖口開始，就令我感到不對勁了。別說頭髮上的油了，蓬鬆凌亂的頭髮，連梳都沒梳過，還有那張臉，真令人懷疑當天早上是否盥洗過。對媽媽說的話似聽非聽的這個人，竟是我的班級導師，坦白說，實在太令我失望了。

－李文烈〈我們扭曲的英雄〉－

1-2 읽어 보세요 P26

人的性格可按多種標準區分，其中利用針對壓力相關所做的研究結果，來區分的性格類型有A型和B型。A型和B型性格在特徵上具有明顯的區別。一般來說，人們都部分擁有這兩種性格，根據哪一部分的特徵較多，而被歸類為A型性格或被歸類為B型性格。

가 A型性格重視工作，屬於成就導向型，在社會上成功的可能性很高。但由於性格急躁且競爭心強

烈，容易發脾氣，對壓力很敏感，因此，這是容易罹患因壓力引起的各種疾病，或是工作中毒症（工作狂）危險性高的性格。

나 相反地，B型性格從容不迫、寬容，認為和周圍的人和諧相處最重要，屬於人際關係導向型。心胸寬大、有耐心、比較不容易激動，因此感受到的壓力較少，也不會對健康造成傷害。但經常會受到周圍的人評論自己對每件事情態度消極、行動緩慢。

다 A型和B型性格在各方面都有所差異。比如說，A型比B型擁有更多引起壓力的要素。A型會自己設立高目標，且無法忍受失敗，因此將所有事情都處理得非常完美，對於不滿意的部分不會接受，有時給人一種愛挑剔的印象。此外，就算是熬夜也一定要完成之前定下的目標，試圖毫無瑕疵做許多事。結果，A型性格得到心臟病、胃病、椎間盤突出等疾病的機率是B型性格的兩倍以上。

라 雖然性格由遺傳因素和成長環境等決定，不容易改變，但如果認為自己的性格是A型，就有必要為了健康去努力嘗試改變性格。接受沒有人可以做到完美的事實，不要勉強地制定計畫，這麼一來，每件事情都將有更多的彈性空間。

1-3 읽어 보세요 P32

가 二月冷颼颼的某一天，我在首爾市立交響樂團練習室附近的餐廳裡，與世界著名指揮家鄭明勳見面。他身上穿著樸素的普通毛衣搭配輕鬆的褲子，他說他剛剛才結束練習。我和他打招呼，跟他說毛衣跟他很搭，他便微微笑地說自己比較喜歡舒適的衣服。

나 鄭明勳四歲起開始彈鋼琴，三年後與首爾市立交響樂團協奏演出，在莫斯科柴可夫斯基國際音樂大賽中得獎等，很早就開始發揮音樂上的才能。後來他成為指揮家，1976年開始在紐約青少年交響樂團擔任指揮，1984年擔任西德薩爾布魯根廣播交響樂

團指揮，1989年擔任法國國立巴士底歌劇團指揮，目前負責首爾市交響樂團。他曾獲得義大利的托斯卡尼尼獎、法國榮譽軍團文化勳章、日本朝日音樂獎等。

다 對於從事音樂50多年的人而言，音樂到底是什麼。「是在一切都快速運轉的世界上，為人們慢慢地生活中，尋求世界的均衡。神賜給人類最偉大的禮物就是音樂。」他多次提到音樂實在是太美妙了，令我從他身上感受到對音樂的熱情。

想到從鋼琴家換成指揮家的轉變，我問他該如何做才能成為好的指揮家。他說：「我仍然覺得指揮家是奇怪的音樂家，因為在演奏時只有指揮家一個人不發出聲音。指揮家不是演奏的人，因此必須比一般音樂家付出更多的努力，才能成為好的音樂家。」

當記者問他未來有什麼計畫時，他表示到目前為止所做過的事，就是他想做的事。今後也希望能演奏好的音樂，同時希望能幫助年輕的音樂家。

라 在一個多小時的採訪過程，聆聽著他那沉穩又有力的言談，讓我彷彿陶醉在平靜的古典音樂中。韓國培育出的世界級指揮家鄭明勳，是一位真正喜愛音樂，也努力想把深愛的音樂分享給其他人的音樂家。

II. 사랑하는 마음

2-1 읽어 보세요 P52

金民錫先生：

가 您好！我們是關愛鄰舍運動總部。

春節過得好嗎？希望您與家人一起共度了溫馨又美好的時光。

나 我們為了告訴您有關今日我們應該關心的弱勢族群，而給您這封信。

다 就如您所知，我們周遭還有為一天三餐而煩惱的

人。這個好像人人都在享受著經濟富足的時代，然而從無依無靠、孤苦伶仃的獨居老人到無法飽餐一頓的飢餓孩童，在等待我們幫助的人還是很多。

라 關愛鄰舍運動總部為了帶給這些遭遇困難的鄰舍微薄的幫助，正在實施免費供餐。用於關愛鄰舍運動的米每天達250公斤，這是讓我們3,000多名的鄰舍每天都能享有一頓溫飽的份量。我們需要先生您的協助。先生您捐贈的贊助金可以讓我們的鄰舍找回希望和笑容。請您現在就伸出溫暖的雙手。

마 祝先生您闔家平安，幸福美滿。感謝您。

20xx年3月2日
關愛鄰舍運動總部 謹上

2-2 읽어 보세요 P58

牛郎與織女

從前天上的皇帝有一個女兒，由於織布織得很好便將她取名為織女。她心地善良，聰明伶俐，帝王非常寵愛織女。

到了她出嫁的時候，皇帝找到一個叫做牛郎的年輕人做女婿。牛郎是負責看管牛的人。但是結婚後的牛郎和織女非常愛著對方，兩人相愛到即使只是沒見面一下下，就活不下去的地步。結果，他們不再花心思在各自負責的工作上，只顧著一起玩樂，導致所有事情都變得一塌糊塗。皇帝看到這情景後勃然大怒。

於是，牛郎被流放到東方的天邊，織女被流放到西方的天邊。被流放的牛郎和織女被允許一年只能在陰曆7月7日夜晚，於銀河河邊相見一次。兩人便只好苦苦等待那日的到來。

終於到了那一天，兩人都去到銀河河邊，但是銀河是一條非常寬的河，別說是橋了，連艘渡船也沒有，無法見面的兩人難過得眼淚直流，淚水變成雨水降到地上。因此每年到了七月七日，這世界都會降下大雨，到處洪水氾濫，人和牲畜都飽受極大的痛苦。

想來想去別無他法，喜鵲和烏鴉決定到銀河上面搭一座橋，好讓兩人可以見面。七夕當天，全天下的喜鵲和烏鴉都飛到天上，用自己的身體搭一座橋，讓牛郎和織女踩在上面過河。牛郎和織女在烏鴉和喜鵲做成的鵲橋上，終於可以見到彼此。

從此以後，烏鴉和喜鵲每年到了七夕那日，都要到銀河為牛郎和織女搭橋。每年過了七夕，烏鴉和喜鵲的頭部羽毛就會脫落，人們說這是因為牠們搭橋讓兩人在頭上行走的緣故。

從此再也不下大雨了，不過每年七月七夕當天還是會下一點雨。據說這雨是好久不見的牛郎和織女因為太高興而留下的眼淚。

III. 가정과 사회

3-1 읽어 보세요 P78

對韓國人而言，家庭比什麼都重要。在此想藉由傳統的家庭型態—「大家庭」以及近來的家庭型態特徵，來了解韓國人的家庭意識。

一般來說，韓國的傳統家庭型態是父權制的大家庭。相對於小家庭是只由一對夫妻和未婚子女組成，大家庭則是指包含一對夫妻、已婚子女及孫子、孫女們的家庭型態。大家庭的特徵在於由身為一家之主的父親對家庭負責。所有家庭成員都尊重父親的權威、服從父親的決定。由於家庭成員眾多，彼此帶著共同體的意識，努力和睦相處，這當中有著可以在家庭裡間接獲得體驗社會的經驗，或是可以分享彼此經驗的優點，但也有家庭成員每個人的個性或創意很難得到認定的缺點。

在大家庭中，普遍由長男夫婦照顧父母，其他兒子在結婚之後就會分家。身為一家之主，擁有絕對權威的父親，在過世之後，由長子接續成為一家之主，之後再把此地位傳給下一代的長子。在這種家庭裡形成的韓國人家庭意識中，以由兒子來「傳宗接代」的意識，以及彼此血脈相連的「血緣意識」，子女對父母的「孝順」等最具代表性。

反觀現代社會具有代表性的家庭型態是小家庭，具有夫妻在家庭中地位半等在家庭問題上兩人共享權利與義務的特徵。尤其在家庭經濟和子女教育方面，常有女性比男性發揮更大作用的情況。這種現象的主要原因可以說是在於隨著女性的社會活動增加，女性也擁有了經濟能力，在子女教育上，母親的比重也增加。像這樣女性的角色增加，夫妻的權利和義務趨於平等的同時，父權制度或者以父權為中心的傳宗接代傳統也正逐漸減弱。

最近出現了更多樣的家庭型態。有週末家庭、飛雁家庭、單親家庭、再婚家庭、領養家庭、多元文化家庭等，家庭的型態變得多樣化，不結婚或是不辦理結婚登記的同居家庭、獨居的一人家庭、無法接受子女奉養的獨居老人家庭等，家庭的結構也正在發生變化。

3-2 읽어 보세요 P86

가 井邑市公告第20067號

公告

由於近來出生率急遽下降，為獎勵井邑市的生育，提供以下育兒津貼補助方案，在此向各位市民公告。

–說明如下–

1. 方案內容：對生育三位以上子女之家庭每月補助育兒津貼
2. 補助對象：戶籍登記於井邑市轄區內的家庭之第三胎以上兒童(5足歲以下)
3. 補助內容：
   1) 一般家庭兒童：每月每人20萬9千韓元
   2) 低收入戶家庭兒童：每月每人29萬9千韓元
      但已領取低收入戶家庭補助者除外。
4. 補助時間：自20xx年5月1日起
5. 公告期間：20xx年4月15日～6月15日(2個月)

如同以上公告，本市將對生育三位以上子女之家庭給予補助，請符合條件者至市政府申請補助津貼。詳細內容請查閱市政府網頁。

20xx年 4月 15日 井邑市長

나 冠岳區公告第20077號

公告

冠岳區開設由轄區內女性外籍配偶，和本地居民共同參與的烹飪教室，歡迎有興趣人士踴躍參加。

–說明如下–

가·日時：20xx. 1. 7. ~ 3. 31. (為期三個月) 每週二 09:30~11:30
나·地點：冠岳女性教室
다·人數：共20名(女性外籍配偶10名，本地區居民10名) 依據報名順序招生
라·上課：免費(材料費由本人負擔)
마·內容：
　1) 透過簡單易作的烹飪實習，輔助女性外籍配偶適應家庭生活
　2) 藉由與本地區居民共同參與的烹飪教室，提供增進情誼與文化交流的機會
바·諮詢專線：871-1279 (冠岳女性教室)
사·交通：參考附件

20xx年 12月 15日 冠岳區廳長

3-3 읽어 보세요 P94

根據調查，結婚的夫婦最希望從對方身上聽到的話是對彼此的信任和安慰。專業民調機構—民意研究所最近以「夫妻」為主題，對5,000名30～50歲已婚者（男女各2,500名）實施問卷調查的結果顯示，當被問到對方說什麼話最能帶來力量時，丈

夫的選答是「我相信你」（71%），妻子的選答是「很辛苦吧？」（49.5%）。當被問到想對配偶說的話時，有46.4%的受訪者回答「永遠只愛你一人」，排名第一。此外，當問到什麼時候對伴侶感到最生氣時，最多人回答的是「當對方說出輕視我的話時」（29%）。

丈夫心目中的最佳妻子形象是「像朋友一樣的妻子」（43.5%），相反地妻子心目中的最佳丈夫形象是「愛家的丈夫」（49.5%）。當問到是否下輩子也想和現在的伴侶再結婚時，有超過一半的受訪者，61.7%的人回答「會和現在的伴侶結婚」。但是回答「會和現在的伴侶結婚」的男性受訪者有71.5%，女性受訪者則是54.4%，可以看出性別上的差異。

有49%的人回答說：「即使有子女，如果不喜歡也可以離婚。」調查結果顯示，約有一半的受訪者認為子女不會成為離婚的絆腳石，而且調查發現，和男性（44%）相比，女性（55%）對離婚的想法更加積極。另外，同意「雙薪家庭仍由女性負責家事」的受訪者中，不只女性（27%），就連男性也只有37%，由此可知男女對家事分擔的思考方式，已與過去截然不同。此外，對於「男性也可以依照不同的情況成為全職的家庭主夫」，男性（65.4%）和女性（69.4%）不分性別都有類似的傾向。

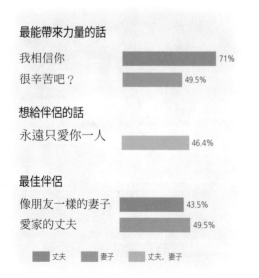

最能帶來力量的話

我相信你　　　　　71%
很辛苦吧？　　　　49.5%

想給伴侶的話

永遠只愛你一人　　46.4%

最佳伴侶

像朋友一樣的妻子　43.5%
愛家的丈夫　　　　49.5%

■ 丈夫　　■ 妻子　　■ 丈夫. 妻子

4-1 읽어 보세요 P118

這本書具體舉例介紹了從1900年代初期到最近被歸類為具發展性的職業。閱讀這本書，可以再次感受到許多職業隨著時代的發展而誕生，因具發展性而深受大家歡迎，到後來又逐漸消失。

其中有許多職業在現今很難見到。最具代表性的例子就屬公車的車掌小姐，她們負責收公車費、介紹目的地等相當重要的角色。車掌小姐在1928年第一次出現，在當時是比現今空服員還受歡迎的職業。後來到了全民努力推動經濟發展的1960年代，到處都舖設了大馬路，公車的數量一輛一輛地增加，車掌小姐的職業逐漸變得普遍。之後，公車裡裝設自動門等各種自動化設備，車掌小姐失去立足之地，於是從1980年代後期起就再也找不到他們。

有這種隨著時代變遷而消失的職業，也有正在大幅成長的新興職業。本書舉電腦領域作為具代表性的例子。現在已經變成從事一般工作的人，也必須考取電腦相關證照才能執行業務的時代。然而人們對這種資訊科技領域的工作開始有興趣的時間點，也不過就在20多年前而已。如今電腦正為我們生活帶來全面性的影響，因此我們對電腦繪圖設計師、網站管理師、程式設計師等電腦相關職業不再陌生。

透過這本書觀察職業的變遷，我們發現到的事實是，職業也和人一樣，會隨著時代經歷誕生、成長與消失的過程。現代的職業世界比過去更快速地變化，正確地了解過去，並且正確地看待未來比任何時候都重要。因此，除了從現在的時間點觀察職業以外，我們也需要有依據時代和狀況變化來觀察職業的智慧。

「徵才」

招聘新員工廣告

首爾電腦股份公司為因應業務擴大，將招聘新進員工，相關辦法如下。歡迎青年俊才報名。

- 招聘部門：業務（國內/海外）、開發
- 錄取人數：00名
- 應徵資格：專科以上畢業者/男子已服完兵役或免服兵役者/無被限制海外旅行之事由者
- 報名期間：20xx年3月1日〜3月25日
- 遴選程序：第一輪書面資料審查/第二輪筆試/第三輪面試
- 繳交資料：求職報名表1份
  　　　　　自我介紹1份

※以下文件僅限書面資料審查合格者於事後繳交
　最終學歷畢業證書1份、成績證明書1份、身分
　證影本1份（外國人繳交外國人登錄證影本或護
　照影本1份）
※所繳交之資料概不歸還

- 錄取者公布：僅對書面資料審查合格者個別通知

※其他詳細內容請洽詢人事部門(02-880-6999)。

V. 가르침과 배움

　　韓國是一個國土狹小、自然資源不豐富的國家，在達到目前的經濟成長過程中，受過教育的人力資源一直扮演著重要的角色，因此在韓國社會，教育所佔的比重相當高。

　　韓國政府在獨立後的1949年制定教育法，引進美國的6-3-3-4學制，成為韓國教育制度的根基。韓國的學制以小學6年、國中3年、高中3年、大學4年為主軸，同時還提供2年的幼稚園教育和2〜3年的專科大學教育。學校依照辦學體制分為國立、公立和私立三種。此外，也將到國中為止的教育課程定為全體國民的義務教育，一個學年是兩學期制，學期於3月和9月開始。學期結束後各有一段假期，小學、國中、高中的寒假一般是12月底到隔一年的1月底，暑假是7月底到8月底。

〈韓國的學制〉

初等教育	中等教育			高等教育
小學6年	國中3年	高中3年		大學4年
		普通高中	技術型高中	特殊目的高中	專科大學2年
義務教育				

* 以農業、工業、資訊通信等專科教育為主的高中。
** 科技高中、外語高中、藝術高中、體育高中等以特殊目的之教育為主的高中。

　　進入國中和高中的入學考試早已轉變為免試入學，不過進入大學則須考試。想進入大學，需要高中在校成績、修學能力測驗成績，還要通過各大學的申論考試、面試等。為此，學生在學校上很多課，甚至出現「考試地獄」的說法，為了在激烈的競爭中取勝，大部分的學生都在額外接受補習班、個人家教等課外教育。韓國教育最大的問題在於重視學歷的社會氛圍，導致形成了以考試為主的學校教育，並使課外教育的比重增加。最近，為了解決這樣的問題且實施真正的教育，也產生了推動替代教育的學校。

　　韓國的教育也受到「有教育熱潮卻沒有教育」的批評。為了落實正確的教育，教育制度持續地在改變，但仍然還有許多地方有待改善。打造國民的教育熱潮和政府的教育政策協調一致的理想制度，可以說是未來韓國教育的一大課題。

韓石峰的母親

　　和做糕餅生意的母親一起生活的韓石峰從小就很會寫字。但是因為家裡窮，沒有錢可以買紙，必須在石頭或樹葉上寫字。當寫字的才華越來越精練之後，石峰為了進一步學習寫字而住進寺廟裡。然而隨著時間的流逝，他對母親的思念日漸加深。石峰來到寺廟已經3年了。

　　「這樣夠了吧，應該可以不用再練字了。」

　　帶著這樣的想法，石峰收拾好行李回家去了。房屋的窗戶上，映照著媽媽在微弱的燈火下切著米糕的身影。

　　「媽媽為了我的學費，到這麼晚還在切米糕啊！不過從現在起不用擔心了，我已經都學會了，以後可以靠我的力量來好好侍奉她了。」

　　石峰突然打開門，語帶喜悅地叫著媽媽。媽媽聽到石峰的喊叫聲，停下手邊的工作回頭看了看，但不知道為什麼，媽媽的表情並沒有很高興。

　　「媽媽，我已經完成學業，現在回家了。三年來在廟裡讀書的時候，媽媽的面容經常清晰地浮現在我眼前。從今以後我會工作，會好好地侍奉您的。」

　　「我不求過得舒服，再怎麼辛苦，只要你能好好讀書，成為一個優秀的人，這樣就夠了。你說都已經學完了，讓我看看你學了些什麼吧。」

　　燈火一關，母親讓石峰在黑漆漆的房裡寫字，她自己則在石峰旁邊默默地切著米糕。過了一會兒，打開燈火一看，母親切的米糕每塊都沒有大小不一，很均勻，石峰寫的字卻是歪歪扭扭，不管是大字還是小字，沒有一個字寫得好。石峰把頭低下來。

　　「這樣還能說你已經完成學業了嗎？現在馬上回去再多學學再回來。在閉上眼睛後也能像這些米糕一樣，把字寫得整整齊齊以前，別做回來的念頭。」

　　石峰什麼話也說不出來，走著夜路再次回到寺廟。並遵照母親所說的話，他更加努力學習，後來不僅在朝鮮，甚至在中國也成為了有名的書法家。

　　美國電影《春風化雨》（Dead Poets Society）描寫一個老師在一所以進入知名大學為終極目標的學校裡，用真正的教育喚醒學生的過程。電影的內容是，在一所大部分的畢業生都進入知名大學的學校裡，學生都受到嚴格的教育，但有位新來的老師採用生動的教育喚醒青少年的感性。

　　在電影裡面，學生們逐漸發現自己過去沒有體察到的自我，也沉浸在生動有趣的學習之中。在以填鴨式教育為主的學校裡，老師培養溫暖的人情味和自由精神的感人故事，不僅在美國，在我國也大受歡迎。在這部電影中呈現出的學校教育方式，也就是為了進入大學而實施的填鴨式教育，與我國的實際情況頗有相似之處。

　　有一位母親看到就讀國中的女兒正在準備考試，嘴裡喃喃背誦著「讓雞蛋煮半熟的方法」，「在鍋子裡放進多少水，放入雞蛋幾分鐘後……。」她的女兒正在用這種方式讀書，可能因為背不太起來的關係而皺著臉煩躁。

　　「孩子，乾脆跟我一起煮個雞蛋試試看吧！」

　　那天，媽媽和女兒在廚房煮雞蛋，不過因為煮太久，雞蛋變成全熟。於是用其他雞蛋再煮一次，這次火候控制得很好，呈現半熟的狀態。幾天後，從學校放學回來的女兒告訴媽媽：

　　「媽媽，今天老師稱讚我，她說這次考試寫出如何讓雞蛋全熟、如何讓雞蛋半熟的學生只有我一個人。」

　　這個故事是很好的例子，讓我們看到一邊畫底線一邊背誦的讀書方式，和直接實際嘗試後，藉由失敗和成功來學習的讀書方式之間的差異。讀書的方法也有很多種，其中具代表性的是背誦式讀書法

和解決問題式讀書法。如果強記煮雞蛋的方法屬於背誦式，那麼直接嘗試煮雞蛋就可以說是解決問題式的方法。我們需要進一步探討用哪一種方式教導學生讀書才有成效。

VI. 한국 탐구

6-1 읽어 보세요 P178

가 當我第一次想來韓國時，我對韓國不太了解，不，應該是一無所知才對。韓國到底是什麼樣的國家，韓國人是什麼樣的人，我在毫無知識背景的情況下，抱著「去一次看看」的心態就來到韓國。當時我沒想到這個選擇會對我的人生別具意義。但是這次無比衝動的韓國之行，成為我全新理解世界的精采經驗，同時也成為完全改變我人生的重要事件。

나 2年前的冬天，在學校附近租到頂樓的我，開始了在首爾的生活。樓下住著房東夫婦及其兒女一家四口，對他們一家而言，有好一段時間我應該是個外國來的陌生鄰居吧。在樓梯間遇到了也總是面無表情的叔叔、阿姨，他們的臉就像冷颼颼的天氣一樣，讓我覺得很陌生。但是有一天我突然要搬家，那時我才約略明白韓國人的人際關係。房東阿姨看到我正在煩惱如何搬東西，便幫我借了「朋友的朋友的丈夫的車子」。房東叔叔聽到我要搬家的消息，也問我：「一個人搬家很吃力吧？」並幫助我打包行李。當然學校的朋友也幫我搬行李、整理行李。在經歷這些人際關係時，我才隱約了解到韓國人所謂的「情」。

다 2002年韓日世界盃時，韓國人開心興奮地在街道上加油，給我深刻的印象。在韓國生活的期間，經常可以在街上或市場等各個地方看到這種熱情的景象。我甚至發現在我的故鄉想都想不到的事，在韓國也可能發生，讓我感到驚訝。尤其銀行處理事情的態度充滿活力，令我感嘆萬分。在我的國家，如

果銀行等候表上的排序是10人以上時，就要有要等待一個小時的心理準備。但是在韓國的銀行，半個小時就夠了。這樣的服務正好展現出韓國人積極又有朝氣的特質，我認為正是因為這樣的特質，韓國的經濟才有可能快速成長。「動感韓國」這句話表現出韓國精力充沛的形象，從中能再一次感受到韓國人工作時精神抖擻的特質。

라 來韓國之前，我是一個20歲的大學生，主修經濟學，整天都待在圖書館裡，是個不太主動的人。但是現在我22歲了，主修韓國文學，成為一個喜歡韓國的留學生。不知不覺間我也變得愛吃泡菜，如果有老年人搭公車，就會馬上起身讓座，有時我也會想趕快把事情做完，或許我已經習慣於韓式生活。我想，或許我所發生的這些變化，是因為有人情味豐富的韓國人、充滿活力的韓國生活。

6-2 읽어 보세요 P186

韓國人覺得什麼是美呢？據了解韓國式的美判斷基準經常是「風采」。專家們認為，韓國式的風采有兩個具代表性的特徵，一個是質樸，另一個是自然。

韓國式的風采有不加修飾的樸實味道，具有這種特徵的文物有白瓷月亮缸。白瓷月亮缸沒有精緻的裝飾，也沒有使用美麗的色彩，是一款只使用白色燒製成的陶瓷。它的模樣不是歪扭的圓弧，也不是完美的圓形，帶有自然又隱約的美。像這樣因著寬身與純淨而獲得高度評價的白瓷月亮缸，無疑是展現韓國質樸之美的代表文物。

若要用一句話說明韓國式風采的另一個特徵，那就是自然。能將自然的韓國風采呈現出來的最具代表性文物就是朝鮮時代的木製工藝品。朝鮮時代的木製工藝品特點在於把人工裝飾減到最少，使用簡潔的線與面，並且保留木材本身具有的木紋之美，製造出一種別具風采的產品。

除此之外，還有其他韓國式風采的特徵要素。舉例來說，有學者認為破格之美是韓國式的風采特

徵。「破格」是指跳脫固定的模樣，破格的特性呈現出韓國式的自由。某散文家介紹的蓮花造型青瓷硯滴可以舉例作為呈現破格之美的文物。這個硯滴上的蓮花全部都整齊地排列著，唯獨一片花瓣微微往旁邊彎曲。就像這樣，在均衡之中，視覺上不顯得突兀的不均衡就是破格之美。另外，也有人將餘白之美選為韓國式的風采。例如，我們觀察傳統的韓國畫會發現和西洋畫不同，有空白的空間，透過這些空白處留下的空間可以展現畫中之美。

就像所有一切都會隨著時代而變遷一般，「美」的判斷標準也會隨著時代而改變。如今的韓國人也會從成熟幹練或華麗的姿態中感受到美，但是仍然有很多韓國人會從自然、樸實的形象中發現韓國之美，並且為了讓這種風采再現，將周遭打造出獨特的風貌而努力著。

보충 자료

사랑하는 마음 P204

友情的銅盆拌飯

我上中學的70年代，大家都很貧窮。那個時候，一到午飯時間，沒辦法帶便當來，而只能用自來水充饑的同學大約有十名。我的死黨成鎬也是其中之一。

我想兩人將就著一起吃我帶來的便當，把湯匙遞給成鎬。「哈哈，男子漢碰朋友的飯碗，這樣行嗎？我，堂堂李成鎬，餓一頓飯死不了的。」然而我讀得出來隱藏在不好意思的表情後面的、那小子皺掉的自尊心。

但是隔天午飯時間，班長突然拿出一個很大的銅盆。「同學們，我們一起做拌飯吃吧！」班長的話才說完，十多名的孩子立刻把各自的便當盒蓋打開，把飯和菜倒進銅盆裡。接著，班長還加入辣椒

醬，開始火速地拌起飯來。過一會兒後，裝在銅盆裡的拌飯竟然出乎意料地倍增。這次我信心十足地把湯匙遞給成鎬。剛開始有些猶豫的成鎬也馬上笑嘻嘻地接下湯匙，我們也跟其他孩子一樣衝向銅盆拌飯。

不僅那些把自己的便當倒出來的孩子，連平常用白開水填飽肚子的孩子也都跑過來，一起津津有味地吃著拌飯，但是完全沒有人覺得自己的飯被搶走，或覺得自己搶了別人的飯來吃。

升了年級之後大家的班級都不一樣了，但是一到午飯時間，我們就會聚在一起做拌飯來吃。直到我們從學校畢業後，這些日子以來變得破爛不堪的銅盆才回到班長的家。

30年後的今天，我們只要聚在一起，還是會像以前一樣做銅盆拌飯來吃。把光頭時期的珍貴回憶當做拌飯材料放進大銅盆裡後，一次又一次攪拌著熱呼呼的心。

직업과 직장 P206

自我介紹

· 成長過程

我於19xx年9月25日出生於中國上海，是家中一男二女中的長女。父親是漢族，母親是朝鮮族。父親經常對我說：「凡事都要盡力做到最好。」母親總是透過生活告訴我們為他人設想的重要。此外，父母也向作為長女的我強調在家中扮演的角色和應有的責任感。

高中畢業後進入中國北京大學韓國語系就讀。大學1～2年級除了主修的學業之外，也積極參與電腦和戲劇部活動，我也和韓國留學生組成聯會，製作韓語戲劇並對外表演。2年級結束後，下定決心正式地學習韓語，因此來到韓國留學，就讀韓國大學國語國文系。

· 個性優缺點

　　常聽到人們說我的個性開朗，燦爛的笑容令人開心，我想這是因為我有著肯定的思考，認為有問題就會有解法。可能因為是長女的關係，對身邊的人充滿關懷與愛，也善於表達親切，所以結交了很多朋友。身邊我所愛的人們都是我人生中珍貴的財富。對於下定決心的事，我都努力儘快實踐，但是只要是我主要負責的工作，我會有急於進行的傾向。目前為止還不曾因為急性子的個性而出問題，但今後工作時若擔負重責大任，我會努力更慎重地處理事情。

· 經歷與專長

　　我上大學前在韓國大學語言教育院修畢韓語課程六級。之後為了更熟練地掌握簡潔的韓語表達，我也修了研究班課程。進入韓國大學國語國文系之後，與外國留學生進行主修科目研討會，在課業上全力以赴，同時也加入登山社，愉快地參與活動。我的韓語能力透過大學生活大幅提升，在閱讀、聽力方面非常有自信，生活會話也完全沒有不方便的地方，報告與討論現在也變得相當熟練。

　　此外，從大學時期至今，我負責許多翻譯和口譯的工作。大學在學期間負責過電影、連續劇、網頁等翻譯，畢業後也在和信電子、新新建設、世進重工業等企業擔任口譯或翻譯進出口相關文件。這段期間我所負責的工作成果以附件的方式提交，敬請參閱。

· 應徵動機與被錄取後的抱負

　　擔任翻譯時，在國際會議上瞭解並感受到它的魅力，我也希望能在這充滿魅力的領域中，成為負責某領域的專家，期望至今所累積的學經歷都能發揮在此領域上。未來無論在何種環境下，都將帶著燦爛的微笑和親切的態度工作。我知道我還有許多不足的地方，因此未來將持續不斷地認真努力。

求職申請表

	姓名	(韓文)	김철수	身分證字號		850531-1123XXX	
		(漢字)	金哲洙	年齡	27	聯絡電話	02-880-5488
	地址		首爾特別市冠岳區冠岳路1		應徵職務		開發單位

	學歷類別	年月	學校名稱	學年	主修	是否畢業
學歷項目	高中	2004. 2.	○○高中			畢業
	大學	2008. 2.	○○大學		電腦工程系	畢業
	研究所	2011. 2.	○○研究所		電腦工程系	畢業

	公司名稱	任職期間	職稱	負責業務
經歷項目	韓國電腦	2007. 7.~ 2007. 8.	實習員工	支援開發

	種類	能力		取得日期	資格證明
外語	英文	上 ⊕ 下	證照	2006. 11	資訊處理技師
	中文	上 ⊕ 下		2007. 2	電腦保安專家

六十歲學韓文

金德禮

您好，我是六十多歲的老奶奶金德禮，是晚年才在「東部基礎學校」學習韓文的樹木班學生。韓文學習至今已超過兩年，但困難的有終聲的字還是都會寫錯，真不知道該怎麼辦才好。

雖然我們這年紀的人出生在艱困的時代，都沒讀什麼書，但在我小的時候，人們都說女孩子只要讀書八字就會帶冲，因此父親絕對不讓我學習。沒想到這件事就這樣成了我這輩子的遺憾。我先生也問我：「到現在都過得好好的，沒有任何不方便，為什麼突然刻意地想去學那種東西？」他對於我學韓文這件事並不以為然。

沒有人了解那種悲傷的心情（真的，連兒媳婦也不明白）。我因為擔心可能會有人叫我寫字，所以不去人多的地方，也從來不能到銀行取款。簡單地說，我就像個睜眼的瞎子。有個太太每次去銀行都故意用繃帶把手纏起來，看起來就像受傷不能寫字一樣，以便拜託其他人幫忙寫，她這流淌著血淚的故事就和我的心情一樣。但是現在我覺得活在世上很有趣也很幸福。現在走在路上有許多我認識的字，我不用感到害怕，去銀行也能輕輕鬆鬆地領錢，從前都不知道原來識字這麼好。

事實上過去我跟我先生和女兒學韓文字母「기역、나은、……」幾個字，但不斷地被挖苦，害得我自尊心受傷，放棄學習。後來女兒在電線桿上看到韓文學習的招生海報，便抄寫下來，給我一個電話號碼，那就是「東部基礎學校」。我立即按照抄在上面的電話打過去報名，有時還帶著孫子去上課，一天都沒缺席地努力學習。

很感謝不拿一分薪水，一早就來教我們這些目不識丁的人韓文的老師們，而不能放棄。我要認真學習，不管是80歲還是90歲也要參加檢定考試。現在我認識了另一個世界，旁邊也有值得感謝的人們在幫助我，絕對沒有克服不了的困難。有句話說：「學習的痛苦只有一時，沒學的痛苦卻是一輩子。」沒學過韓文的太太們、奶奶們！不要猶豫了，趁現在鼓起勇氣來學韓文吧！我這個老人家都在學了，各位一定都可以辦到。讓我們活在新的人生吧！

（高中國語獎，教育部）

듣기 지문
聽力原文

1. 갸름한 얼굴에 긴 생머리

들어가기 _ 들어 보세요　🔊 p.18

여자 1 : 고3 때 수학 선생님 결혼하셨다는 소식 들었니? 남학생들 사이에 인기 정말 좋았잖아.

여자 2 : 아, 그 눈 동그란 선생님? 응, 그랬지. 근데 첫 수업 시간에 갸름한 얼굴에 긴 머리를 단정하게 묶고 들어오셔서 우리 모두 오해했잖아.

여자 1 : 오해?

여자 2 : 예쁘게 미소 지으면서 조용조용 가르쳐 주실 줄 알았는데 말이야. 우리가 떠들어도 야단도 잘 못 치실 줄 알았거든. 근데 우리 학교에서 제일 무서운 선생님이었지, 아마?

듣고 말하기 _ 들어 보세요　🔊 p.22

남자 : 　여자는 출입문이 잘 보이는 자리에 앉았다. 마음에 들지 않는 남자가 나오면 슬쩍 일어서 나가기로 마음먹고 빨간 모자는 무릎 위에 두었다. 왠지 긴장이 됐다. 선배 언니의 말대로라면 정말 괜찮은 사람일 거라는 기대 때문일 것이다.

　문이 열렸다. 미리 약속한 대로 검정색 코트에 목도리를 한 남자가 들어왔다. 남자의 인상은 다소 차가워 보였다. 약간 각이 진 턱, 뒤로 빗어 넘긴 머리, 방금 면도한 듯 깨끗한 얼굴이 차가운 인상을 주었다. 짙은 회색 바지에 잘 닦은 구두를 신은 이 남자가 바로 기다리던 사람이다 싶어 여자가 무릎 위의 빨간색 모자를 쓰는 순간, 남자가 활짝 웃으며 손을 들어 올렸다. 여자도 손을 들었는데 그녀의 이상형은 그녀 옆을 지나가 버렸다.

　이때 문으로 또 다른 남자가 들어왔다. 그

남자도 검정색 코트에 목도리를 두르고 있었다. 그러나 좀 전의 남자와 달라도 너무 달랐다. 멋을 내어 묶은 목도리 때문에 목은 더욱 짧아 보였고 유행을 따라 앞머리를 짧게 잘라서 그런지 둥근 얼굴은 더욱 더 동그랗게 보였다.

여자는 고개를 숙이며 서둘러 일어서려고 했다. 그때 여자의 눈 앞에 검정색 양말에 흰색 운동화를 신은 남자의 발이 멈추어 섰다.

'이건 날 무시한 거야. 어떻게 이런 차림으로 나올 수가 있지?'

"김지수 씨 아닙니까?"

남자는 도수 높은 안경 너머 작은 눈을 빛내며 여자를 내려다보고 있었다.

"네, 네…, 저… (아니요. 전 김지수가 아니에요! 절대 아니에요. 아! 이런. 빨간 모자.)."
여자는 머리 위에 불이 붙은 것만 같았다.

2. A형 성격과 B형 성격

들어가기 _ 들어 보세요 🔊 5))) p.24

여자 : 저는요, 딴 사람을 의식을 많이 하고요. 어떤 일을 할 때 편하게 생각하면 될 일을 가지고 여러 가지 걱정이 많은 소심한 성격이에요. 그래서 작은 일에도 스트레스를 받아요. 모든 일을 틀리지 않게 해야 하고, 꼼꼼하게 해야 마음이 편해져요. 그렇지만 그러면서 저는 엄청나게 스트레스를 받게 돼요. 좀 털털하고 느긋하게 살고 싶은데…… 선생님, 이런 제 성격을 고칠 수 있는 방법 좀 알려 주세요.

듣고 말하기 _ 들어 보세요 🔊 7))) p.28

아내 : 오늘로 우리가 결혼한 지 벌써 20년이 되었네요. 당신과 처음 만났던 날이 바로 엊그제 같은데요.

남편 : 아이들 키우고 불같은 내 성격 맞추고 사느라 당신이 고생 많았어요.

아내 : 그거야 당신도 마찬가지지요. 내 느긋한 성격 때문에 당신도 많이 답답해했잖아요.

남편 : 말로는 그랬지만 사실은 당신의 편안하고 여유 있는 성격이 부러웠어요.

아내 : 하긴 결혼 초에는 매사에 빈틈이 없고 완벽해 보이는 당신 모습이 매력적으로 보였는데 이젠 오히려 걱정스러워요. 당신 같은 성격이 건강에는 무서운 적이라잖아요.

남편 : 당신 말이 맞아요. 이제 우리도 내일 모레면 50인데 무엇보다도 건강을 조심해야지요.

아내 : 당신 말을 들으니 이제 좀 마음이 놓이네요. 당신이 항상 화도 잘 내고 경쟁심이 강해서 얼마나 걱정이 되는지 아세요? 얼마 전에 신문에서 보니까 당신 같은 성격을 가진 사람이 심장병에 잘 걸린대요.

남편 : 암 환자도 좀 털털하고 느긋한 사람이 꼼꼼하고 급한 성격을 가진 환자들보다도 더 오래 산다지요? 나도 이제 웬만한 일은 마음대로 안 돼도 편안하게 생각하도록 노력해 볼게요.

3. 만나고 싶은 사람

들어가기 _ 들어 보세요 🔊 8))) p.30

아나운서 : 오늘 문화 코너에서는 여행가 한비야 씨의 책을 만나 보겠습니다. 지은희 기자, 어떤 책을 소개해 주시겠습니까?

기자 : 오늘 소개할 책은 한비야 씨가 쓴 '걸어서 지구 세 바퀴 반'이라는 책입니다. 한비야 씨는 어릴 적부터 세계 여행을 꿈꾸었다고 하는데요. 30대 중반에 안정된 직장을 그만두고 아프리카로 여행을 떠났는데, 이 여행이 한비야 씨의 인생을 바꾸었습니다. 그 후 7년간 전 세계를 여행하며 경험한 내용을 정리하여 이 책을 냈습니다. 한비야 씨는 현재 네티즌이 만나

고 싶은 인물 1위라고 하는데요. 새로운 인생을 꿈꾸는 분이라면 먼저 이 책을 읽어 보시기 바랍니다.

듣고 말하기 _ 들어 보세요 1　🔊 10 p.35

기자 : 바쁘실 텐데 이렇게 시간을 내 주셔서 감사합니다. 최근 선생님께서 하시는 '찾아가는 음악회'에 서울 시민들의 관심이 뜨겁습니다. 선생님께 음악이란 어떤 것입니까?

정명훈 : 글쎄요. 모든 것이 빨리 돌아가는 세상에서 천천히 가면서 세상의 균형을 맞추어 주는 것, 그런 것이 음악이 아닐까 합니다.

듣고 말하기 _ 들어 보세요 2　🔊 11 p.36

기자 : 바쁘실 텐데 이렇게 시간을 내 주셔서 감사합니다. 최근 한 조사에서 선생님이 대학생이 만나고 싶어 하는 인물로 뽑히셨는데요. 이만큼 선생님에 대한 사람들의 관심이 뜨거운 것 같습니다. 선생님은 50년 넘게 음악을 하고 계시는데요. 선생님께 음악이란 어떤 것입니까?

정명훈 : 글쎄요. 모든 것이 빨리 돌아가는 세상에서 천천히 가면서 세상의 균형을 맞추어 주는 것, 그런 것이 음악이 아닐까 합니다. 신이 인간에게 주신 가장 위대한 선물이 바로 음악이라고 할 수 있겠지요.

기자 : 선생님은 네 살부터 피아노를 시작하셨지만 중간에 지휘자로 진로를 바꾸셨는데, 지휘자에게 재능과 노력 이 둘 중에 어느 것이 더 필요하다고 생각하세요?

정명훈 : 어느 정도 음악적인 재능을 타고나는 것도 중요하지만, 저는 항상 꾸준히 하는 타입이어서요. 둘 중에서 노력이 더 중요한 것 같아요.

기자 : 선생님께서는 가장 좋은 음을 내기 위하여 30분간 같은 음을 연습하게 할 정도로 완벽

한 걸 좋아하신다는 이야기를 들었는데요. 선생님께서 생각하기에 지휘자는 어때야 한다고 보세요?

정명훈 : 저는 아직도 지휘자는 이상한 음악가라고 생각해요. 연주할 때 지휘자만 혼자 소리를 안 내니까요. 이렇게 지휘자는 연주를 하는 사람이 아니기 때문에 일반 음악가보다 노력을 훨씬 많이 해야 좋은 음악가가 될 수 있어요.

기자 : 혹시 현재 계획하고 있는 거라든가, 앞으로 하고 싶은 일이 있다면 어떤 일인지요?

정명훈 : 그런 질문을 받을 때마다 대답할 말이 없는데요. 왜냐하면 여태까지 한 것이 하고 싶은 거고 지금까지 해 온 일이 그런 것이고, 또 그걸 계속할 거니까요. 그리고 또 하나, 하고 싶은 일은요. 그동안 제가 워낙 많이 받았으니까, 제가 받은 것을 돌려주어야겠다고 느끼고 있습니다. 그래서 이제까지도 해 왔지만 앞으로도 젊은 음악가를 도와주는 프로그램을 하고 싶습니다.

기자 : 귀한 시간 내 주셔서 감사합니다. 앞으로 더욱 좋은 음악 부탁드립니다.

Ⅱ. 사랑하는 마음

1. 사랑의 손길

들어가기 _ 들어 보세요　🔊 12 p.50

남자 : 안녕하세요. 저희는 성금을 모아 어려운 이웃을 돕는 단체입니다. 저희 단체의 상징인 세 개의 열매는 각각 나, 가족, 이웃을 의미합니다. 빨간색은 따뜻한 사랑의 마음을 뜻하고, 세 개의 열매가 한 줄기로 모아진 것은 함께 사는 사회를 나타내고 있습니다. 여러분들이 보내 주시는 성금은 이웃 사랑을 실천하는 데 사용됩니다. 작은 정성이 모여서 사회를 더욱

아름답게 만들 수 있습니다. 여러분의 따뜻한 손길을 기다립니다.

듣고 말하기 _ 들어 보세요 🔊 14 p.54

진행자 : 오늘은 십시일반운동본부의 강준식 회장님을 모시고 이야기를 나눠 보겠습니다. 안녕하십니까? 회장님.

강준식 : 안녕하세요?

진행자 : 우선 단체 이름이 관심을 끄는데요. 십시일반운동이라는 것은 어떤 것입니까?

강준식 : '십시일반'이라는 말은 '열 숟가락이 모이면 밥 한 그릇이 된다'는 말이잖습니까? 이 말처럼 작은 정성을 모아 불우 이웃에게 큰 사랑과 희망을 전하고자 하는 운동입니다. 무엇보다 이 세상에 밥 굶는 이웃이 없도록 하자는 것이 십시일반운동의 목표입니다. 감사하게도 많은 분들이 후원금을 보내 주셔서 저희들이 전국 50개 급식소에서 노숙자나 독거노인 등 끼니를 해결할 수 없는 사람들에게 무료 급식을 하고 있습니다.

진행자 : 지난 9월 15일은 아주 특별한 날이었다고 들었습니다.

강준식 : 네, 십시일반운동이 10주년을 맞은 날이었습니다. 이것을 기념하기 위해 1,000명이 모여 큰 밥그릇에 비빔밥을 만들어서 함께 먹는 행사를 했습니다.

진행자 : 1,000명분 비빔밥이라면 정말 큰 그릇이 필요했겠군요. 다른 음식도 많은데 비빔밥을 만드신 특별한 이유가 있습니까?

강준식 : 비빔밥은 신비한 음식이거든요. 자기 밥과 반찬이 따로 있을 때는 별로 많아 보이지 않지만, 모두 모아서 비비면 그 양이 두 배로 늘어나서 다른 사람들까지 같이 먹어도 모자라지 않게 되지요. 모두의 마음을 합해 불우 이웃을 돕자는 정신을 보여 주고 싶었습니다.

진행자 : 그렇군요. 십시일반운동의 무료 급식은 모두 자원봉사자들이 준비한다고 하던데요. 주로 어떤 분들이 자원봉사를 하고 있습니까?

강준식 : 동네 아주머니부터 회사원, 대학생까지 아주 다양한 분들이 자원봉사에 참여해서 이웃 사랑을 실천하고 계십니다.

2. 사랑이란

들어가기 _ 들어 보세요 🔊 15 p.56

남자 : 꽃집의 그녀를 알게 된 지 벌써 두 달, 하지만 아직 얼굴조차 제대로 쳐다보지 못하고 있다. 어쩌다 눈길만 마주쳐도 얼굴이 화끈화끈거리고, 가슴은 두근두근거리고, 입술이 바짝바짝 마른다. 어떻게 말을 걸어야 할까? '저, 시간 있으면 차나 한잔하실래요?' 이렇게 말할까? 아냐, 이건 너무 옛날 방식이야. '처음 본 순간 제 운명의 짝이라고 느꼈습니다. 사귀고 싶습니다.' 이건 어떨까? 안 돼! 너무 부담스러울 거야. '저 혹시 시간 있으세요? 연극을 같이 보기로 한 친구가 못 오게 돼서요. 초대권을 버리기도 아깝고, 같이 보실래요?' 이건 너무 선수 같지 않을까?

듣고 말하기 _ 들어 보세요 🔊 17 p.60

진행자 : 오늘의 첫 번째 사연은 사랑과 우정 사이에서 고민하고 있는 한 여성 청취자의 이야기입니다. 들어 보시겠습니다.

여자 : 안녕하세요? 아무한테도 말할 수 없는 고민이 있어서 이렇게 글을 쓰게 되었습니다. 저한테는 어릴 때부터 친한 남자 친구가 한 명 있습니다. 초등학교부터 고등학교까지 같이 다녔고, 같은 동네에서 살면서 가족들끼리도 친해서 한 번도 남자라고 느껴본

적은 없었어요. 그런데 걔가 지난달에 여자 친구를 저한테 소개해 주는 거예요. 서로 첫눈에 반했다고 하더군요. 처음에는 별로 신경 쓰지 않았는데 만날 때마다 서로 너무나 잘 맞는다느니, 천생연분을 만났다느니 하며 그 여자 이야기밖에 하지 않는 거예요. 그럴 때마다 저는 그냥 "완전히 눈에 콩깍지가 씌었구나." 하며 놀리는 척했지만 사실은 마음 한구석이 쓸쓸했습니다. 어제는 걔가 저한테 "야! 너도 얼른 남자 친구 좀 찾아봐. 짚신도 짝이 있다잖아. 너한테도 짝이 있을 거야." 이러고 놀리더라고요. 그런데 저도 모르게 눈물이 나와서 감추느라고 혼났습니다. 게다가 저는 걔의 여자 친구가 마음에 들지도 않습니다. 아무리 제 눈에 안경이라지만 그렇게 남자같이 털털한 여자가 뭐가 좋은 걸까요? 제가 질투를 하고 있는 건지, 이런 느낌이 혹시 사랑인 건지 잘 모르겠어요. 그냥 친한 친구를 뺏겨서 섭섭한 걸까요? 제 감정이 사랑인지 우정인지 좀 알려 주세요.

III. 가정과 사회

1. 변화하는 가족

들어가기 _ 들어 보세요 18)) p.76

남자 : 성인 남녀 만 명에게 '가족' 하면 어떤 단어가 떠오르느냐고 물었더니 가장 많은 응답자가 '사랑'을 꼽았습니다. 그 다음이 '힘', '행복'의 순이었습니다. 이런 결과를 보면 대부분의 사람이 가족의 사랑을 통해 살아갈 힘과 행복을 얻고 있는 것 같습니다. 하지만 응답자의 5%는 '상처', '오해', '짜증' 등의 부정적인 말을 떠올렸습니다. 가족에 대해 아픈 기억을 갖고 있는 사람 또한 적지 않은 셈이지요. 그래도 누

구에게나 가족은 소중한 존재일 겁니다. 무엇보다 소중한 가족에게 오늘 사랑의 말 한마디씩 해 보시는 것은 어떨까요?

듣고 말하기 _ 들어 보세요 20)) p.80

사회자 : 사회 변화에 따라 효도의 모습도 많이 바뀌고 있는데요. 전통적인 효도의 모습은 어떠했는지, 최근에는 어떤 변화가 있는지에 대해 두 분 선생님과 말씀을 나눠 보겠습니다.

여자 : 한국 사람의 의식에서 효도는 가장 중요한 마음이었지요. 자신을 낳아 주신 부모님을 가장 중요하게 여기고 항상 감사하는 태도로 부모님을 대했습니다. 부모님께 물려받은 머리카락 하나도 소중하게 여겼으니까요.

남자 : 네, 그렇습니다. 부모님 살아 계실 때는 아침저녁으로 인사를 올리며 부모님의 건강에 늘 신경 쓰고 돌아가시면 부모님 산소 근처에서 3년 상을 지냈죠. 이에 반해 요즘은 효도에 대한 의식이 약해지다 못해 없어진 것 같아 걱정이 됩니다. 핵가족이 되면서 자식을 귀하게만 키워서 그런 것 같습니다.

여자 : 네, 저도 요즘 젊은 부모들이 아이들을 너무 보호하기만 하고 효도에 대한 생각은 키워 주지 못하는 것이 아닌가 싶어요. 그렇지만 자세히 보면 젊은 사람들도 자기들의 방식으로 부모님에 대한 마음을 표현하려고 해요. 예를 들면 딸이 엄마와 친구처럼 지내는가 하면 아들도 결혼해서 분가를 하는 경우가 많아지기는 했지만 부모와 더 가깝고 친밀하게 지내지요. 옛날과는 형태가 달라졌지만 자기 형편에 따라 자유롭게 표현하는 효가 된 것 같아요.

남자 : 하긴 부모들도 자식들에게 기대하는 것이

많이 바뀌고 있어요. 예를 들면 늙어서 자식들과 같이 살고 싶은가 하는 질문에 대해 많은 사람들이 같이 사는 게 불편하다고 응답했다고 합니다. 오히려 자식들이 경제적으로 지원을 해 주면서 부모의 독립적인 생활을 존중해 주기를 바라는 사람들이 많다고 합니다.

2. 행복한 가정을 위해

들어가기 _ 들어 보세요 `21`))) p.84

남자 : 사회 변화에 따라 정부의 가족 정책도 변화가 많았지요?

여자 : 네, 크게 두 가지가 있는데요, 하나는 출산율과 관련된 것입니다. 60~70년대만 해도 출산율을 낮추기 위해 여러 가지 캠페인을 했었지요. 그런데 현재는 저출산 문제가 심각해서 어떻게 하면 출산율을 높일 수 있는지가 정부의 큰 과제입니다. 또 하나는 다양한 가족 형태와 관련된 것입니다. 맞벌이 가정, 다문화 가정, 한부모 가정 등 가족의 상황마다 해결해야 할 과제가 다 다르기 때문에 가족 정책도 이에 따라 달라지고 있습니다.

듣고 말하기 _ 들어 보세요 1 `22`))) p.88

사회자 : 지금부터 회의를 시작하겠습니다. 오늘 회의의 안건은 우리 동네의 어려운 가정을 지원하기 위한 아이디어를 모으는 것입니다. 많은 의견 부탁드립니다.

남자 : 네, 제 생각에는 무엇보다 우리 동네 맞벌이 가정의 아이들을 위해 공부방을 좀 마련해 줬으면 좋겠습니다.

듣고 말하기 _ 들어 보세요 2 `23`))) p.89

사회자 : 자, 그럼 서울아파트 5동 주민 대표 회의를 시작하겠습니다. 오늘 회의의 안건은 어려운 문제가 있는 가정을 지원하기 위한 아이디어를 모으는 것입니다. 구청에서 공고가 났는데, 가정 지원 정책에 대한 제안을 주민들에게 받은 다음에 심사를 해서 좋은 제안은 상도 주고 실제 정책으로도 만든다고 합니다. 많은 의견 부탁드립니다.

남자 1 : 제 생각에는 무엇보다 우리 동네 맞벌이 가정의 아이들을 위해 공부방을 좀 마련해 줬으면 좋겠어요. 학교 끝나고 집에 오면 애들끼리만 집에 있어야 하는데, 위험하기도 하고 숙제 같은 것 도와줄 사람도 필요하고요.

여자 : 네, 저도 전부터 그런 생각을 했는데요. 마침 우리 동 주민 센터 2층에 빈방이 하나 있으니까 거기를 아이들의 공부방으로 하면 어떨까요? 컴퓨터나 책상은 구청에서 제공을 받는 걸로 하고요.

남자 2 : 공부를 지도할 선생님도 필요할 것 같은데요.

여자 : 우리 동네에서 가까운 한국대학교에 협조를 구하는 것은 어떨까요? 자원봉사해 줄 대학생들을 찾을 수 있을 것 같은데요.

남자 1 : 아, 그거 아주 좋은 생각이십니다.

남자 2 : 저는 다문화 가정도 좀 도와줬으면 좋겠어요. 우리 옆집 새댁은 필리핀에서 왔는데 한국말을 못하니까 매일 집에만 있어요. 그 집 할머니도 며느리하고 말이 안 통하니까 힘들어하시던데요. 가족들끼리 말이 안 통하면 얼마나 답답하겠어요. 무엇보다도 그런 결혼이주여성들에게 한국어를 가르치고 한국 생활에 적응할 수 있도록 도와주는 프로그램을 구청에서 개설하는 것이 필요해요.

3. 듣고 싶은 말

들어가기 _ 들어 보세요 🔊24 p.92

사회자 : 오늘은 '기억에 남는 말'이라는 주제로 사연을 소개해 드리고 있습니다. 이번에는 김지연 씨 사연 들어 보겠습니다.

제 어머니는 어렸을 때부터 제가 무엇을 해도 항상 너를 믿는다고 하셨어요. 저는 이 말을 들을 때마다 행복하고, 어떤 일도 할 수 있다는 자신감이 생겼어요. 나를 믿어 주시는 어머니가 계시다는 생각을 하면 두려울 것이 없었지요. 세상의 어머님들, 자녀들에게 너를 믿는다고 해 주세요. 그러면 그 아이는 더 자신 있게 인생을 살아갈 거예요.

듣고 말하기 _ 들어 보세요 🔊26 p.96

사회자 : 안녕하십니까? '라디오 세상 보기'입니다. 사회 변화가 빨라지면서 가족 형태에 많은 변화가 생기고 있고, 특히 전통적인 부부 관계가 많이 달라지고 있는 것 같습니다. 최근 남자 전업주부가 상당히 늘어났기 때문입니다. 부인 연봉이 1억이 된다면 대신 살림을 하겠다는 남편들이 많았다는 조사 결과도 있습니다. 오늘은 아내 대신 살림을 하는 남자 전업주부 세 분의 이야기를 먼저 들어보겠습니다.

남자 1 : 저는 직장에 다니는 아내를 대신해 결혼 후부터 계속 집안 살림을 맡아 하고 있습니다. 처음에는 가족이나 친구들의 따가운 시선을 견디기 힘들었지만, 지금은 살림 전문가가 다 되었습니다. 최근에는 그간의 경험을 담아서 살림에 대한 책도 냈습니다. 이제 남자도 적성에 맞으면 살림할 수 있는 시대가 되었다고 봅니다.

남자 2 : 저는 직장에서 해고된 뒤 직장 생활하는 아내 대신 어쩔 수 없이 살림을 하게 되었습니다. 가사노동이 생각보다 힘들고, 설거지할 때는 내가 지금 뭐 하고 있나 하는 생각도 들어서 마음이 편하지 않습니다. 부모님도 못마땅해 하시지만 뭐, 어쩔 수 없지 않습니까?

남자 3 : 저는 직업이 만화가라서 출퇴근하지 않아도 되니까 가사 분담을 하다가 자연히 살림을 맡게 되었습니다. 저는 아이들 학교 어머니회에도 나가는데, 제가 주장을 해서 '어버이회'로 이름도 바꿨습니다. 처음에는 다른 어머니들이 저를 이상하게 봤는데, 이제는 아이들 교육에 대한 정보도 같이 이야기하는 사이가 됐습니다. 여자들만 살림하라는 법 있습니까? 남편이나 아내 중에 더 잘할 수 있는 사람이 맡아서 하면 되는 거지요.

사회자 : 네, 잘 들었습니다. 저희가 가족과 친구들께 세 분에게 해 주고 싶은 말씀에 대해 미리 인터뷰를 한 게 있습니다. 인터뷰를 듣고 나서 더 이야기 나누도록 하겠습니다.

IV. 직업과 직장

1. 일하는 사람들

들어가기 _ 들어 보세요 🔊27 p.116

남자 : 최근 취업 준비생들에게 가장 인기 있는 직업 1위가 공무원, 2위가 교사인 것으로 나타났다고 합니다. 교수님은 이런 조사 결과에 대해 어떻게 생각하십니까?

여자 : 네, 경제가 어려워지고 사회 분위기가 점점 더 경쟁적이 되어 가니까 젊은이들이 적성에 맞는 직업보다는 안정적인 직장을 중시하는 것 같습니다. 하지만 직업의 세계는 사회 변화,

산업 구조의 변화에 따라 계속 달라지기 마련입니다. 적어도 10년 후를 내다보고 자신이 전문가가 되고 싶은 분야에서 열심히 일하겠다는 마음으로 직업을 선택하는 것이 바람직할 것입니다.

듣고 말하기 _ 들어 보세요 1 🔊 29 p.121

김민수 : 저는 산업공학과 3학년 김민수라고 합니다. 먼저 이 좌담회가 저한테 큰 도움이 되어서 감사하다는 말씀을 드리고 싶습니다. 제가 여쭤 보고 싶은 것은 취업하고자 하는 분야가 한 곳이 아닐 때 어떻게 하면 좋은가 하는 것입니다. 제 경우에는 금융업과 제조업 분야에 모두 관심이 있는데 힘들더라도 둘 다 준비하는 게 나을까요? 아니면 하나만 선택해서 거기에 집중하는 것이 나을까요?

선배 : 그러니까 각기 다른 분야에 관심이 있는데 어떻게 준비하면 좋겠느냐 이런 말씀이시지요? 제 생각에는 그 분야에 자신이 잘 맞는지를 따져 보는 것이 우선일 것 같습니다.

듣고 말하기 _ 들어 보세요 2 🔊 30 p.122

김민수 : 저는 산업공학과 3학년 김민수라고 합니다. 먼저 이 좌담회가 저한테 큰 도움이 되어서 감사하다는 말씀을 드리고 싶습니다. 제가 여쭤 보고 싶은 것은 취업하고자 하는 분야가 한 곳이 아닐 때 어떻게 하면 좋은가 하는 것입니다. 제 경우에는 금융업과 제조업 분야에 모두 관심이 있는데 분야가 다르다 보니까 요구하는 조건도 굉장히 달라 취업 준비를 할 때 두 배로 준비해야 하는 부담이 있습니다. 힘들더라도 둘 다 준비하는 게 나을까요? 아니면 하나만 선택해서 거기에 집중하는 것이 나을까요? 사람 일은 모르는 것이기 때문에 하나만 준비하기엔 위험 부담이 클 것도 같고, 그렇다고 둘 다 준비하기엔 부담감이 너무 커서 고민입니다.

선배 : 그러니까 각기 다른 분야에 관심이 있는데 어떻게 준비하면 좋겠느냐 이런 말씀이시지요? 제 생각에는 취업 준비 이전에 그 분야에 자신이 잘 맞는지를 따져 보는 것이 우선일 것 같습니다. 최근 금융업에 많은 구직자가 몰리고 있습니다. 급료도 높고 미래 전망도 나쁘지 않기 때문입니다. 하지만 막상 입사한 후에는 많은 업무량 때문에 너무 힘들다고 하소연을 하는 경우가 많습니다. 월급이 높은 만큼 일의 강도나 업무량도 높다는 것을 고려해야 합니다. 제조업의 경우는 급료가 금융업만큼 많지는 않지만 그래도 금융업보다는 여가 시간도 즐길 수 있고 자기 개발 시간도 가질 수 있습니다. 이렇게 각 분야마다 특성이 있고 장단점이 있기 때문에 가장 중요한 것은 바로 자신의 적성이 정말 그 분야에 맞느냐, 그 분야에 잘 적응하고 성장할 수 있겠느냐 하는 것입니다. 취업을 하면 일주일에 최소 5번, 하루에 8시간 넘게, 출퇴근 시간을 고려하면 결국 자는 시간 빼고는 거의 다 그곳에서 보내야 하는 게 직장입니다. 일이 적성에 맞지 않는다면 매일 싫은 일을 해야 하는 곳으로 억지로 가야 합니다. 아무리 유명한 회사라고 해도, 아무리 연봉이 많다고 해도, 자신과 맞지 않는다면 할 수 없는 겁니다.

2. 취업 준비

들어가기 _ 들어 보세요 🔊 31 p.124

여자 : 요즘 한창 기업들마다 사원 모집 하던데요.

남자 : 으응. 나도 요즘 여기저기 원서 넣고 면접 보러 다니느라 정신없어.

여자 : 저도 취직할 생각을 하면 벌써부터 스트레스가 쌓여요. 제가 아는 선배는 원서를 50군데나 내고서 겨우 취직했대요.

남자 : 너도 미리미리 준비해. 나도 취업 준비를 한다고 했는데도 막상 실제 상황이 되고 보니 더 열심히 준비할 걸 하고 후회가 돼.

여자 : 선배님은 분명히 좋은 데 합격할 거예요.

남자 : 그래. 취직 되면 내가 꼭 한턱 낼게. 아니 두 턱이라도 낼게.

듣고 말하기 _ 들어 보세요 32))) p.128

남자 : 먼저 자기소개 좀 해 주시겠습니까?

여자 : 저는 '항상 해결 방법은 있다'는 긍정적인 생각으로 살려고 노력하는 사람입니다. 그래서 무슨 일이든 적극적인 자세로 남들보다 두 배 더 열심히 하려고 노력하고 있습니다. 학교 다닐 때는 통역이나 관광 안내 아르바이트를 하면서 사람들을 보살피고 사람들의 의견을 듣고 조정하는 경험을 많이 했습니다. 또 한국에서 오랫동안 공부하고 생활하면서 한국에 대해 많은 것을 알게 되고 많은 것을 이해하게 되었습니다. 저의 이런 장점을 살려 일한다면 회사에 꼭 필요한 사람이 될 수 있다고 생각합니다. 감사합니다.

남자 : 한국어 실력은 어느 정도입니까?

여자 : 지난달에 한국어능력시험 6급에 합격했습니다. 일상생활의 말하기는 전혀 불편함이 없고 소설책도 거의 이해할 수 있고 드라마나 뉴스도 잘 이해합니다. 발표와 토론 연습도 많이 했습니다. 또 저는 우리 나라에 있을 때부터 한국에서 출장 온 직원들을 안내하는 일도 하고 간단한 통역도 했습니다. 한국에 와서는 아르바이트로 주로 영화, 드라마, 웹 페이지 등의 번역 일을 했습니다. 앞으로도 제 한국어

능력을 더욱 향상시키기 위해 계속 노력하겠습니다.

남자 : 만약 입사하게 된다면 어떤 마음으로 일하겠습니까?

여자 : 회사에 꼭 필요한 사람이 되고 싶습니다. 또 한국과 우리 나라를 잇는 인재가 되고 싶습니다. 이 꿈을 위해 어떤 환경에서도 밝은 미소와 친절함으로 일하겠습니다. 아직 많이 부족하다는 것을 알고 있습니다. 항상 배우는 자세로 끊임없이 성실하게 노력하겠습니다.

Ⅴ. 가르침과 배움

1. 학교 이야기

들어가기 _ 들어 보세요 33))) p.142

사회자 : 저는 '학교생활의 추억' 하면 쉬는 시간에 먹던 점심 도시락 생각이 먼저 나는데요. 요즘 학생들은 급식을 하니 그런 추억은 별로 없을 거 같아요. 김준석 씨는 신세대라고 할 수 있는데, '학교생활' 하면 어떤 기억이 먼저 떠오르세요?

김준석 : 저는 가을에 열리던 학교 축제 생각이 나요. 제가 고등학교 때 풍물 동아리를 했었거든요. 공연 준비하느라고 밤늦게까지 팔이 아프게 연습하고 달을 보면서 집으로 돌아가던 생각이 나요. 그때 친구들과 함께 먹던 떡볶이가 어쩌면 그렇게 맛있었는지……

듣고 말하기 _ 들어 보세요 35))) p.148

남자 : 이제 수능 시험이 끝났네요. 해마다 이맘때면 수능 시험의 문제점에 대한 얘기들이 많이 나오는 것 같아요.

여자 : 그래요. 3년 동안 교육받은 결과를 한 번의 시험으로 평가한다는 게 문제지요. 수능 시험을

1년에 여러 차례 실시하고, 학생들이 그중 가장 좋은 성적을 선택할 수 있도록 개선하자는 의견들이 많아요.

남자 : 시험 문제 유형은 더 문제가 많은 것 같아요. 수능 시험은 모두 객관식이고 학교 교육에서 보는 시험도 사지선다형의 비중이 높잖아요. 어느 대학 교수가 계산을 해 보니까 우리나라 학생들은 초등학교에 입학해서 수능 시험을 볼 때까지 한 학생당 사지선다형 문제를 약 백만 개쯤 풀게 된대요.

여자 : 와, 그렇게 많대요?

남자 : 네. 그러다 보니 실력보다는 요령으로 시험을 보게 되고, 공부도 그런 요령을 익히는 게 중요하게 되는 거지요. 그래서 우스갯소리지만, 선 볼 때도 한 사람씩 보면 결정할 수가 없으니 네 명의 후보자를 동시에 만나야 잘 찍을 수 있겠다는 얘기도 있어요. 사지선다형에 길들여져서 그렇다는 거지요.

여자 : 하긴 제가 학생 때는 시험에 붙으라고 보통 엿이나 찹쌀떡을 줬었는데, 요새는 잘 찍으라고 포크도 주잖아요. 그런데 요즘은 학교 중간고사나 기말고사에서 서술형 같은 주관식 문제도 낸대요. 물론 모의고사나 학력 평가는 수능 시험처럼 여전히 객관식이지만 말이에요.

남자 : 주관식은 객관식에서는 평가하기 어려운 창의적 사고 능력이나 지식을 평가할 수 있는 좋은 유형이라고 생각해요.

여자 : 그런데 만약 수능 시험에 서술형이 포함되면 아마 난리가 날 거예요. 객관식은 정답이 정해져 있어서 누구든지 공정하게 채점할 수 있는데, 주관식은 아무리 노력해도 채점이 100% 공정하기가 어렵잖아요.

2. 한석봉의 어머니

들어가기 _ 들어 보세요 🔊 p.150

남자 : 이번 조사에서 70.9%의 국민들은 '대학을 반드시 다닐 필요는 없다'고 응답했습니다. 그런데 '내 자식'에 대해서 물으면 결과는 달라졌습니다. 전체 응답자의 57.8%가 '내 자식은 대학을 졸업해야 한다'고 답했습니다.

또한 93.5%가 '출신 대학으로 능력을 평가하는 것이 바람직하지 않다'고 응답했지만, '내 자식'과 관계되면 역시 결과는 달라졌습니다. 응답자 중 71.7%는 '내 자식은 좋은 대학에 입학하기 바란다'고 응답했습니다.

듣고 말하기 _ 들어 보세요 1 🔊 p.154

남자 : 사람들이 한석봉의 어머니나 맹자의 어머니를 현명한 어머니의 모델이라고 하는데, 저는 생각이 좀 달라요. 한석봉 어머니는 자신이 떡을 썬 것처럼 고르게 글씨를 쓰지 못했다고 아들을 야단치는데 이런 비교는 공정하지 않지요. 왜냐하면 어머니는 이미 수십 년 동안 떡을 썰어 온 사람이잖아요.

여자 : 일리가 있는 말씀이에요. 저도 그렇게 생각해요.

듣고 말하기 _ 들어 보세요 2 🔊 p.154

남자 : 대부분의 사람들이 한석봉의 어머니나 맹자의 어머니를 현명한 어머니의 모델이라고 하는데, 저는 그런 생각에 동의할 수가 없어요. 한석봉 어머니는 자신이 떡을 썬 것처럼 고르게 글씨를 쓰지 못했다고 아들을 야단치는데 이런 비교는 공정하지 않지요. 왜냐하면 어머니는 이미 수십 년 동안 떡을 썰어 온 사람이잖아요.

여자 : 저는 생각이 좀 다른데요. 제 생각에는 한석봉의 어머니가 한 평가 방법은 평가받는 사람이

아무 말 없이 받아들일 수 있는 힘이 있는 것 같아요. 더 공부해야겠구나 하고 절로 다시 돌아가게 만드는 이런 힘은 평가자가 행동으로 모범을 보일 때 나오는 거지요. 어머니가 낮잠 자다 일어나서 숙제했느냐, 공부했느냐 하면 아이가 스스로 노력하려고 할 리가 없죠.

남자 : 제 생각에는 어머니를 만나러 밤길을 온 아들을 하룻밤도 재우지 않고 캄캄한 밤에 돌려보내는 것도 너무 심한 일 같아요. 칭찬과 격려가 아이들의 교육에서 얼마나 필요하고 중요한데요. 이 일화에서는 엄격한 교육만 강조되는 것이 마음에 들지 않아요.

여자 : 네, 일리가 있는 말씀이에요. 그렇지만 아들을 위한 어머니의 노력이 아들의 성공에 큰 영향을 주었다는 것은 배울 점이지요. 요즘은 한석봉 어머니보다 더 열심히 아이들을 위해 노력하는 부모들이 많은데, 저는 그렇게 못 하고 있어서 걱정이거든요.

남자 : 저는 그렇게 생각하지 않아요. 지나친 것은 부족한 것만 못하다는 말이 있는데, 요즘의 교육열이 그런 것 같아요.

3. 공부 잘하는 비결

들어가기 _ 들어 보세요　🔊40))) p.156

사회자 : 교수님은 학생 때부터 공부에 뛰어난 분으로 널리 알려져 있는데, 특별한 공부 비결이 있으면 소개해 주십시오.

교수 : 특별한 비결은 아니지만 효과적으로 공부하는 방법은 있습니다. 먼저, 공부 계획을 세우고 관리하는 것이 중요합니다. 시간별로, 과목별로 어떻게 공부할 것인지 계획을 세우고 나중에 실천했는지 반드시 점검해야 합니다. 다음은, 집중력을 높일 수 있어야 합니다. 집중력 있는 한 시간이 산만한 열 시간보다 효과적입니다. 소음, 잡념,

졸음 등 집중을 방해하는 것을 모두 없애야 합니다.

듣고 말하기 _ 들어 보세요　🔊42))) p.160

여자 : 여러분, 안녕하세요. 오늘 제가 말씀드리려고 하는 것은 '한국어를 잘하는 비결'에 대한 것입니다. 여러분은 한국어를 배운 지 얼마나 되었나요? 저는 1년이 다 됐습니다. 한국어 배우기가 어렵습니까? 저도 어렵습니다. 여러분은 지금 실력에 만족하십니까? 저는 아직 만족 못 합니다. 그럼 어떻게 하면 한국어 실력을 기를 수 있을까요? 저는 다음과 같이 세 가지 방법을 제안하고자 합니다.

첫째, 무조건 암기하고 반복하십시오. 다른 과목을 공부할 때는 암기식 공부가 바람직하지 않을 수도 있지만 저는 외국어 공부에서는 암기가 아주 중요하다고 생각합니다. 수업 시간에 배운 단어와 문장을 무조건 암기하고 한국 사람에게 실제 사용해 보세요. 이것이 어려우면 혼자 중얼거리면서 반복하셔도 됩니다.

둘째, 여러분 옆에 있는 한국어 선생님과 친구들을 적극 활용하십시오. 말이 틀려도 하나도 창피한 게 아닙니다. 연습한 대로 친구들과 이야기를 나누고, 수업 시간에 더욱 적극적으로 이야기하세요. 실패한 횟수가 늘수록 여러분의 한국어 실력도 늘어날 겁니다.

셋째, 한국 사람들과 적극적으로 얘기를 나눠보십시오. 기회가 없다고요? 그것은 핑계에 불과합니다. 기회라는 것은 기다리는 것이 아니고 스스로 만드는 것입니다. 저는 기회만 있으면 한국 사람한테 말을 겁니다. 예를 들어 버스나 지하철에서도 옆자리에 앉은 사람한테 말을 겁니다. 한 가지 비결을 알려 드리면, 아줌마를 잡으세요. 대부분의 아줌마들은 시간적인 여유가 있어서 그런지 친절하고 아주 자세하게 말해 줍니다. 물론 말이 좀 빨라서 잘

이해하지 못하는 부분도 있습니다만, 대부분의 경우 어머니 같은 심정으로 따뜻하게 받아 줍니다.

한국말 배우기가 쉽지 않고 시간도 오래 걸리는 일이겠지만 저와 같이 열심히 재미있게 공부합시다. '나는 이렇게 하니까 도움이 되더라' 하는 여러분만의 비결이 있으면 가르쳐 주십시오. 제 발표를 끝까지 들어주셔서 감사합니다.

(히사요, 2006 가을 학기 6급 발표, 내용 일부 수정)

VI. 한국 탐구

1. 한국인 이해하기

들어가기 _ 들어 보세요 🔊 43))) p.176

여자 : 얼마 전에 스웨덴에 갔는데, 거기서 묵은 유스 호스텔에 재미있는 안내문이 있었어.

남자 : 뭔데?

여자 : 나라별로 그 나라 사람들에게 해서는 안 될 것을 안내하고 있었어. 예를 들어 '이탈리아 손님께, 늦게까지 노래 부르지 마세요. 미국에서 오신 분께, 여자 친구나 남자 친구를 데려오지 마세요. 일본 손님들께, 너무 일찍 일어나지 마세요.' 뭐, 이런 내용이었어.

남자 : 재미있네. 한국 사람에 대해서도 있었어?

여자 : 한국 사람 건 없었는데, 있었다면 뭐라고 했을까? 나도 궁금한데.

듣고 말하기 _ 들어 보세요 🔊 45))) p.180

여자 : 안녕하세요? 오늘 저는 한국 사람이라면 누구나 알고 있는 한 과자에 대한 것으로부터 이야기를 시작하도록 하겠습니다. 이 과자는 큰 인기를 끌었는데 인기 비결은 그 맛에도 있지만 '마음을 나누는 정'을 보여 주는 광고도 큰

역할을 했습니다.

이 과자는 사람의 마음인 '정'을 주제로 광고를 합니다. 저는 한국어를 공부하면서 그 '정'이 무엇인지 궁금했습니다.

그러던 어느 여름날이었습니다. 제가 갑자기 내린 소나기를 잔뜩 맞으며 동네의 가게 앞에서 잠시 비를 피하고 있었는데, 항상 저에게 무뚝뚝하던 주인아줌마가 저에게 불쑥 우산을 내밀었습니다. "학생, 이 우산 쓰고 빨리 집에 가. 그러다 병에 걸리면 어떡해?" 처음에 저는 당황하여 사양했지만 결국 우산과 아줌마의 따뜻한 마음을 다 받기로 했습니다. 이 경험은 저에게 적지 않은 충격과 함께 감동을 주었습니다.

저에게 그냥 친절하게 대해 준다고 느끼는 데에 그치는 것이 아니라 마음 속 깊이 감동을 느낄 수 있는 것은 왜일까요? 다른 사람과 따뜻한 마음을 나누려는 정이 그 속에 있기 때문이 아니었을까요?

한국 사람들은 어디에서나 '하하하' 하고 시끄럽게 웃고, 슬플 때 '엉엉' 하고 큰 소리로 울고, 화가 날 때는 무섭게 야단을 치기도 합니다. 저는 그런 모습에서 한국 사람들의 뜨거운 정을 느끼곤 합니다.

2. 한국의 멋

들어가기 _ 들어 보세요 🔊 46))) p.184

남자 : 오늘은 '한국의 미'에 대해 말씀드리겠습니다. 얼마 전에 한 외국 친구가 제게 한국의 미, 즉 한국의 아름다움을 특징짓는 말이 무엇인지 물어서 '멋'이라고 대답한 적이 있습니다. 그렇습니다. 이 '멋'이란 것은 한 마디로 말해서 한국의 미의식, 혹은 아름다움의 판단 기준을 나타내는 표현이라고 할 수 있습니다. 똑바로 써야 할 모자를 일부러 옆으로 돌려서 쓰는

것처럼 '멋은 살짝 균형을 깨뜨리는 것'이라고 했는데, 여러분은 멋을 어떤 것이라고 생각하세요? 이제부터 '멋'이란 어떤 특징이 있는지 좀 더 자세히 말씀드리겠습니다.

듣고 말하기 _ 들어 보세요 1 🔊 48 p.189

남자 : 오늘은 '한국의 미' 두 번째 시간으로 한국식 정원의 특징에 대하여 설명하겠습니다. 자, 이 사진을 봐 주십시오. 이 정원은 자연스러움을 살리는 한국식 정원의 특징을 그대로 보여 주고 있습니다.

여자 : 어, 선생님. 말씀 도중에 죄송한데요. 어느 것입니까?

남자 : 두 번째 사진입니다. 한국식 정원의 자연스러움에 대해 좀 더 자세히 말씀드리자면 다음과 같습니다. 이 사진 자료를 봐 주세요.

듣고 말하기 _ 들어 보세요 2 🔊 49 p.190

남자 : 오늘은 '한국의 미' 두 번째 시간으로 한국식 정원의 특징에 대하여 설명하겠습니다. 자, 이 사진을 봐 주십시오. 이 정원은 자연스러움을 살리는 한국식 정원의 특징을 잘 보여 줍니다. 한국적인 아름다움이란 자연스러움을 최대한 살리는 것이라고 말씀드렸는데, 이 정원 역시 자연의 모양을 바꾸지 않고 그대로 두고 만든 점이 특징적입니다. 언덕이 있으면 그 언덕을 깎아내지 않고, 그 상태에서 나무를 심고 집을 지었지요. 다시 사진을 봐 주세요. 어떠세요? 한국적인 특징이 느껴집니까?

여학생 : 네, 그렇네요. 언덕이 있는데, 그 언덕을 깎아내지 않고 그대로 두고 거기에 작은 집을 지었네요. 작은 집이 그곳 자연의 일부분인 것처럼 보이네요.

남자 : 그래요. 잘 지적했어요. 자연을 인간에 맞게 바꾸지 않는 것, 자연스러움이 한국적인 아름다움의 특징이지요.

여학생 : 그런데, 말씀 도중에 죄송한데요. 교수님, 다른 나라의 정원은 어떤가요? 다른가요?

남자 : 예, 좀 다릅니다. 예를 들어 일본식 정원은 인공미를 추구한다고 합니다. 다시 말해 사람이 손을 대어 자연을 닮은 정원을 만드는 것입니다. 그러니까 정원에는 기본적으로 자연적인 요소들이 필요합니다. 산을 대표하는 언덕, 강을 대표하는 물, 그리고 나무와 꽃이지요. 일본식 정원의 기본적인 형태는 흙을 쌓아 산 모양으로 언덕을 만들고 주변에 물길을 내는 것이지요. 그리고 일본은 대체로 마당이 넓지 않기 때문에 작은 공간에 자연물들을 최대한 축소하여 놓습니다. 위에서 말한 산도 사람 키 정도로 작게 하여 꾸미고요. 거기에 들어가는 자연물도 작게 하여 둡니다. 예를 들어 나무도 일부러 화분에 작게 기른 분재를 놓습니다.

번역 (듣기)
翻譯(聽力)

1. 갸름한 얼굴에 긴 생머리

들어가기 _ 들어 보세요 🔊 p. 18

女子1 ： 妳聽說高三數學老師結婚的消息了嗎？她很受男學生的歡迎呢！

女子2 ： 啊，是那個眼睛圓圓的老師嗎？嗯，沒錯。但是第一堂課她那瓜子臉還有長頭髮綁得整整齊齊地，走進教室時我們全都誤會了。

女子1 ： 誤會？

女子2 ： 我們都以為她會帶著微笑輕聲細語地教我們呢，還以為我們大吵大鬧也不會責罵呢，但是我覺得她應該是我們學校裡面最凶的老師。

듣고 말하기 _ 들어 보세요 🔊 p. 22

男子 ： 女子在可以清楚看見出入口的位子上坐下來，打定主意只要出現的是不喜歡的男子，就迅速起身走出去。她把紅色帽子放在膝上。不知為什麼，覺得有些緊張，或許是因為學姊所說的，這個人會是真的很不錯，而有所期待的緣故。

門開了，正如事前所約定的，有位身穿黑色大衣搭配圍巾的男子走了進來。男子給人的印象有些冷漠。略帶稜角的下巴，整個往後梳的頭髮，好像剛刮好鬍子一樣乾乾淨淨的臉，給人一種冷酷的印象。這位男子穿著深灰色褲子配上擦得光亮的皮鞋，女子猜想這就是她所等待的人。當她把膝上的紅色帽子戴上的瞬間，男子笑容可掬地舉起手來。女子也舉起手，然而她心目中的理想對象卻從她身旁走過。

此時，又有另一個男子從門外走進來。這個男子同樣穿著黑色大衣圍著圍巾，但是

和之前的男子實在大不相同。為了打扮而圍的圍巾讓脖子看起來更短，或許是那為了追流行而剪短的瀏海，讓原本的圓臉看起來又更圓了些。

女子低著頭，急著要起身。此時，穿著黑襪白運動鞋的男子的腳在女子眼前停了下來。

「這根本是在輕視我，穿這樣怎麼敢出門？」

「您不是金智秀小姐嗎？」

男子透過高度數的眼鏡，小小的眼睛正發亮地俯看著女子。

「是，是….，我…（不是，我不是金智秀！絕對不是。啊！這頂要命的紅帽子。）」女子只覺得頭頂上好像著火了一樣。

2. A형 성격과 B형 성격

들어가기 _ 들어 보세요 🔊5 p. 24

女子 ： 我呢，很在意別人的想法。在做某件事情的時候，原本用平常心去想就能做好的事，卻總是擔心這擔心那的，我就是這種拘謹性格的人。所以即使是小事也會感到很大的壓力。所有事情都必須做到不出錯，必須完美無缺地做，自己才會覺得安心。然而這麼一來我又會感受到龐大的壓力。我希望能過得更灑脫、更從容一些…… 老師，請告訴我可以改變我這種個性的方法。

듣고 말하기 _ 들어 보세요 🔊7 p. 28

妻子 ： 到今天為止我們結婚已經20年了。和你第一次見面的那一天就像在幾天前一樣。

丈夫 ： 要養育孩子又要配合我的火爆個性，妳真的很辛苦。

妻子 ： 你也一樣辛苦，我溫吞的個性也讓你很鬱悶，不是嗎？

丈夫 ： 話是這樣說，但事實上我很羨慕妳這從容不迫的個性。

妻子 ： 說實在的，結婚初期你每件事看起來都完美無缺的樣子，我覺得很有魅力，但是現在我反而感到擔心。聽說你這樣的個性是健康的恐怖敵人。

丈夫 ： 你說的對，現在我們再過不久就50歲了，最重要的是注意身體健康。

妻子 ： 聽你這麼說，我比較放心了。你總是容易生氣，好勝心又強，你知道這讓我有多擔心嗎？前不久報紙上說像你這種性格的人很容易患心臟病。

丈夫 ： 聽說癌症病人當中，個性灑脫又慢性子的人，也活得比考慮周到又急性子的人久。現在一般的小事就算不如意，我也會努力讓自己看開一點的。

3. 만나고 싶은 사람

들어가기 _ 들어 보세요 🔊8 p. 30

主播 ： 今天在文化單元我們要來認識旅行家韓飛野的書。池恩熙記者，今天要為我們介紹什麼書呢？

記者 ： 今天要介紹的書是韓飛野所寫的《步行地球三周半》。韓飛野說從小就夢想著要環遊世界。在30多歲時她辭去穩定的工作到非洲旅行，這趟旅行改變了韓飛野的人生。此後的7年她到全世界旅行，並把她的經歷整理出來寫成這本書。韓飛野是目前網友「想見到的人物」第一名。您若夢想著展開全新的人生，請先閱讀這本書。

듣고 말하기 _ 들어 보세요1 10))) p. 35

記者 ： 感謝您百忙之中抽空出來接受訪問。最近首爾市民對於老師的「親自拜訪的音樂會」反應熱烈。對老師來說，音樂是什麼呢？

鄭明勳 ： 怎麼說呢，在一切都快速運轉的世界上，為人們慢慢地生活中，尋求世界的均衡，或許這就是音樂吧。

듣고 말하기 _ 들어 보세요2 11))) p. 36

記者 ： 感謝您百忙之中抽空出來接受訪問。在最近的一項調查中，老師被大學生選為想見到的人物，可見大家都對老師相當關注。老師從事音樂已經超過50年，對老師來說，音樂是什麼呢？

鄭明勳 ： 怎麼說呢，為人們在一切都快速運轉的世界上，慢慢地生活尋求和世界的均衡，或許這就是音樂吧。我覺得音樂是神賜給人類最偉大的禮物。

記者 ： 老師從四歲開始彈鋼琴，中途轉換為指揮家，您覺得對指揮家而言，才華和努力兩者之中何者較重要呢？

鄭明勳 ： 具有音樂才華在某種程度上也很重要，但因為我是經常不斷練習的類型，所以覺得兩者之中努力好像更加重要。

記者 ： 聽說老師為了發出最好聽的音，曾經叫團員30分鐘都在練習同一個音，您是如此地喜愛完美。老師覺得指揮家應該怎麼做呢？

鄭明勳 ： 我仍然覺得指揮家是奇怪的音樂家，因為在演奏時只有指揮家一個人不發出聲音。指揮家不是演奏的人，因此必須比一般音樂家付出更多的努力，才能成為好的音樂家。

記者 ： 現在是否正在規畫什麼，或是未來是否有什麼想做的事呢？

鄭明勳 ： 每當被問到這個問題時，我都不知道該回答什麼，因為到目前為止我所做的都是我想做的事，而且也會繼續做下去。還有一件關於我想做的事，由於過去我得到的實在太多了，我一直覺得我應該把得到的回報給大家。因此，雖然我一直都在這麼做，但今後也希望能製作節目，幫助年輕的音樂家。

記者 ： 感謝您撥出寶貴的時間，未來再拜託您為我們帶來更好的音樂。

II. 사랑하는 마음

1. 사랑의 손길

들어가기 _ 들어 보세요 12))) p. 50

男子 ： 您好，我們是募款幫助弱勢鄰居的團體。象徵我們團體的三個果實分別代表自己、家人、鄰居。紅色代表溫暖的愛心，三個果實齊聚在一根莖上代表著共同居住的社會。各位寄來的善款將被用來實踐對鄰居的愛。一點點的心意凝聚在一起，可以讓社會更美好。期待各位伸出溫暖的手。

듣고 말하기 _ 들어 보세요 14))) p. 54

主持人 ： 今天我們將與十匙一飯運動總部的姜俊植會長聊一聊。您好嗎？會長！

姜俊植 ： 您好！

主持人 ： 首先，這個團體名稱相當令人感到好奇。所謂十匙一飯運動是什麼呢？

姜俊植 ： 「十匙一飯」的意思，我們不是有句話說：「十支湯飯匙的飯聚成一碗飯」嗎？就像這句話一樣，這是一個希望把一點點的心意凝聚在一起後，把龐大的愛和希望傳遞給遭遇不幸的鄰居的運動。十匙一飯運動的最大目的是讓這世

240

界沒有挨餓的鄰居。感謝許多人捐款贊助，我們正在全國50個供餐所，為遊民或獨居老人等三餐不繼的人免費供應食物。

主持人： 聽說去年9月15日是非常特別的日子。

姜俊植： 是的，那一天是十匙一飯運動10週年的日子。為了紀念這一天，有1,000人聚集，舉辦了在大型飯碗製作拌飯一起享用的活動。

主持人： 1,000人份的拌飯需要真的很大的飯碗才行呢。還有很多其他種類的食物，選擇製作拌飯是否有什麼特別的道理？

姜俊植： 拌飯是一種神祕的食物，當自己的飯和菜各自分開時，看起來不是很多，但是全部放在一起拌一拌之後，份量會加倍，其他人一起分著吃也不會不夠。我們希望能藉此表達團結所有人的心，來幫助弱勢鄰居的精神。

主持人： 原來如此。聽說十匙一飯運動的免費供餐都是志工們準備的。主要都是哪些人參與志工服務呢？

姜俊植： 從社區裡的阿姨、公司的職員到大學生等，各式各樣的人都來參與志工服務的行列，正用實際行動表現對鄰居的關愛。

2. 사랑이란

들어가기 _ 들어 보세요　🔊 p. 56

男子 ： 認識花店裡的那個女子已經兩個月了，但是到現在還不敢正視她的臉。不知道為什麼，就連只是目光交會也會臉紅得發燙，胸口撲通撲通地跳，嘴唇發乾。該怎麼跟她搭話呢？「請問一下，如果有空，要不要一起去喝杯茶？」要這樣說嗎？不行，太老套了。「第一次見面就覺得妳是我命運中的另外一半。我想和妳交往。」這樣如何？不行！太給人壓力了。「請問有空嗎？約好一起看話劇的朋友突然不能去，把招待券丟掉又有點可惜，妳要一起去看嗎？」這樣會不會太像個情場老手？

듣고 말하기 _ 들어 보세요　🔊 p. 60

主持人： 今天第一個故事是一位在愛情和友情之間陷入苦惱的女聽眾故事。我們來聽聽看。

女子 ： 您好，有個無法對任何人傾訴的煩惱，於是我把它寫了下來。我有一個從小就很要好的男性朋友，我們從小學到高中一起上學，住在同一個社區裡，彼此的家人也都很要好，因此我從來不把他當成男生來看。但是，上個月他向我介紹他的女朋友，他說他們對彼此一見鍾情。一開始我並沒有太在意，但是每次見面他都只會說他們兩個很合得來、兩人真是天生一對等等，開口閉口都是那女生的話題。每當這個時候，我總是說：「眼睛真的完全被蒙蔽了」，一副裝出戲弄他的樣子，但事實上我心裡的某個角落有種失落感。昨天他開玩笑地對我說：「喂！妳也趕快去找個男朋友啊。人家說就算是草鞋也有另一隻啊，妳也有另外一半的。」但是我卻不知不覺地流下眼淚，為了掩飾自己的情緒而不知所措。況且，我也不喜歡他的女朋友。就算是情人眼裡出西施，像那種跟男生一樣大刺刺的女生有什麼好？不知道我是不是在嫉妒，還是這就是愛情？還是因為我的好朋友被搶走所以才感到難過？請告訴我，我的感覺到底是愛情還是友情。

1. 변화하는 가족

들어가기 _ 들어 보세요　18)) p. 76

男子 ： 向一萬名成年男女問到：「說到家庭，你會想起什麼詞？」最多的受訪者回答「愛」，其次依序是「力量」、「幸福」。這樣的結果似乎告訴我們，大部分的人是透過家人的愛而得到生活的力量和幸福。然而有5%的受訪者想起的是「創傷」、「誤解」、「厭煩」等負面的詞，可見對家人有著痛苦記憶的人還不少。但是對任何人來說，家人應該都是珍貴的。今天我們每個人來對比什麼都重要的家人各說一句愛他的話，好不好？

듣고 말하기 _ 들어 보세요　20)) p. 80

主持人 ： 隨著社會變遷，盡孝道的方式也發生了許多改變。今天我們邀請兩位老師來談談傳統的孝道是什麼，最近又有什麼變化。

女子 ： 過去在韓國人的想法當中，孝道是最重要的心意。人們認為把自己生出來的父母最重要，並且總是以感謝的態度對待父母，這是因為就連從父母那裏繼承到的一根頭髮也非常珍重（的緣故）。

男子 ： 是的，沒錯。父母健在的時候，人們會早晚問安，總是關心著父母的健康，父母去世之後，會在父母墳墓附近服喪三年。與此相反地，最近孝順的意識變得薄弱，甚至幾乎就像是消失了一樣，令人擔憂。好像變成小家庭之後，只視養育子女為重要之事的樣子。

女子 ： 是的。我也在想最近的年輕父母會不會是太過於只顧著保護孩子，以致於無法

教導孩子們孝順的觀念。但是仔細觀察之後發現，年輕人也會用他們自己的方式表達對父母的心意。舉例來說，女兒和媽媽像朋友一樣相處，兒子結婚後分家出去的情況雖然很多，但和父母之間反而更靠近、更親密地往來。和過去比起來雖然型態不同，但是看起來好像是按自己的情況自由表現出來的孝順之道。

男子 ： 說實在的，父母對孩子的期待也出現很大的轉變。例如，關於年老之後想不想和子女一起生活的問題，很多人的回答是：「一起生活很不方便。」反而是希望孩子們一方面可以在經濟上給予援助，一方面也尊重父母的獨立生活的人很多。

2. 행복한 가정을 위해

들어가기 _ 들어 보세요　21)) p. 84

男子 ： 隨著社會的變化，政府在家庭政策上也有許多改變吧？

女子 ： 是的，分有兩種，一是和生育率有關。在60〜70年代政府是為了降低生育率而發起各式各樣的活動，然而現在卻因為低生育率的問題嚴重，如何提高出生率成為政府艱鉅的任務。還有一種是和多元的家庭型態有關。雙薪家庭、多元文化家庭、單親家庭等，每個家庭現象，必須解決的問題各不相同，因此家庭政策也隨之有所改變。

듣고 말하기 _ 들어 보세요1　22)) p. 88

主持人 ： 現在開始開會。今天會議的議案是要就我們社區艱困家庭協助一案來尋求好方案。敬請多多提出意見。

男子 ： 是的，我認為最重要的是，希望能幫我們社區雙薪家庭的孩子準備讀書室。

듣고 말하기 _ 들어 보세요2 🔊)) p. 89

主持人 ： 好，我們開始首爾公寓5棟居民代表會議。今天會議的議案是要就協助發生困難家庭一案徵詢大家的意見。區公所有公告表示，在收到居民提出的家庭補助政策相關提案後，將進行審查，對於好的提案將給予獎勵並制定出實際政策。敬請多多提出意見。

男子1 ： 我認為最重要的是，希望能幫我們社區雙薪家庭的孩子準備讀書室。孩子放學回家後必須自己待在家裡，不只危險，而且也要有人幫忙看作業。

女子 ： 對，我從以前也有這個想法。剛好我們這棟社區中心2樓有一個空房間，要不要把那裡作為孩子們的讀書室呢？電腦或書桌就用區公所提供的。

男子2 ： 好像也要有指導課業的老師。

女子 ： 要不要向我們社區附近的韓國大學尋求協助呢？應該可以找到願意來當志工的大學生們。

男子1 ： 嗯，這真的是很好的想法。

男子2 ： 我希望也能幫忙多元文化的家庭。我家隔壁的太太來自菲律賓，不會講韓語所以只好每天都待在家裡。那家的奶奶也說和媳婦語言不通讓她覺得很辛苦。家人之間無法溝通，那會是多沈悶的事啊。我覺得當務之急是區公所有必要開設教導外籍新娘們韓語，幫助她們適應韓國生活的課程。

3. 듣고 싶은 말

들어가기 _ 들어 보세요 🔊)) p. 92

主持人 ： 今天我們要向各位介紹一則故事，主題是「記憶深刻的話」。現在我們就來聽聽金智妍小姐的故事。

我媽媽從我小時候開始，不管我做什麼，她總是說：「我相信你。」每當我聽到這句話，心裡就覺得很幸福，會產生什麼事我都做得到的自信。只要想到有一位相信我的媽媽，就沒有什麼好感到害怕的。這世上的媽媽們，請告訴孩子們：「我相信你！」這麼一來，那孩子將更有自信地度過人生。

듣고 말하기 _ 들어 보세요 🔊)) p. 96

主持人 ： 您好！這裡是「看見世界廣播」節目。社會變化的速度加快，家庭型態也出現許多改變，尤其傳統的夫妻關係似乎有許多變化。這是因為最近男性家庭主夫大幅增加的緣故。也有調查結果顯示，妻子年薪若有1億韓元，很多丈夫願意替代處理家務事。今天我們先來聽聽替代妻子處理家務的三位男性全職主夫的故事。

男子1 ： 自從結婚之後，我就一直替代上班的妻子承擔家務。一開始的時候很難忍受家人或朋友們鄙視的眼光，但是現在我已經變成一個家事專家了。最近還出版了一本和家事管理有關的書籍，裡面記錄了過去種種經驗。我認為現在是只要男性覺得適合自己特質就可以從事家管的時代。

男子2 ： 我被公司解雇之後，就不得不替代在上班的妻子處理家務。家事勞動比我想像得還要辛苦，洗碗的時候也會想到現在我到底在做什麼，而覺得心裡不舒服。父母雖然也覺得不妥，但這也是沒辦法

男子3 ： 我的職業是漫畫家，可以不用上下班，於是便幫忙分擔家事，到後來自然就由我來負責處理家事了。我也出席孩子們學校的母姊會，但在我的主張之下，名稱也改成「父母會」。一開始，其他媽媽們都用異樣的眼光看我，現在我們變成會一起討論孩童教育相關訊息的關係了。豈有只叫女性從事家務的道理？丈夫或妻子當中，只要由能夠做得更好的人來負責就可以了。

主持人 ： 好的，謝謝三位的談話。我們有段預先錄製的採訪，是關於家人和朋友們想對這三位男士說的話。聽完這段採訪後，我們再繼續聊一聊。

IV. 직업과 직장

1. 일하는 사람들

들어가기 _ 들어 보세요　27))) p. 116

男子 ： 根據調查顯示，對近來準備就業的學生來說，最受歡迎的職業第一名是公務員，第二名是老師。教授如何看這樣的調查結果呢？

女子 ： 是的，由於經濟不景氣，社會的氛圍越來越競爭，年輕人似乎不太考慮適合自己特質的職業，而更重視穩定的工作。但是職業的世界總是跟著社會變遷、產業結構的改變而不斷變化。希望大家至少放眼10年後的未來，在自己想成為專家的領域上，秉持著要認真工作的心態來選擇職業。

듣고 말하기 _ 들어 보세요1　29))) p. 121

金民秀 ： 我是產業工程系三年級的金民秀。首先我想感謝這次座談會帶給我很大的幫助。我想請教的是，如果想找的工作領域不只一個時，應該怎麼辦才好呢？我的情況是，我對金融業和製造業都有興趣，是否應該克服萬難兩個都準備？還是只選擇一種，專注在某一個領域就好？

前輩 ： 您的意思是，如果對兩個完全不同的領域都有興趣，應該怎麼準備才好，對吧？我的想法是，你應該先衡量自己是否適合那個領域。

듣고 말하기 _ 들어 보세요2　30))) p. 122

金民秀 ： 我是教產業工程系三年級的金民秀。首先我想感謝這次座談會帶給我很大的幫助。我想請教的是，如果想找的工作領域不只一個時，應該怎麼辦才好呢？我的情況是，我對金融業和製造業都有興趣，但由於領域不同，要求的條件也相當不一樣，在就業準備時就會有必須加倍準備的壓力。是否應該克服萬難兩個都準備？還是只選擇一種，專注在某一個領域就好？人的未來難以預料，因此只準備一種可能會有很大的風險，但如果因此就兩種都準備又覺得負擔太大，令我感到很煩惱。

前輩 ： 您的意思是，如果對兩個完全不同的領域都有興趣，應該怎麼準備才好，對吧？我的想法是，在準備就業之前，你應該先衡量自己是否適合那個領域。最近有許多求職者湧入金融界，這是因為薪資高，未來發展性也不錯。但一旦進入公司之後因為業務量大而叫苦的情況很多。因此必須考慮到月薪高，工作的強度和業務量也會相對地增加。製造業的薪給雖然沒有金融業那麼多，但比金融業還更能享有休閒時間，也有時間自

我開發。就像這樣每個領域都有其特性和優缺點，因此最重要的是自己的性格是否真的適合該領域，是否能夠適應該領域並持續成長。上班之後，必須考慮到一週至少5次，一天8小時以上，以及上下班的時間等等，最後除了睡覺的時間以外，幾乎所有時間都在那個地方度過，這就是職場。如果工作不適合自己，每天就必須勉強自己去一個自己討厭的工作場所。即使是再有名氣的公司，年薪再多，如果不適合自己還是會無法勝任的。

2. 취업 준비

들어가기 _ 들어 보세요 31🔊 p. 124

女子 ： 最近各個企業都在招聘職員。

男子 ： 嗯，我最近也投履歷到很多地方，為了面試到處跑，忙得不可開交。

女子 ： 我也是一想到以後要找工作就覺得有壓力。我認識的一個學長投了50家履歷才好不容易找到工作。

男子 ： 你也提早做準備吧。我也覺得自己做好求職準備了，但等實際狀況發生時，才後悔當初沒有更努力準備。

女子 ： 學長一定會被好公司錄取的。

男子 ： 好，只要找到工作，我一定請妳吃一頓飯，不，我請妳吃兩頓也可以。

듣고 말하기 _ 들어 보세요 32🔊 p. 128

男子 ： 請您先做個自我介紹。

女子 ： 我是一個努力於以凡事「總有辦法解決」的肯定思考而生活的人，因此無論何事都以著積極的姿態，比別人更加倍認真地努力。在學的時候，我兼職做翻譯和導遊的工作，有很多觀察人、聽取他人意見並協調的經驗。此外，我長期在韓國讀書和生活，對韓國有許多的認識和許多的理解。工作時若能發揮我這方面的長處，我認為我一定能成為公司必要的一員。謝謝。

男子 ： 妳的韓文實力到什麼程度？

女子 ： 上個月我通過了韓國語文能力測驗六級，一般日常生活對話沒有任何不便之處，小說也幾乎都能理解，連續劇和新聞也都瞭解。口頭發表簡報和討論也多有練習。此外，當我還在國內的時候，就已經開始幫從韓國過來出差的職員做導覽的工作和簡單的口譯。來到韓國之後，兼差時主要也是從事電影、連續劇、網頁等的翻譯。未來我也將繼續努力提升自己的韓文能力。

男子 ： 如果能進入本公司，妳將抱持著何種心態工作呢？

女子 ： 我想成為公司必要的一員，也想扮演協助韓國和我國交流的人才。為了這個夢想，不論在何種環境下，我一定會帶著開朗的笑容和親切的態度工作。我知道自己還有很多不足之處，未來我將時時秉持著學習的姿態，不斷地認真努力。

V. 가르침과 배움

1. 학교 이야기

들어가기 _ 들어 보세요 33🔊 p. 142

主持人 ： 說起「學校生活的回憶」，我首先想到的是在休息時間吃的午餐便當。最近學生們吃學校供應的午餐，應該比較沒有這方面的回憶。金俊錫先生您可以說是新世代，說到「學校生活」，最先想起的是哪方面的回憶呢？

金俊錫 ： 我想到的是秋季舉辦的學校慶典。我在高中的時候參加過農樂社團，我記得曾

經為了準備表演練習到手臂疼痛的地步，直到深夜才看著月亮回家。當時和朋友們一起吃的辣炒年糕不知道為什麼那麼好吃呢⋯⋯。

듣고 말하기 _ 들어 보세요 🔊 35 p. 148

男子 ： 現在大學學測結束了，每年到這個時候都會出現許多關於學測癥結的言論。

女子 ： 是的。三年受教育的成果用一次的考試來評定就是問題所在。很多人提議要改善學測制度，在一年當中實施多次，讓學生可以選出其中最好的成績。

男子 ： 考試題型似乎有更多的爭議。學測全部都是客觀式題型，學校教育的考試也以四選一單選題的比重居多。有位大學教授計算之後發現，我們學生從小學入學到考大學學測，每個學生約做過100萬個選擇題。

女子 ： 哇，有這麼多嗎？

男子 ： 是的，如此一來，大家變成不是憑實力而是用掌握要領的方式考試。讀書時熟悉那些要領也變得很重要。所以，雖然是玩笑話，也有人說相親的時候如果每次只看一個人是無法做決定的，必須同時和四個候選人見面才能做出選擇。這是因為我們已經習慣四選一的模式。

女子 ： 難怪我在當學生時，一般都是送有黏性的麥芽糖或糯米糕祝福考試合格，但最近卻是送叉子，表示要考生好好選出答案。不過據說近來學校期中考或期末考也會出敘述型的主觀式題目，只是模擬考或學力測驗仍舊是像學測一樣採客觀式。

男子 ： 我認為主觀式是很好的類型，可以測出客觀式題型難以檢測的創意思考能力或知識。

女子 ： 但是如果把敘述型考題納入學測，應該會亂成一團。客觀式題目有一定的答案，任

何人都能公平評分，主觀式題目就算再怎麼努力也很難100%公平計分。

2. 한석봉의 어머니

들어가기 _ 들어 보세요 🔊 36 p. 150

男子 ： 在這次調查中，有70.9%的國民回答：「不見得一定要讀大學。」但是如果問到關於「自己的孩子」，結果就不同了。整體受訪者中有57.8%的受訪者回答：「我的孩子應該要大學畢業。」

另外，有93.5%的人回答：「不樂見以畢業的大學來評定能力。」然而若和「自己的孩子」相關，結果也是不一樣。有71.7%的受訪者回答：「希望自己的孩子進入好大學。」

듣고 말하기 _ 들어 보세요1 🔊 38 p. 154

男子 ： 人們說韓石峰的母親或孟子的母親是賢明的母親典範，但是我的想法不太一樣。韓石峰的母親訓斥兒子沒辦法寫出像自己切米糕一樣工整的字體，但是這樣的比較並不公平，因為他的母親已經切了數十年的米糕。

女子 ： 說得很有道理，我也這麼覺得。

듣고 말하기 _ 들어 보세요2 🔊 39 p. 154

男子 ： 大部分的人說韓石峰的母親或孟子的母親是賢明的母親典範，但是我不同意這種想法。韓石峰的母親訓斥兒子沒辦法寫出像自己切米糕一樣工整的字體，但是這樣的比較並不公平，因為他的母親已經切了數十年的米糕。

女子 ： 我的想法有些不一樣。我認為韓石峰的母親使用的評定方法似乎有一種力量，讓被檢測的人只能默默地接受。讓兒子覺得自

己應該要再多學習，讓他又再次回到廟裡的這股力量，是當施測者以行動做出榜樣的時候才會產生。如果母親是睡完午覺後起床問孩子功課做完了沒、書讀了沒，想必孩子是不會想要主動學習的。

男子　：我覺得對為了見母親而走夜路回家的兒子，連一晚也不讓他睡，在漆黑的夜裡就把他趕回去，這樣的作法似乎也有些過分。稱讚和鼓勵對孩子的教育是多麼必要且重要，我不喜歡這個故事只強調嚴格的教育。

女子　：是的，很有道理。不過母親為兒子所做的努力，對兒子的成功帶來龐大的影響，這點是值得我們學習的。最近很多父母比韓石峰母親更認真地在為孩子們努力，但是我沒能這麼做，心裡覺得很擔心。

男子　：我不這麼認為。有句話說「過猶不及」，最近的教育熱似乎就是這樣。

3. 공부 잘하는 비결

들어가기 _ 들어 보세요　40)))　p. 156

主持人　：眾所皆知教授從學生時期在讀書方面就相當傑出。如果有特別的讀書秘訣，可否幫我們介紹一下。

教授　：不是什麼特別的秘訣，但是我有有效的讀書方法。首先，制定和管理讀書計畫相當重要。依據各個時間、各項科目擬定如何讀書的計畫，並且一定要檢視最終是否實踐。其次，要能夠提高專注力。專注的一個小時比分心的十個小時效果更好。噪音、雜念、睡意等干擾專注的所有因素都應予以摒除才行。

듣고 말하기 _ 들어 보세요　42)))　p. 160

女子　：大家好，今天我要告訴大家的是關於「學好韓語的秘訣」。各位學韓語多久了呢？我學了快要一年。韓語很難學嗎？我也覺得很難。各位滿意現在的實力嗎？我還覺得不滿意。那麼，怎麼做才能提升韓語實力呢？接下來我想提出以下三個方法。

第一，不管如何熟記並反覆練習。在學習其他科目時，用死背的方式讀書可能不太可行，但是我覺得在學習外文時，熟記反而相當重要。請試著無條件地把在課堂上學到的單字和句子背下來，並實際對韓國人使用看看。如果這樣做有困難，也可以自言自語地反覆練習。

第二，請積極運用各位身邊的韓語老師和朋友們。即使說錯了，也完全不必難為情。請照著練習的內容和朋友們聊天，在上課時間更積極地說出來。失敗的次數越多，各位的韓語實力也將越強。

第三，請積極地和韓國人交談。沒有機會嗎？這只不過是藉口。機會不是等待而自來的，而是靠自己去製造的。我只要一有機會，就會跟韓國人搭話。比如當我坐公車或地鐵時，也會主動和坐在旁邊的人搭話。告訴各位一個秘訣，請找大嬸說話。可能因為大多數的大嬸時間上比較充裕，所以會親切且非常詳細地跟我們說話。當然說話的速度有點快，會有聽不懂的地方，但大部分的情況都會帶著母親般的心情親切地包容我們。

學韓語不是一件容易的事，也要花很長的時間，但是請各位和我一起努力地、有趣地學習吧！各位如果有「我因為這樣做很有用」的獨門秘訣，請告訴我吧！感謝大家聽完我的發表。

（Hisayo，2006年秋季學期6級發表，內容部分修正）

1. 한국인 이해하기

들어가기 _ 들어 보세요　🔊43 p. 176

女子 ： 不久前我去瑞典，在下榻的青年旅舍有篇有趣的告示。

男子 ： 是什麼？

女子 ： 告示上寫著對各別國家的人提出的禁止事項。比如說，「給義大利房客：請勿唱歌到深夜。給從美國來的朋友：請勿帶女朋友或男朋友來。給日本房客：請不要太早起床」等，類似這種內容。

男子 ： 好有意思，有針對韓國人寫的嗎？

女子 ： 沒有韓國人的內容，如果有的話會是什麼呢？我也很好奇。

듣고 말하기 _ 들어 보세요　🔊45 p. 180

女子 ： 您好，今天我將從一種只要是韓國人就都知道的零食開始說起。這個零食很受歡迎，人氣旺的秘訣不僅在於味道，表現出「分享內心情感」的廣告也扮演重要的角色。

這個零食以人們心中的「情」做為廣告訴求。我在學習韓語時，很想知道所謂的「情」是什麼？

後來就在某個夏日，我被突如其來的一場陣雨淋個正著，便到社區的商店前暫時躲個雨，此時向來對我十分冷淡的老闆娘，突然把雨傘遞給我。「學生，趕快撐這把傘回家去，再這樣下去，生病怎麼辦？」起初我慌張地推辭了，不過後來我決定接受這位大嬸的雨傘和善意。這個經驗帶給我不小的震撼和感動。

感覺上不僅只是對我親切友善，還能感受到內心深處的感動，這是為什麼呢？不就是因為其中含有想把暖意分享給他人的情感嗎？

韓國人不論在哪裡都能「哈哈哈」地吵鬧嬉笑，難過的時候「嗚嗚」地放聲大哭，生氣時也會兇狠地破口大罵。我經常從這些情景中感受到韓國人的熱情。

2. 한국의 멋

들어가기 _ 들어 보세요　🔊46 p. 184

男子 ： 今天我要說的是「韓國的美」。不久前有一位外國朋友問我什麼是韓國的美，也就是象徵韓國之美的詞彙是什麼，我回答說「風采」。沒錯，「風采」可以作為概括說明韓國美感或美的判斷標準。就如同故意把應該端正戴好的帽子往旁邊斜著戴一樣，有人說：「風采是來自於稍微破壞均衡。」各位覺得什麼是風采？從現在起讓我來向各位詳細介紹「風采」有什麼特徵。

듣고 말하기 _ 들어 보세요1　🔊48 p.189

男子 ： 今天用「韓國之美」第二節課的時間，向各位說明韓式庭園的特點。好，請看這張照片。這個庭園充分展現出韓式庭園講求自然的特點。

女子 ： 老師，很抱歉打斷您的談話。請問是哪一張呢？

男子 ： 第二張照片。關於韓式庭院的自然美，以下是更詳細的介紹。請看這張圖片資料。

듣고 말하기 _ 들어 보세요2　🔊49 p. 190

男子 ： 今天用「韓國之美」第二節課的時間，向各位說明韓式庭園的特點。好，請看這張照片。這個庭園充分展現出韓式庭

園講求自然的特點。我曾說過韓國的美是盡最大努力、運用自然之美，這個庭園也是沒有改變自然的樣貌，在保持其原貌的前提下規劃而成，這點是頗具特色的。有小山坡的地方也不會鏟平那山坡，而是在原狀態下種樹蓋房。請各位再看一下照片。如何？可以感覺到韓國的特色嗎？

女學生 ： 是的，沒錯。有小山坡但卻不鏟平它，而是保留它並在上面蓋一棟小房子。看起來那個小房子似乎是那個地方自然的一部分。

男子 ： 是的，很正確地指出了重點。不把自然改成適合人類的模樣，自然就是韓國之美的特點。

女學生 ： 但是，很抱歉打斷您的談話。請問教授，其他國家的庭園怎麼樣呢？不一樣嗎？

男子 ： 是的，有點不同。舉例來說，日式庭園是追求人工美，換句話說，就是借著人的手造出相似於自然的庭園。因此基本上庭園裡需要有自然的元素，代表山的小山坡，代表河流的水，還有樹木和花朵。日式庭園的基本型態是用土堆出山的模樣，製造出山坡並在周圍挖掘水路。此外，日本大致上院子都不太寬，因此會在小空間裡將自然景物盡量縮小，上面所說的山也是做得矮小，大約到人的高度再加以裝飾。那裡的自然景物也同樣嬌小，比如說，樹木擺放特意養得小小的盆栽。

모범 답안
標準答案

1. 갸름한 얼굴에 긴 생머리

들어가기 _ 들어 보세요 p. 18

1. 동그란 눈, 갸름한 얼굴, 긴 머리
2. ☑ 남학생들 사이에 인기가 높았다.
   ☑ 보기와 달리 학생들에게 무섭게 대했다.

읽고 말하기 _ 주제 어휘 p. 19

1) 마   2) 가   3) 라   4) 바   5) 다   6) 나

읽고 말하기 _ 읽어 보세요 p. 21

1.

	인물	모습	인상
㉮	아이	둥근 얼굴, 까맣고 동그란 눈, 납작한 코, 넓은 이마	평범한 모습
㉯	어머니	갸름한 얼굴, 높지도 낮지도 않은 코, 그려 놓은 듯한 눈썹, 맑은 눈, 고운 얼굴, 단정하게 빗어 올린 머리	전형적인 동양 미인
㉰	담임 선생님	막걸리 방울이 튀어 하얗게 말라붙은 양복 윗도리 소매, 빗질을 안 한 부스스한 머리, 아침 세수를 안 한 것 같은 얼굴	기대와는 다른 실망스러운 모습

2. 유난히 까맣고 동그란 눈
3. 일찍 돌아가신 아버지 대신 다섯 자식을 키우시는 피곤한 생활
4. 부드럽고 자상한 멋쟁이 선생님

듣고 말하기 _ 들어 보세요 p. 22

1. ☑ 소개받기로 한 남자를 기다리고 있다.
2.
· 여자 : 빨간 모자를 쓴다.
· 남자 : 검정색 코트에 목도리를 두른다.

3.
- 첫 번째 남자
- 외모 : 그는 턱이 각이 졌고 머리는 뒤로 빗어 넘겼으며, 방금 면도한 듯 얼굴은 깨끗했다.
- 옷차림 : 그는 회색 바지에 잘 닦은 구두를 신었고 검정색 코트에 목도리를 두르고 있었다.
- 두 번째 남자
- 외모 : 그는 둥근 얼굴에 목은 짧았고 앞머리는 짧게 잘랐다.
- 옷차림 : 검정색 코트에 목도리를 두르고 흰색 운동화에 검정색 양말을 신고 있었다.

4.
- 빨간 모자를 썼다 : 첫 번째 들어온 남자가 마음에 들어서 약속한 대로 빨간 모자를 썼다.
- 먼저 들어온 남자를 보고 손을 들었다 : 자신이 만나기로 한 여자임을 알리려고 손을 들었다.
- 서둘러 일어나려고 했다 : 만나기로 한 남자가 마음에 안 들어서 그냥 나가려고 했다.

2. A형 성격과 B형 성격

들어가기 _ 들어 보세요 p. 24

1. ☑ 성격
2. ☑ 소심하다
   ☑ 꼼꼼하다

읽고 말하기 _ 주제 어휘 p. 25

1. 내성적이다　　2. 관대하다　　3. 까다롭다
4. 인정이 많다　　5. 냉정하다　　6. 참을성이 없다
7. 소극적이다　　8. 이기적이다　　9. 적극적이다
10. 차분하다　　11. 외향적이다　　12. 상냥하다

읽고 말하기 _ 읽어 보세요 p. 26

1.

㉮	A형 성격의 특징
㉯	B형 성격의 특징
㉰	A형 성격과 B형 성격의 차이
㉱	A형 성격을 고치는 방법

2.
- A형 성격 : 급하다, 경쟁심이 강하다, 까다롭다, 성공할 가능성이 높다, 스트레스에 민감하다, 모든 것을 일일이 확인한다
- B형 성격 : 느긋하다, 관대하다, 참을성이 많다, 소극적이다, 주변 사람들과 잘 지내려고 한다, 병에 걸릴 확률이 낮다

듣고 말하기 _ 들어 보세요 p. 28

1.
- 불같다 ○　　· 느긋하다 △
- 편안하다 △　　· 여유가 있다 △
- 빈틈이 없다 ○　　· 완벽하다 ○
- 경쟁심이 강하다 ○

2. ☑ 경쟁심이 강한 성격
3. ☑ 여유 있는 성격

3. 만나고 싶은 사람

들어가기 _ 들어 보세요 p. 30

1. 여행가
2. 7년간 전 세계를 여행한 경험

읽고 말하기 _ 주제 어휘 p. 31

1) 정명훈　　2) 말러 교향곡 3번 d단조
3) 캐런 카길　　4) 서울시향
5) 예술의전당 콘서트홀

읽고 말하기 _ 읽어 보세요 p. 32

1.
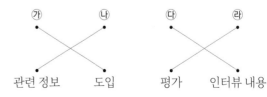

2. ☑ 편안하다
   ☑ 차분하다

3.

질문	대답
· 음악은 어떤 것인가?	· 모든 것이 빨리 돌아가는 세상에서 천천히 가면서 세상의 균형을 맞추어 주는 것. 신이 인간에게 주신 가장 위대한 선물.
· 어떻게 하면 좋은 지휘자가 될 수 있는지?	· 일반 음악가보다 노력을 훨씬 많이 해야.
· 앞으로의 계획은 무엇인가?	· 지금까지 한 일이 바로 하고 싶은 일. 앞으로도 좋은 연주를 하고 싶고, 아울러 젊은 음악가를 돕겠음.

듣고 말하기 _ 들어 보세요 1 p. 35

1. 시작 부분, 바쁘실 텐데 이렇게 시간을 내 주셔서 감사합니다.

듣고 말하기 _ 들어 보세요 2 p. 36

1. 음악적인 재능을 타고나는 것도 중요하지만, 노력이 더 중요한 것 같음.
2. 지휘자는 어때야 한다고 보는지
3. 여태까지 한 것이 하고 싶은 거고 앞으로도 그걸 계속할 것임. 또 하나 하고 싶은 일은 젊은 음악가를 도와주는 프로그램을 하는 것.

보충 어휘-의성어 p.39

연습 1.
　　1) ①　　　　2) ②　　　　3) ①　　　　4) ②
연습 2.
　　1) 훌쩍훌쩍　2) 벌컥벌컥　　3) 콜록콜록
　　4) 쿨쿨　　　5) 소곤소곤　　6) 달그락달그락
연습 3.
　　1) 뚜벅뚜벅　2) 우당탕　　　3) 소곤소곤
　　4) 하하　　　5) 훌쩍훌쩍　　6) 사각사각
　　7) 달그락　　8) 콜록콜록　　9) 쿨쿨
　　10) 벌컥벌컥

II. 사랑하는 마음

1. 사랑의 손길

들어가기 _ 들어 보세요 p. 50

1. ②
2. 성금을 모아 어려운 이웃을 돕는다.

읽고 말하기 _ 주제 어휘 p. 51

1.

1) 결식아동 — 집이 가난해서 점심을 굶습니다.

2) 노숙자 — 집이 없어서 지하철역에서 잠을 잡니다.

3) 독거노인 — 옆집 할아버지는 가족 없이 혼자 사십니다.

4) 이재민 — 홍수가 나서 집을 잃고 학교 체육관에서 지내고 있습니다.

5) 난민 — 전쟁을 피해 이웃 나라로 온 후 난민촌에서 살고 있습니다.

6) 소년 소녀 가장 — 고등학생이지만 병든 아버지, 어린 동생을 위해 돈을 법니다.

2.

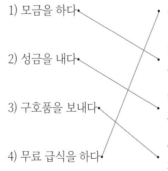

1) 모금을 하다 — 다른 사람을 돕기 위해 돈을 모으다

2) 성금을 내다 — 무료로 밥을 주다

3) 구호품을 보내다 — 이재민에게 필요한 물건을 보내다

4) 무료 급식을 하다 — 다른 사람을 돕기 위해 돈을 내다

5) 후원하다 — 직접 활동하지 않고 뒤에서 돕다

읽고 말하기 _ 읽어 보세요 p. 53

1. 무의탁 독거노인, 결식아동 등 도움이 필요한 사람들
2. 무료 급식
3. 불우 이웃에 관해 알리기 위해, 후원금을 모으기 위해
4. ㉰ 상황 설명 　　　㉣ 도움 요청
　㉤ 끝인사/날짜/보내는 사람 　㉮ 인사
　㉯ 편지 쓰는 목적

듣고 말하기 _ 들어 보세요 p.54

1. '열 숟가락이 모이면 밥 한 그릇이 된다'는 말처럼 작은 정성을 모아 불우 이웃에게 큰 사랑과 희망을 전할 수 있다는 뜻.
2. ☑ 무료 급식
3. 십시일반운동 10주년을 기념하여 1,000명이 모여 비빔밥을 만들어 먹는 행사를 했음. 밥과 반찬을 모아서 비비면 양이 두배로 늘어나는 비빔밥을 먹으면서 마음을 합해 불우 이웃을 돕자는 정신을 보여 주고 싶었음.
4. 동네 아주머니, 회사원, 대학생 등 다양한 사람들

2. 사랑이란

들어가기 _ 들어 보세요 p. 56

1. 얼굴은 화끈화끈거리고, 가슴은 두근두근거리고, 입술은 바짝바짝 마른다.
2.
· 시간 있으면 차나 한잔하실래요?
· 처음 본 순간 제 운명의 짝이라고 느꼈습니다. 사귀고 싶습니다.
· 연극을 같이 보기로 한 친구가 못 오게 돼서요. 초대권을 버리기도 아깝고 같이 보실래요?

읽고 말하기 _ 주제 어휘 p.57

1. 짝사랑　　　2. 첫사랑　　　3. 풋사랑
4. 헌신적인 사랑　5. 순수한 사랑　　6. 영원한 사랑
7. 안타까운 사랑

읽고 말하기 _ 읽어 보세요 p. 58

1. 견우와 직녀가 각자 맡은 일에 신경을 쓰지 않아 엉망이 되어서.
2. 일 년에 단 한 번, 음력 7월 7일 밤에만.
3. 오랜만에 만나는 견우와 직녀가 반가워서 흘리는 눈물 때문에.
4. 견우와 직녀가 다리를 만들어 준 까마귀와 까치의 머리를 밟고 걸어다니기 때문에.
5. 안타까운 사랑

듣고 말하기 _ 주제 어휘 p. 60

1. 눈에 콩깍지가 씌었나 봐요. — 사랑을 하면 단점은 안 보이고 장점만 보여요.

2. 짚신도 짝이 있대요. — 자기 짝이 없는 사람은 없대요.

3. 천생연분이군요. — 이 사람은 하늘이 정해 준 짝인 것 같아요.

4. 첫눈에 반했어요. — 처음 보자마자 사랑하게 되었어요.

듣고 말하기 _ 들어 보세요 p.61

1. 친구 사이
2. 첫눈에 반했다, 서로 너무나 잘 맞는다, 천생연분을 만났다
3. ☑ 마음이 쓸쓸하다.
　☑ 남자에게 신경을 쓰고 있다.
4. 자신의 감정이 우정인지 사랑인지.

보충 어휘-의태어 p.65
연습 1.
　1) ②　　　　2) ②　　　3) ①　　　4) ①
연습 2.
　1) 헐렁헐렁해졌다　　2) 투덜투덜거려서
　3) 싱글벙글하고 있다　4) 뒤죽박죽이어서
　5) 살금살금　　　　6) 허둥지둥

연습 3.

1) 꾸벅꾸벅　　2) 힐끗힐끗
3) 살금살금　　4) 투덜투덜
5) 싱글벙글　　6) 뒤죽박죽
7) 반짝반짝　　8) 깡충깡충
9) 허둥지둥　　10) 헐렁헐렁

III. 가정과 사회

1. 변화하는 가족

들어가기 _ 들어 보세요 p.76

1. '가족' 하면 떠오르는 단어
2. 가장 많은 응답자가 '사랑'을 꼽았으며 그 다음이 '힘', '행복'의 순이었음. 그러나 응답자의 5%는 '상처', '오해', '짜증' 등의 부정적인 말을 떠올렸음.
3. 대부분의 사람이 가족의 사랑을 통해 살아갈 힘과 행복을 얻고 있음. 하지만 가족에 대해 아픈 기억을 갖고 있는 사람 또한 적지 않음.

읽고 말하기 _ 주제 어휘 p.77

1. 가부장 제도　　2. 대를 잇기　　3. 가장
4. 권위가 있는　　5. 효도를 하는　　6. 혈연 의식

읽고 말하기 _ 읽어 보세요 p.78

1. 한국의 전통적인 가족 형태와 최근 가족 형태의 특징
2.

	대가족	핵가족
정의	부부와 결혼한 자녀 및 손자, 손녀들까지 포함하는 가족 형태	부부와 미혼인 자녀로만 이루어진 가족 형태
특징	아버지가 집안의 가장으로서 가족을 책임지며 모든 가족 구성원들이 아버지의 권위를 존중하고 아버지의 결정을 따른다.	부부가 동등하며 가족 문제에 대해서도 두 사람이 권리와 의무를 나눠 갖는다. 특히 가정 경제나 자녀 교육에서 여성이 남성보다 더 큰 역할을 하는 경우도 종종 있다.

3. 아들을 통해 집안의 '대를 잇는다'는 의식, 서로 피를 나누었다는 '혈연 의식', 자식이 부모에게 하는 '효도'
4. 여성의 역할이 증대되고 부부의 권리와 의무가 동등해지면서 가부장 제도나 부권 중심으로 대를 잇는 전통도 약화되고 있음.
5. 주말 가족, 기러기 가족, 한부모 가족, 재혼 가족, 입양 가족, 다문화 가정 등

듣고 말하기 _ 들어 보세요 p.80

1. 부모님께 물려받은 머리카락 하나도 소중하게 여기고, 부모님 살아계실 때는 아침저녁으로 인사를 올리며 부모님의 건강에 늘 신경 쓰고 돌아가시면 부모님 산소 근처에서 3년 상을 지냈음.
2. 효도에 대한 의식이 없어지는 것.
3. ☑ 젊은 부모들이 아이들을 너무 보호해서 키운다.
　 ☑ 요즘 사람들도 효도를 하지만 그 방식이 옛날과 다르다.
4. 자식들이 경제적으로 지원을 해 주면서 부모의 독립적인 생활을 존중해 주기를 바라고 있음.

2. 행복한 가정을 위해

들어가기 _ 들어 보세요 p.84

1. 출산율을 낮추기 위한 정책에서 출산율을 높이기 위한 정책으로 변화했다.
2. 가족 형태에 따라 해결해야 할 과제가 다르기 때문에.

읽고 말하기 _ 주제 어휘 p.85

1. 제공하고　　2. 공고했어요　　3. 개설한대요
4. 지원하고　　5. 운영하는

읽고 말하기 _ 읽어 보세요 p.86

1.

	㉮	㉯
대상	정읍시의 만 5세 이하 셋째 이상 어린이	관악구 결혼이주여성과 지역 주민
내용	셋째 이상 자녀 출산 가정에 대한 매월 보육비 지원 1) 일반 가정의 어린이 : 매월 1인당 20만 9천 원 2) 저소득층 가정의 어린이 : 매월 1인당 29만 9천 원	요리 교실 개설

2. ☑ 셋째 아이를 출산한 가정
   ☑ 셋째 아이가 만 4세인 가정
3. ☑ 저소득층 가정 지원과 보육비 지원을 같이 받을 수 없다.
   ☑ 요리교실은 먼저 신청하는 순서대로 참여할 수 있다.

듣고 말하기 _ 들어 보세요 1 p. 88

1. 회의 시작 부분, 지금부터 회의를 시작하겠습니다.
2. 제 생각에는 ~면 좋겠습니다.

듣고 말하기 _ 들어 보세요 2 p.89

1. 어려운 문제가 있는 가정을 지원하기 위한 아이디어를 모으는 것.
2. 심사를 해서 좋은 제안은 상도 주고 실제 정책으로 만든다고 함.
3.

대상	방법
· 맞벌이 가정의 아이들	· 공부방을 마련해 준다. · 공부를 지도할 선생님을 찾아 준다.
· 다문화 가정	· 한국어를 가르치고 한국 생활에 적응할 수 있도록 도와주는 프로그램을 개설한다.

3. 듣고 싶은 말

들어가기 _ 들어 보세요 p. 92

1. ☑ 너를 믿는다는 말
2. ☑ 행복
   ☑ 자신감
3. 자녀들에게 너를 믿는다고 말해 주어서 자녀들이 더 자신 있게 인생을 살 수 있도록 할 것.

읽고 말하기 _ 주제 어휘 p. 93

1.
1) 40% 이상의 응답자가 경제적 여유가 행복의 조건이라고 답했다.
2) 화목한 가정생활이 행복의 조건이라고 보는 응답자는 40% 이하이다.
3) 만족스러운 일이나 취미 활동이 행복의 조건이라는 응답은 30% 미만이었다.
4) 절반에 가까운 사람들이 경제적 여유를 행복의 중요한 조건으로 보고 있다.
5) 행복한 삶의 조건에 대한 응답 결과는 모두 과반수를 넘지 않는다.

2.
1) 분석해   2) 차지했다   3) 파악할
4) 나타났다   5) 실시했다

읽고 말하기 _ 읽어 보세요 p. 94

1. 30~50세 기혼자 5,000명
2.

설문	응답
배우자에게 들었을 때 가장 힘이 되는 말은?	남성은 71%가 '당신을 믿어요', 여성은 49.5%가 '많이 힘들지요?'라고 응답했다.
배우자에게 해 주고 싶은 말은?	'영원히 당신만을 사랑해'라는 응답이 46.4%에 달했다.
배우자에게 가장 화가 날 때는?	'나를 무시하는 말을 할 때'라는 응답이 29%로 가장 많은 수를 차지했다.
남편이 바라는 최고의 아내상은?	43.5%가 '친구 같은 아내'라고 응답했다.

아내가 바라는 남편상은?	49.5%가 '가정적인 남편'이라고 응답했다.
다시 태어나도 현재의 배우자와 결혼할 것인가?	61.7%가 '현재의 배우자와 결혼하겠다'고 응답했다. 응답 결과는 성별로 차이를 보였다.
자녀가 있어도 좋아하지 않으면 이혼할 수 있는가?	'이혼할 수 있다'는 응답이 49%로 나타났다. 응답 결과는 성별로 차이를 보였다.
맞벌이를 하더라도 집안일은 여자 책임인가?	'그렇다'는 응답이 남성은 37%, 여성은 27%로 나타났다.
남성도 상황에 따라 전업주부를 할 수 있는가?	'그렇다'는 응답이 남성은 65.4%, 여성은 69.4%로 나타났다.

듣고 말하기 _ 들어 보세요 p. 96

1. 아내 대신 살림을 하는 남자 전업주부
2.
- 첫 번째 남자 : 직장에 다니는 아내 대신 결혼 후 계속 집안 살림을 하고 있음.
- 두 번째 남자 : 직장에서 해고된 뒤 직장에 다니는 아내 대신 살림을 하게 되었음.
- 세 번째 남자 : 출퇴근 하지 않는 직업이라서 가사 분담을 하다가 살림을 맡게 되었음.

3.
- 첫 번째 남자   ① , ⑥
- 두 번째 남자   ② , ③
- 세 번째 남자   ④ , ⑤

4.

		의견	태도
1)	첫 번째 남자	어쩔 수 없어서 살림을 하고 있다.	살림하는 것에 대해 소극적이다.
2)	두 번째 남자	적성에 맞으면 남자도 살림할 수 있다.	살림하는 것에 대해 적극적이다.
3)	세 번째 남자	더 잘 할 수 있는 사람이 살림을 하면 된다.	

연습 1.
   1) ①   2) ②   3) ①   4) ①
연습 2.
   1) 가는 말이 고와야 오는 말이 곱다
   2) 뛰는 놈 위에 나는 놈 있다
   3) 떡 줄 사람은 생각지도 않는데 김칫국부터 마신다
   4) 길고 짧은 건 대봐야 안다
   5) 사공이 많으면 배가 산으로 간다
   6) 소 잃고 외양간 고친다
연습 3.
   1) 길고 짧은 건 대봐야 안다고
   2) 소 잃고 외양간 고치
   3) 배보다 배꼽이 더 크네요
   4) 세 살 버릇 여든까지 간다
   5) 고래 싸움에 새우등 터진다
   6) 사공이 많으면 배가 산으로 가
   7) 개구리 올챙이 적 생각 못 한다
   8) 가는 말이 고와야 오는 말이 고운 법
   9) 뛰는 놈 위에 나는 놈 있다
   10) 떡 줄 사람은 생각지도 않는데 김칫국부터 마신다

IV. 직업과 직장

1. 일하는 사람들

들어가기 _ 들어 보세요 p. 116

1. 가장 인기 있는 직업에 대해 조사했음. 그 결과 1위가 공무원, 2위가 교사인 것으로 나타남.
2. 경제가 어려워지고 사회 분위기가 점점 더 경쟁적이 되어 가니까 젊은이들이 적성에 맞는 직업보다는 안정적인 직장을 중시하게 되었다.
3. 적어도 10년 후를 내다보고 자신이 전문가가 되고 싶은 분야에서 열심히 일하겠다는 마음으로 직업을 선택하는 것이 바람직하다.

읽고 말하기 _ 주제 어휘 p. 117

1. 업무, 업무
2. 분야, 분야
3. 유망한, 유망하다
4. 취업하기, 취업하려는
5. 수행하기, 수행하려면

읽고 말하기 _ 읽어 보세요 p. 118

1. 유망 직종의 변화
2.

1920년대	→	1960년대	→	1980년대
인기 있는 직업		일반적인 직업		직업이 없어짐

3. 컴퓨터 그래픽 디자이너, 웹 마스터, 프로그래머 등 컴퓨터 관련 직업
4. 직업도 마치 사람처럼 시대에 따라 탄생, 성장, 소멸의 과정을 겪는다. 직업을 현재 시점에서 바라보는 것 이외에도 시대와 상황 변화에 따라 살펴보는 지혜가 필요하다.

듣고 말하기 _ 주제 어휘 p. 121

2.
1) 상여금 : 성공적으로 일했을 때 회사에서 상으로 주는 돈
2) 주급 : 일주일 동안 일한 대가로 받는 돈
3) 연봉 : 일을 한 대가로 일 년 동안 받는 돈을 모두 합한 금액
4) 월급 : 한 달 동안 일한 대가로 받는 돈
5) 수당 : 정해진 급여 이외에 따로 주는 돈
6) 일당 : 하루 동안 일한 대가로 받는 돈

듣고 말하기 _ 들어 보세요 1 p. 121

1. ☑ 반대 의견
2. 제가 여쭤 보고 싶은 것은 ~입니다.
3. 그러니까 ~느냐 이런 말씀이시지요?

듣고 말하기 _ 들어 보세요 2 p. 122

1. 취업 준비
2. 취업하고자 하는 분야가 한 곳이 아닐 때 어떻게 하면 좋은가 하는 것.
3.

금융업	제조업
· 월급이 높고 미래 전망도 좋음. · 일의 강도가 높고 업무량이 많음.	· 월급이 많지 않음. · 여가 시간을 즐길 수 있고 자기 개발 시간도 가질 수 있음.

4. 자신의 적성이 그 분야에 잘 맞느냐 하는 것이 가장 중요. 왜냐하면 자는 시간 빼고는 거의 직장에서 보내는데 매일 적성에 맞지 않는 일을 하러 갈 수는 없기 때문.

2. 취업 준비

들어가기 _ 들어 보세요 p. 124

1. 취업 준비
2. 여기저기 원서 넣고 면접 보러 다니고 있음.
3. 취업을 위해 더 열심히 했어야 한다는 것.

읽고 말하기 _ 주제 어휘 p. 126

1.

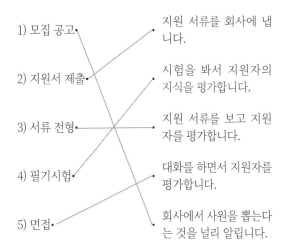

1) 모집 공고 · — · 회사에서 사원을 뽑는다는 것을 널리 알립니다.
2) 지원서 제출 · — · 지원 서류를 회사에 냅니다.
3) 서류 전형 · — · 지원 서류를 보고 지원자를 평가합니다.
4) 필기시험 · — · 시험을 봐서 지원자의 지식을 평가합니다.
5) 면접 · — · 대화를 하면서 지원자를 평가합니다.

읽고 말하기 _ 읽어 보세요 p. 127

1. 1차 서류 전형, 2차 필기시험, 3차 면접
2. 입사 지원서, 자기소개서
3. 개별 통지
4.

 ☑   ☑

듣고 말하기 _ 들어 보세요 p. 128

1.
· 자기소개를 해 보세요.
· 한국어 실력은 어느 정도입니까?
· 만약 입사하게 된다면 어떤 마음으로 일하겠습니까?
2. 긍정적, 적극적이며 사람들과 잘 어울리며 한국의 많은 것을 이해하고 있음.
3. 한국어능력시험 6급에 합격했음. 일상생활의 말하기는 불편함이 없고 소설책, 드라마, 뉴스도 잘 이해함. 발표, 토론 연습 많이 했고 통역, 번역 경험 있음.
4. 회사에 꼭 필요한 사람이 되고 싶음. 또한 한국과 자기 나라를 잇는 인재가 되고 싶음.

보충 어휘-속담 II p. 131

연습 1.
 1) ①   2) ②   3) ②   4) ②

연습 2.
 1) 가는 날이 장날이다   2) 누워서 떡 먹기
 3) 갈수록 태산이다 / 산 넘어 산이다
 4) 소 귀에 경 읽다
 5) 꿩 먹고 알 먹기   6) 누워서 침 뱉기
연습 3.
 1) 가는 날이 장날
 2) 천 리 길도 한 걸음부터 / 시작이 반
 3) 수박 겉핥기

4) 갈수록 태산 / 산 넘어 산
5) 금강산도 식후경
6) 누워서 떡 먹기
7) 누워서 침 뱉기
8) 꿩 먹고 알 먹기
9) 그림의 떡
10) 소귀에 경 읽기

V. 가르침과 배움

1. 학교 이야기

들어가기 _ 들어 보세요 p. 142

1. 쉬는 시간에 먹던 점심 도시락
2. 가을에 열리던 학교 축제

읽고 말하기 _ 주제 어휘 p. 143

1. 공교육
2. 평생 교육
3. 태교
4. 사교육
5. 대안 교육
6. 가정 교육

저는 학교 수업 후에 학원에 가요.

아기를 임신한 사람은 몸과 마음을 편안히 하고 조심해야 아기에게 좋아요.

대부분의 아이들은 만 7세가 되면 초등학교에 입학해서 학교 교육을 받기 시작해요.

교육의 문제점을 해결할 수 있는 방법을 찾아 교육하는 새로운 학교들이 생기고 있어요.

저는 문화 센터에서 서예를 배우고 있어요. 학교 졸업하고 나서도 뭔가를 배우니까 참 재미있어요.

아이들에게는 학교 교육뿐만 아니라 가족과의 생활 속에서 이루어지는 교육도 중요해요.

읽고 말하기 _ 읽어 보세요 p. 144

1. 한국이 현재와 같은 경제 성장을 이루는 데 중요한 역할을 해 왔다.

2.
- 학제 : 6-3-3-4 (초등학교 6년, 중학교 3년, 고등학교 3년, 대학교 4년)
- 학교의 종류 : 국립, 공립, 사립
- 의무 교육 : 중학교까지
- 학기 : 2학기제(3월, 9월에 학기 시작)
- 방학 : 학기를 마친 후에 각각 겨울 방학, 여름 방학이 있음.

3.
- 중고등학교 : 무시험제
- 대학교 : 입학시험을 봄(고등학교 내신 성적, 수학 능력시험 성적, 대학별로 치르는 논술 시험, 면접 등).

4. 입시 위주의 학교 교육과 사교육의 비중이 커지는 문제점에 대한 대안으로 생김.

5. 교육에 대한 관심은 많으나 진정한 교육은 이루어지지 않는다.

듣고 말하기 _ 주제 어휘 p. 147

2.

> 1. 정신없이 바쁜 평소 아침과는 달리 공휴일인 오늘 아침은 (   ) 여유가 있다.
> ① 더디고   ② 느긋하고
> ③ 한심하고   ④ 빠듯하고

> 4. 한국의 가정에서는 부모에 대한 효도와 함께 형제들 간의 (   )을/를 강조한다. 가족 간의 유대는 한국 사회를 통합하는 기본 바탕이 되고 있다.

1) 객관식
2) 주관식
3) 사지선다형
4) 단답형
5) 서술형

> ※ [57] 다음 글을 읽고 아래에 제시된 표현을 모두 사용하여 '일기 쓰기의 효과'라는 제목으로 글을 완성하십시오. (120~150자 내외) (8점)
>
> 일기는 무엇 때문에 쓰는 것인가? 그 이유는 일기가 생활의 기록으로서 마음의 수양이 되며, 관찰력과 문장력을 기르게 하기 때문이다.
> 우선, 일기는 그날 하루의 생활을 기록한 글이다. 그날의 일을 차근차근 생각하며 일기를 쓰게 되면, 자기가 겪은 일의 잘잘못을 깨닫게 되고 자기의 허물을 뉘우치게 될 것이다. 그러므로 일기를 쓰면 마음의 수양이 될 수 있다.
> 둘째, _____
> _____
> _____
> _____
> 셋째, 일기를 쓰게 되면 글 쓰는 습관이 생기게 되고 표현이 세련되어 문장력이 늘게 된다. 결국 우리는 일기를 쓰면서 덧없이 지나가는 생활을 알뜰히 간직해 두고 되새겨 볼 수 있어 더욱 보람 있게 살 수 있을 것이다.

듣고 말하기 _ 들어 보세요 p. 148

1.
- 3년 동안 교육받은 결과를 한 번의 시험으로 평가하는 문제점
- 시험 문제 유형의 문제점

2.
- 엿, 찹쌀떡 - 시험에 붙으라는 의미
- 포크 - 답을 잘 찍으라는 의미

3.

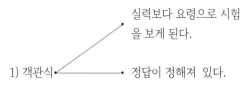

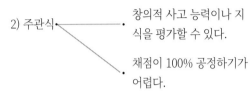

1) 객관식 •——————• 실력보다 요령으로 시험을 보게 된다.

•——————• 정답이 정해져 있다.

2) 주관식 •——————• 창의적 사고 능력이나 지식을 평가할 수 있다.

•——————• 채점이 100% 공정하기가 어렵다.

2. 한석봉의 어머니

들어가기 _ 들어 보세요 p. 150

1. 출신 대학으로 능력을 평가하는 것이 바람직한가?
2. 응답자 대부분이 대학을 반드시 다닐 필요는 없다, 출신 대학으로 능력을 평가하는 것이 바람직하지 않다고 응답했지만 '내 자식'에 대한 질문에는 응답자 중 절반 이상이 내 자식은 대학을 졸업해야 한다, 내 자식은 좋은 대학에 입학하기 바란다고 응답함.

읽고 말하기 _ 읽어 보세요 p. 152

1. 조선뿐만 아니라 중국에까지 이름난 명필
2. 어머니에 대한 그리움이 더욱 깊어 가서
3. 등잔불을 끄고 글씨를 쓰게 함. 어머니가 썬 떡은 모두 크기가 고른데 석봉이의 글씨는 제대로 쓴 게 하나도 없음.
4. 글씨 공부를 아직 마친 것이 아님을 알게 하려고 함.

듣고 말하기 _ 들어 보세요 1 p. 154

1. 저는 생각이 좀 달라요.
2. 일리가 있는 말씀이에요. 저도 그렇게 생각해요.

듣고 말하기 _ 들어 보세요 2 p. 154

1.
· 한석봉 어머니가 한 평가 방법은 공정하지 않다.
· 이 일화에서는 너무 엄격한 교육만 강조되고 있다.
2.
· 이 평가 방법은 평가자가 직접 모범을 보임으로써 평가 받는 사람이 받아들이게 하는 힘이 있다.
· 어머니의 노력이 아들의 성공에 큰 영향을 주었다.

3. 공부 잘하는 비결

들어가기 _ 들어 보세요 p. 156

1. 공부 잘하는 방법
2.
· 공부 계획을 세우고 관리한다.
· 집중력을 높일 수 있어야 한다.

읽고 말하기 _ 주제 어휘 p. 157

1. 진학하다   2. 엄격하다   3. 암기하다
4. 참교육   5. 주입식 교육 6. 효과적이다

읽고 말하기 _ 읽어 보세요 p. 158

1. 명문 대학 입학을 위한 주입식 교육
2. 살아 있는 교육, 참교육
3. 체험을 통해 계란 반숙하는 법을 알게 함.
4. 암기식 공부보다 문제 해결식 공부가 효과적임.
5.
· 참교육 : 자신의 자아를 발견하거나 공부의 즐거움에 빠지게 하는 살아 있는 교육
· 주입식 교육 : 많은 양의 지식을 무조건 암기하도록 하는 교육
· 문제 해결식 공부 : 계란을 직접 삶아 보는 것처럼 실패와 성공을 통하여 배우는 공부
· 암기식 공부 : 계란 삶는 법을 외우는 것처럼 밑줄 그으면서 외우는 식으로 하는 공부

듣고 말하기 _ 들어 보세요 p. 160

1. 한국어를 잘하는 비결
2.
· 첫째, 무조건 암기하고 반복하라.
· 둘째, 한국어 선생님과 친구들을 적극 활용하라.
· 셋째, 한국 사람들과 적극적으로 얘기를 나눠 보라.

보충 어휘-한자성어 I p.163

연습 1.
    1) ①   2) ②   3) ①   4) ①

연습 2.
    1) 구사일생   2) 설상가상   3) 자포자기
    4) 금시초문   5) 작심삼일   6) 금상첨화

연습 3.
    1) 금시초문   2) 대동소이
    3) 구사일생   4) 부전자전
    5) 이구동성   6) 설상가상
    7) 유비무환   8) 작심삼일
    9) 금상첨화   10) 자포자기

VI. 한국 탐구

1. 한국인 이해하기

들어가기 _ 들어 보세요 p. 176

1. 스웨덴의 유스호스텔에 있는 안내문
2.
· 이탈리아 손님께 : 늦게까지 노래 부르지 마세요.
· 미국 손님께 : 여자 친구나 남자 친구를 데려오지 마세요.
· 일본 손님께 : 너무 일찍 일어나지 마세요.

읽고 말하기 _ 주제 어휘 p. 177

1. 열정적이다   2. 부지런하다   3. 게으르다
4. 신중하다   5. 강인하다   6. 진지하다
7. 감정적이다   8. 활기차다

읽고 말하기 _ 읽어 보세요 p. 178

1.

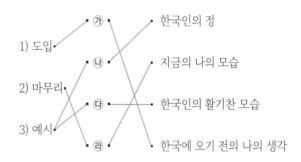

1) 도입 — 한국인의 활기찬 모습
2) 마무리 — 한국에 오기 전의 나의 생각
3) 예시 — 한국인의 정, 지금의 나의 모습

2. 한번 가 보자 하는 마음으로 충동적으로 한국에 왔다.
3. 낯설고 무표정했던 주인 부부에게서 이사할 때 도움을 받고 한국식 인간 관계를 경험하면서.
4. 2002년 한일 월드컵 때 신나게 했던 길거리 응원, 은행에서의 활기찬 일 처리
5.
· 한국에 오기 전 : 경제학을 전공하며 도서관에 박혀 있던 소극적인 사람
· 한국에 온 후 : 한국 문학을 전공하며 한국을 좋아하는 유학생. 김치를 즐겨 먹고 버스에서 노인에게 자리를 양보하고 가끔 빨리빨리 일을 해 치우는 사람

듣고 말하기 _ 주제 어휘 p. 180

1. 새로 이사 간 동네는 마음에 들어요? → 아직은 잘 모르겠어요. 그냥 정붙이고 살려고 해요.

2. 함께 공부한 지 얼마 안 된 것 같은데 벌써 수료할 때가 됐네요. → 정들자 이별이라더니 시간이 정말 빨리 가네요.

3. 그 두 사람은 항상 붙어 다니면서 놀기도 많이 놀았고 싸우기도 많이 싸웠어요. → 그럼 두 사람은 서로에게 미운 정 고운 정 다 들었겠네요.

4. 그 사람과 잘 안 맞으면서 왜 헤어지지 않아요? → 글쎄요. 오래 사귀다가 정이 들어서 못 헤어지겠어요.

듣고 말하기 _ 들어 보세요 p. 180

1. ✓ 따뜻한 마음의 표현, 정
2. 동네 가게 앞에서 소나기를 피하고 있었는데 늘 무뚝뚝하던 가게 주인아줌마가 우산을 빌려주었다.
3. 마음속 깊이 따스한 감동을 느꼈다.
4. 한국 사람들은 어디에서나 '하하하' 하고 시끄럽게 웃고, 슬플 때 '엉엉' 하고 큰 소리로 울고, 화가 날 때는 무섭게 야단을 치기도 한다.

2. 한국의 멋

들어가기 _ 들어 보세요 p. 184

1. 한국의 미
2. 멋
3. 똑바로 써야 할 모자를 일부러 옆으로 돌려서 쓰는 것.

읽고 말하기 _ 주제 어휘 p. 185

1. 화려한
2. 촌스럽다
3. 세련된
4. 간결한
5. 정교하게
6. 자연스러운
7. 소박하다

읽고 말하기 _ 읽어 보세요 p. 187

1. 소박함, 자연스러움, 파격미, 여백의 미
2.
- 장식이 전혀 없다.
- 고운 색깔을 쓰지 않고 흰색만 썼다.
- 완벽한 원이 아니다.
- 자연스럽고 은은하다.

3.
- 장식을 최소한으로 줄였다.
- 간결한 선과 면, 나뭇결의 미를 살렸다.

4. 이 연적에서 연꽃들은 모두 가지런히 달려 있는데 유독 꽃잎 하나만이 약간 옆으로 꼬부라져 있다.
5. 서양화와 달리 여백으로 남겨진 공간이 있다.

듣고 말하기 _ 들어 보세요 1 p. 189

1. 한국식 정원의 특징
2. 말씀 도중에 죄송한데요.
3. 좀 더 자세히 말씀드리자면

듣고 말하기 _ 들어 보세요 2 p. 190

1. ✓ 한국식 정원과 일본식 정원의 특징
2. 1) 일본　　2) 한국
3. 1) 한　　2) 일　　3) 일
　　4) 한　　5) 일　　6) 한

연습 1.

    1) ①   2) ①   3) ①   4) ②

연습 2.

    1) 애지중지한다   2) 행방불명이다

    3) 속수무책이다   4) 차일피일하다

    5) 파란만장하다   6) 십년감수했다

연습 3.

    1) 횡설수설   2) 동문서답

    3) 우왕좌왕   4) 십년감수

    5) 차일피일   6) 속수무책

    7) 행방불명   8) 완전무결

    9) 애지중지   10) 파란만장

어휘 색인
單字索引

執筆

崔銀圭 최은규

首爾大學國語國文學系博士

首爾大學語言教育院韓國語教育中心待遇副教授

金民愛 김민애

首爾大學國語國文學系博士修畢

首爾大學語言教育院韓國語教育中心待遇副教授

安慶華 안경화

首爾大學語言學系博士

首爾大學語言教育院韓國語教育中心待遇副教授

鄭仁娥 정인아

祥明大學韓國學系博士

首爾大學語言教育院韓國語教育中心待遇助理教授

咸昌德 함창덕

漢陽大學美國學系碩士

首爾大學語言教育院韓國語教育中心待遇助理教授

日月文化集團
HELIOPOLIS
CULTURE GROUP

感謝您購買

為提供完整服務與快速資訊，請詳細填寫以下資料，傳真至02-2708-6157或免貼郵票寄回，我們將不定期提供您最新資訊及最新優惠。

1. 姓名：＿＿＿＿＿＿＿＿＿＿＿　性別：□男　　□女

2. 生日：＿＿＿年＿＿＿月＿＿＿日　職業：＿＿＿

3. 電話：（請務必填寫一種聯絡方式）

　（日）＿＿＿＿＿　（夜）＿＿＿＿＿　（手機）＿＿＿＿＿

4. 地址：□□□＿＿＿＿＿＿＿＿＿＿＿

5. 電子信箱：＿＿＿＿＿＿＿＿＿＿＿

6. 您從何處購買此書？□＿＿＿＿＿縣/市＿＿＿＿＿書店/量販超商

　□＿＿＿＿＿網路書店　□書展　□郵購　□其他

7. 您何時購買此書？　年　月　日

8. 您購買此書的原因：（可複選）

　□對書的主題有興趣　□作者　□出版社　□工作所需　□生活所需

　□資訊豐富　　□價格合理（若不合理，您覺得合理價格應為＿＿＿＿＿）

　□封面/版面編排　□其他＿＿＿＿＿＿＿＿＿

9. 您從何處得知這本書的消息：　□書店　□網路／電子報　□量販超商　□報紙

　□雜誌　□廣播　□電視　□他人推薦　□其他

10. 您對本書的評價：（1.非常滿意 2.滿意 3.普通 4.不滿意 5.非常不滿意）

　書名＿＿＿　內容＿＿＿　封面設計＿＿＿　版面編排＿＿＿　文/譯筆＿＿＿

11. 您通常以何種方式購書？□書店　□網路　□傳真訂購　□郵政劃撥　□其他

12. 您最喜歡在何處買書？

　□＿＿＿＿＿縣/市＿＿＿＿＿書店/量販超商　　□網路書店

13. 您希望我們未來出版何種主題的書？＿＿＿＿＿＿＿＿＿

14. 您認為本書還須改進的地方？提供我們的建議？

＿＿＿＿＿＿＿＿＿＿＿＿＿＿＿＿＿

＿＿＿＿＿＿＿＿＿＿＿＿＿＿＿＿＿

＿＿＿＿＿＿＿＿＿＿＿＿＿＿＿＿＿

＿＿＿＿＿＿＿＿＿＿＿＿＿＿＿＿＿